曼陀羅の人 上

空海求法伝

陳舜臣

たちばな出版

曼陀羅の人

《空海求法伝》

上

曼陀羅の人《空海求法伝》 上

目次

カバー装幀／野中　昇

空海入唐主要航行経路
黄河
新羅
対馬
大宰府
長安
洛陽
揚州
揚子江
蘇州
杭州
越州
明州（寧波）
天台山
台州
温州
赤岸鎮
福州
柳川
泉川
広州

赤岩松柏観《せきがんしょうはくかん》

その入江は六印港と呼ばれている。

六つの小島が印材を立てならべたように、海面にうかんでいて、高みから見おろせば、地名の由来は一目瞭然《いちもくりょうぜん》であった。

巨石《きょせき》、波間《はかん》に屹立《きつりつ》し、舟は多く覆溺《ふくでき》す。

と、地誌にしるされている福建《ふっけん》北部の海岸で、浙江《せっこう》との境界に近い。現在の地図では、ここは福寧《ふくねい》湾となっている。

岸辺から、背後にそそり立つ、赤味がかった岩山を仰げば、かたわらを流れる河が赤岸渓《せきがんけい》と名づけられた理由は、説明されないでもわかるだろう。

その岩山は、無造作に赤岩と呼ばれている。岩山といっても、ふところにはいれば、松や杉の

ちょっとした木立があり、そのなかに小さな道観《どうかん》——道教の寺院があった。久しく無住で荒れはてていて、門額《もんがく》にしるされた、

——松柏観《しょうはくかん》

の三文字が辛うじて読みとれるほどだった。

杜知遠《とちえん》という道士が、誰《だれ》にことわりもなく、そこに住みついたのは、ついこのあいだのことである。

数日前、見なれぬ船が、まるであえぐように入江にはいり、湾岸の漁民たちを驚かせた。暗礁が多く、水路をよく知っている近在の漁民の小舟のほか、この入江にはいろうとする船はなかったからである。

「日本の使船が漂着したのだな」

杜知遠は赤岩から、小手をかざして入江をながめ、そうひとりごちた。

船はかなり大きい。明州《めいしゅう》、揚州《ようしゅう》、蘇州《そしゅう》など、日本の遣唐船《けんとうせん》がよく通る土地に住んだことがあるので、彼はひと目でそれがわかったのだ。

「あれこれと面倒なことがおこるだろうが、ま、わしとは関係のないことだ」

杜知遠は呟《つぶや》きながら、また松柏観に戻った。

俗塵《ぞくじん》からはなれることが、彼の念願だったのである。長い流浪の生活がつづいたが、三十五のとき、親から譲られた財産をつかいはたし、流浪さえできなくなった。そこで、やむをえず俗界

とつながる仕事にたずさわっている。

ここへ来たのも、半ば仕事のためだった。だが、日本の遣唐使が漂着したことは、彼の仕事とはあまりかかわり合いがなさそうである。

(仕事とは関係ないが。……はたして、かかわり合わずにすむかな?)

面倒なこと、と彼が予想したのは、それが日本の使節をのせた船らしいからだった。彼らはとうぜん、土地の公式の機関と接触しようとするだろう。だが、この土地には、そんなことに応待できるような役人はいそうもなかった。

だいいち、ことばが通じない。

正式の使節だから、通訳は同乗しているはずである。だが、日本から来た通訳が、このあたりの方言を理解できるとは考えられない。

浙江の温州《おんしゅう》から福建にかけての海岸地方は、中国でも最も訛《なまり》の差のはげしいことで知られている。隣りの入江へ行けば、もう訛が大きくちがうのだ。数十キロはなれると、意思が通じなくなることさえある。

日本の使節の通訳は、筆談に頼ろうとするにちがいないが、このあたりには文字のわかる人間がほとんどいない。

(赤岸鎮《せきがんちん》の鎮将でもだめだろうな。自分の名前を書くのが精一杯だから)

床《ゆか》のうえにごろりと寝ころび、杜知遠は松柏観のくろずんだ天井を見上げながら、そう考えた。

唐は国防の要地に守備隊を置き、その駐屯地を鎮と称した。このあたりは、海盗が出没するので、赤岸鎮が置かれている。

おなじ鎮でも上中下の別があり、守備兵三百以下は下鎮とされていた。赤岸鎮は下鎮であり、守備兵も隊長も、現地の人をもってあてられたのである。隊長は鎮将というが、たいてい土地の有力者で、腕っ節の強い人間、あるいは俠客《きょうかく》の親分が任命された。

赤岸鎮の鎮将も、網元《あみもと》の用心棒あがりで、あまり学問はなく、筆談は無理だったのである。

「けっきょく、わしがかり出されることになるか。……しようがないな」

杜知遠はそう呟《つぶや》き、そんなことを考えている自分に、むしょうに腹が立った。俗塵からはなれようとしながら、俗界のことばかり思いわずらっているのだ。

そのとき、彼はふと、陸功造《りくこうぞう》のことを思い出して、

「あっ。……」

と、声をもらした。

鎮将の食客に陸功造という老人がいた。めったに口をひらかないので、その存在は忘れられがちである。年をきいても、にやりと笑うだけで、ひとことも答えない。

なぜ鎮にいるかといえば、県や州との連絡の文書を作成するためである。鎮将がどこでこの老人を拾ったか、杜知遠は知らない。おそらく七十になっているだろうが、小柄でしかも痩《や》せていて、「拾う」という表現がぴったりであった。

文章を書く人間が鎮にいて、杜知遠がそれを忘れていたのは、その老人がそれほど目立たないからだった。

陸老人に目立つところがあるとすれば、鼻がとがって、しかも大きいということぐらいであろう。その老人が背をまるめて、細い腕をうごかして、

――請《こ》う、県へ行かれよ。

と書いている情景を、杜知遠は想像することができた。

六印港に着いた日本船は、桓武《かんむ》天皇の延暦《えんりやく》二十三年（八〇四）七月六日、九州肥前《ひぜん》国の田浦《たのうら》の港を出帆した、四隻の遣唐使船団の第一船であった。

藤原葛野麻呂《ふじわらのかどのまろ》が遣唐大使に任命され、節刀《せつとう》を授けられたのは、その前年のことである。

節刀は天皇から全権を委任されたしるしであった。命令に従わぬ者は、その刀で斬《き》ってよろしい、ということなのだ。けれども、このとし、遣唐使船は暴風に遭《あ》って引き返し、葛野麻呂はいったん授けられた節刀を奉還した。

一年後、再び遣唐使が派遣されることになった。

第一船には大使の藤原葛野麻呂、副使の石川道益《いしかわのみちます》のほか、空海《くうかい》や橘逸勢《たちばなのはやなり》など留学生《るがくしよう》を含めて約百二十人が乗った。

第二船には遣唐使判官の菅原清公《すがわらのきよとも》が乗っていたが、最澄《さいちよう》も還学生《げんがくしよう》としてこの船にいたのである。

三十一歳の空海は、当時、まったく無名の僧であったが、三十八歳の最澄は、内供奉禅師《ないぐぶぜんじ》として、桓武《かんむ》天皇の帰依《きえ》を受けていた高名の僧だったのである。

留学生は長期にわたって唐に滞在し、研修する学生で、期間は原則として二十年であった。これにたいして、還学生は短期視察のために派遣される。後者はあるていどの地位についている者であったのはいうまでもない。

陰暦七月といえば、日本から中国へ行くには、季節風に逆らうことになる。大陸と大洋の温度差に起因するモンスーンの知識など、この時代には知られていなかったようだ。

この年ばかりか、まえの年の失敗した航海も、夏季に出発している。

出発の時期は、宮廷の陰陽師《おんみようじ》が占う吉凶によって定められたのである。

田浦の港を出た船団は、翌日、早くも暴風にあい、松明《たいまつ》による連絡は、第一船と第二船だけで、あとは応答がなかった。

その第一船と第二船も、やがて波浪のなかで、はぐれてしまった。

星のない夜は、針路を定めかねる。出発の時期を定めたのとおなじように、船の進む方角も、陰陽師の占いによって定められた。

本来ならば、ほぼ西に進み、揚子江《ようすこう》の河口近辺にたどりつき、江をさかのぼり、揚州から運河の便で北上することになる。

大使の乗った第一船は、航路を誤ったか、あるいは風や波に押し流されたか、予定よりだいぶ南の海面を漂っていた。

島影を認め、入江をえらんで六印港にはいったが、船の人たちは誰一人、そこがどこであるか知らなかった。暗礁で船体をこわさなかっただけでも、しあわせとしなければならない。

遣唐使第一船が、六印港にはいったのは、八月十日のことであった。

太陽暦になおすと、八月十四日に田浦の港を出て、九月十七日に六印港にたどり着いたのだから、海上にあること三十五日だったということになる。

そのうち、暴風にあったのは数日で、大部分は方角を失って漂流していたのだ。帆は損傷を受けていたが、自力で修理できるていどのものだった。舵《かじ》もどうやらまだ使える状態だったのである。

何人かの漁民があらわれたが、遣唐使の訳語（通訳）は、彼らのことばが、ひとこともわからなかった。

岸と船とのあいだのどなり合いだが、意思が通じないので、どちらも疲れてしまった。

「海盗のたぐいではなさそうじゃな」

大使の葛野麻呂は、岸に立っている人たちが淳朴《じゅんぼく》そうなのを見て、ひとまず安心したようである。

「まだ上陸しないほうがよろしゅうございます」

と、副使の石川道益は言った。

上陸は、すなわち入国で、これは重要なことなのだ。唐の官人たちが、手続をやかましく言うことを、道益はかねてきいていたのである。

せっかく、ここまで来たのだ。問題を起こしてはならない。――

遣唐使一行は慎重であった。

暴風をまじえての三十余日の海上生活に、船中の人たちは疲労困憊《ひろうこんぱい》していた。海になれた水夫も含めて、誰もが一刻も早く土を踏みたかった。

「まだまだ……」

と、道益は彼らを抑えた。

空海はへさきに立って、赤い岩山にじっと目をそそいでいた。

橘《たちばなの》逸勢《はやなり》がそばに寄って、

「やっと着いたな。ここはどこか知らぬが、唐土にまちがいはあるまい。おぬし、唐語がわかるそうだが、あの連中、なにを申しておるのか、ききとれるかな?」

と、話しかけた。

「ほぼききとれる」

空海は岩山から目をうつさずに答えた。

「ほう。……訳語の者にいわせると、ひどい訛があって、さっぱり通じないそうじゃが。……で、いったい、彼らはなにを申しておるのだ?」

「まもなく役人が来るから、それまで待て、と申しておる」

「訳語よりも唐語ができるではないか」

「いや、ことばはわからぬが、彼らの表情、身のこなし、身ぶりで、そうであろうと、ききとっておるのだ」

「なんだ、そんなことか」

だが、空海がききとったように、やがて役人らしい一行があらわれた。

しらせをきいて、やってきたのは、赤岸鎮の鎮副（副隊長）と、その部下約二十人である。

兵士ばかりだとおもっていると、そのなかに一人の老人がまじっていた。まるで枯木のようなかんじの、小さな老人である。年をとって、しぼんだのではないかとおもわれるほどだった。

鎮副は手招きをしてから、一枚の白紙をとり出し、それにものを書くしぐさをした。

――筆談をするから、誰か上陸せよ。

そう言っているらしいことはわかった。

遣唐使船からは、一人の通訳が岸にあがり、軒の傾いている民家に連れこまれた。筆談はそのなかでおこなわれたが、唐の役人を代表して文字を書いたのは、あの小さな老人だったのである。

船に戻った通訳は、

「上陸の許可はおりました。ただし、一回につき十人です。われわれが日本の使節であることは、県の役人に判断してもらうと申しております。県はすこし遠いところにあり、やはり十名以内の代表をえらんで行けということでした」

と、報告した。

鎮は守備隊であるから、この船についての関心は、海賊船であるかどうか、その点だけにかかっている。

——海賊船であれば、攻撃して、全員を逮捕しなければならない。外国の貢船であれば、われわれの管轄外のことなので、県へ行ってもらおう。……

これが赤岸鎮の意見だったのである。

通訳は筆談の結果を、相手にまとめてもらった一枚の紙をもって帰った。

——鎮副に代わりて、陸功造、之《これ》を書す。

と、冒頭にしるされていた。

「なかなかみごとな筆跡ではないか」

大使の葛野麻呂は、それを見て、しきりに感心した。

——何県なりや。

——長渓県なり。

そのような筆談がおこなわれたので、日本側はこのとき、はじめてここが福州の長渓県に属する土地であり、鎮というのが赤岸鎮であることを知った。

遣唐使船は、旅費にあてるために、砂金のほか、絹や綿などを用意している。

十人を限って上陸できたが、交替をくり返して、全員があこがれの土を踏めたし、不足していた食糧や水を補給することができた。

長渓県へ行く代表十名をえらぶことになったが、大使葛野麻呂がそれに加わるべきかどうか、ちょっとした論争がおこった。

節刀を授けられた日本国を代表する大使が、県官の訪問を受けるのはよいけれども、こちらから出かけるのはいかがなものか、というもっともな意見があった。

いつの時代でもおなじようなことが、論じられたものである。

唐は「道」という広域のなかに、州があり、その下に県があった。唐初は十道だったが、のち十五道にふやされている。

天下のことを四百余州と呼ぶことがあるが、唐の州は約三百六十であり、その下の県は千五百五十余もあった。

県の長官は県令という。そんなに高位の役人ではない。おなじ県でも、六千戸以上を上県、三千戸以上を中県、千戸以上を中下県、千戸以下を下県とした。遣唐使一行は知らなかったが、この長渓県は中下県に属し、その県令は従七品官だったのである。

遣唐大使藤原葛野麻呂は、越前《えちぜん》の大守であり、正三位という高官なのだ。それに加えて、節刀を授けられているので、天皇を代表する身分であった。

「格がちがいます。こちらから会いに行けば、君命をはずかしめることになりかねませんぞ」

強硬にそう言い張る者もいた。

「われらは国書をもたず、しかもいつもとはちがった土地に漂着したのです。臨機の措置として、唐の県官を訪ね、誠意をもって事情を説明し、この難局を切り抜けねばなりません」

と、反対する者もいた。

遣唐使は国書を持参しないのが、しきたりとなっていたのである。

世界帝国であることをたてまえとする唐は、諸外国はすべて朝貢国とみなしている。唐に国書を持参すれば、かならず属国の書式、すなわち、唐の元号を用い、天皇は「臣」と称しなければならない。

いろんないきさつがあって、日本の使節は国書を携行しないという習慣が認められていた。揚州や蘇州の当局なら、このことを知っている。

だが、この福州の長溪県という田舎の役人は、外交の慣例を知らないであろう。とすれば、国書のことから説明しなければならない。

「意地を張っても、ここにいつまでも留めおかれることになれば、それこそ君命にそむくことになりますぞ」

「いや、第二船、第三船がすでに到着して、唐の朝廷に報告しているはずです。唐の天子は、われらをさがしておられる。この長溪県にも、長安から詔書がくだるでしょう。そうすれば、県官がうやうやしく迎えに来るのです。苦しくても、それまで待ちましょう」

「第二船以下が着いていなければどうするのですか？」

船内の評定《ひょうじょう》は、なかなか結論が出ない。

空海や橘逸勢たち留学生は、その議論に加わらなかった。

「では、ひとまず私が行くことにしましょう。ようすを見て、もし大使の出馬を仰がねばならないときは、ご足労を煩《わずら》わすことにすればよいとおもいます」

副使石川道益のこのことばで、ようやく論争に幕がひかれた。

長渓県城は、一日で往復できるほどのところにあった。石川道益は、赤岸鎮の兵卒十人に護《まも》られて、そこへ行ったのである。

長渓の県令は胡延沂《こえんき》という人物であった。

「県は地方の小事を扱うのみで、外国とのことは、もっと上級の機関でなければ、決定できないのです。州へ行きなされ、州へ」

と、胡延沂は言った。心から気の毒そうなようすにみえた。

さすがに、県令は日本の通訳が理解できることばを口にした。

長渓という県名は、同名の河の名からとったものである。古く漢代から、長渓県が置かれていた。この長渓という河は、白水江、硯《けん》江、霞浦《かほ》江などをあわせて、東流して海にそそぐ。

宋《そう》代には福安県と改められ、明《みん》代には嘉靖《かせい》三十八年（一五五九）、倭寇《わこう》に破壊された。現在は霞浦江の名をとって、霞浦県と呼ばれている。

この長渓県の上級機関は、漢では会稽《かいけい》郡、隋《ずい》から初唐にかけては泉州で、盛唐の玄宗《げんそう》のとき福州とされた。一時的に閩《びん》州と呼ばれたり、長楽郡と呼ばれたこともある。

「では、どうしても福州へ参らねばなりませぬか?」

通訳を通じて、副使石川道益はそうたしかめた。

胡延沂は、はじめからおわりまで、ときどき小刻《こきざ》みに首を振りながら、「気の毒であるが」ということばをくり返した。

だが、彼は心のなかでは、まだこの日本船にたいして疑いをもっていた。

(海盗ではないようだが、市舶《しはく》かもしれない。……)

公式の朝貢船ならフリーパスだが、個人的な貿易船――市舶であれば、税金を徴収したり、行動に制限を加えなければならない。

この時代、市舶が朝貢船を装《よそお》うことがよくあったのである。

(そうだ、あの男に観《み》てもらおう。ふしぎな眼力をもつというそうだから)

県令が思いついたあの男とは、赤岩松柏観に住みついている杜知遠だったのである。

――善《よ》く人の相を観る。

といわれ、近在では、ちょっとした評判になっていた。よくあたるそうなのだ。

――わしは骨相を観るのでな。……

と、本人は言っている。

外国の正式の使の使節か、市船の者なのか、骨相で見分けようと、県令は本気で考えていたのである。

「やっぱりかり出されたか」

杜知遠は苦笑した。

遣唐副使の県城訪問にこたえて、長渓県から県尉《けんい》が船に派遣されることになった。

県令胡延沂は、気の毒であるが、ということばをくり返しながら、けっきょく、門前払いにしたことになる。ただ福州へ行け、と教えただけである。

はたして正式の使節であるかどうか、国書がないので不明であるが、訪問を受けた以上、答礼しなければならない。とはいえ、正式の使節、すなわち「貢使」でないとすれば、答礼の表敬訪問は、あとで物笑いの種になる。胡延沂はいろいろと考えたあげく、県尉をさしむけることにしたのである。

――いささかくわしく説明する。……

という口実を設けた。

表敬訪問であるか説明のための派遣であるか、どちらにもとれるように、ぼかしておくことにしたのだ。

県の長官は県令で、次官は県丞《けんじょう》である。その下で行政実務をつかさどるのが主簿《しゅぼ》であり、県尉といえば序列はその下で、警察の仕事にたずさわる従九品下の官であった。官吏のランクは一品から九品まで、それぞれ正従があるから十八級あり、それに上下があるので、こまかくわけると三十六級なのだ。従九品下といえば、これより下はないという官である。

県令は道士の杜知遠に、県尉と同行して船へ行き、

――よく骨相を観て、善人であるか悪人であるか、あとで報告せよ。

と、要請した。

要請といっても、県令の気ままな命令であり、勝手に松柏観にはいりこんでいる杜知遠が、それをことわることはできない。

船にはいった県尉は、全員を集めて説明をおこなった。かなりひどい方言なので、鎮将の食客である例の陸老人が、そばにひかえて、ときどき字を書いて、日本側の通訳に示した。

杜知遠はそのあいだ、百二十人ほどの日本人の骨相を観ることになったのだ。

「州城へは陸路では行けない。けわしい山があり、深い谷があり、橋のない川がある。ことに荷物を持っての山越えは、できないと断言できる。船で南にむかい、閩江の河口をさかのぼればよろしい」

県尉は通訳にさえ大半はわからない方言でそう説明し、腹をつき出して、自分の権威を示そうとした。彼の説明は長かった。

「州城へ行っても、当分、どうしようもないはずだ。なぜなら、福建の観察使は辞任して京師に帰り、後任がまだ来ていないからである。どうせ観察使の着任まで、あなた方は待たされる。そ

れを覚悟して行きなされ。……」

県尉の饒舌《じょうぜつ》に釣られでもしたように、日本側も要求を出した。

「十数人の病人がいます。これらの者たちを上陸させて、どこかで休ませたいのですが、適当な場所を世話していただけないでしょうか。……」

船内のもようを見て、県尉にもその必要がわかっていたのである。

「なんとかしてみよう」

住民とも相談した結果、いまこのあたりで十数人を収容できるのは、赤岩のなかにある松柏観以外にないということになった。

「けれども」と、遣唐使船の訳語の一人は、紙に文字を書きながら、心配そうに言った。——「この船に通訳は二人しかいません。一人は大使に、一人は副使につかねばならないのです。十数人の病人が、ことばもわからず、そんなところにいるのは、心もとないとおもいます。ほかに通訳はいないのです」

それまで黙っていた道士の杜知遠が、このとき、ゆっくりと首を横に振った。

「ことばのわかる人がもう一人います」

骨相を観るために来ていたので、彼が口をひらいたのはこれがはじめてだったのである。

「その一人とは？」

と、訳語は訊《き》いた。

杜知遠は、すぐには答えなかった。訳語は彼の視線を追った。

そこに空海がいた。

「この僧ですか?」

訳語は首をかしげた。彼は九州の肥前から、空海といっしょになったのである。

去年、近海で暴風にあい、ことしはやり直しの航海であった。去年、すでに九州まで行っていた人たちは、そこで待機したのである。最澄も待機組のなかの一人であった。

空海は去年のメンバーのなかにははいっていなかった。ことしになって、新しく参加したのである。おなじ仏僧でも、最澄のような著名人ではない。無名の空海に、人びとはあまり注目しなかった。彼が唐のことばを解するなど、親友の橘逸勢以外はほとんど知らないのだ。

「わしの目に狂いはない」

と、杜知遠は言った。

遠慮なく方言を使い散らした県尉の演説に、訳語以外の人物で反応したのは、空海ただ一人であった。ことばがわからなければ反応できないところで、空海はかすかな反応をみせた。きわめて自然なそれである。杜知遠でなければ、見抜けないほど、かすかで、自然なものだった。

「貴僧、それはまことなのか?」

訳語は空海にむかって訊いた。

空海はしずかにうなずいた。口もとに、ちょっぴり困惑の笑みをうかべている。

「貴僧は大学寮では明経科に学ばれたときくが」

訳語はまだ信じられない面もちであった。

唐制にならった日本の大学には、明経、紀伝、明法、算道、書道、音韻道の六科があった。明経とは、儒の経書を明らかにするという意味で、この科をえらんだ者は、儒学者になるか、高級官僚の道を歩むことになるはずだった。

（大学の明経科に学び、成績優秀であったのに、途中でやめて仏門にはいった。おかしなやつ。……）

訳語の空海にたいする知識は、そのていどだったのである。大学で中国のことばを修めるのは、音韻道科の学生であり、人数はきわめてすくなかった。明経科はエリート・コースであり、音韻道科は専門職コースといえた。

「音博士《おんはかせ》について、いささか学びました。興味がありましたので」

と、空海は答えた。

「そのようなことであったのか」

大学寮にいて、ほかの科の教授に個人的に学ぶことは、考えられないことではなかった。

（なるほど変わったやつだ。気が多かったのだな。音韻を学んだり、仏門にはいったり。……）

訳語はそんなふうに納得したけれども、なぜ道士杜知遠が空海が唐語を解すると見抜いたかについては、深くは考えなかった。

杜知遠は、空海について、もう一つ見抜いていることがあった。

（わがともがらだな）

ということである。

杜知遠は、俗塵をきらい、道をもとめて、各地を流浪し、おもに山岳を歩いた。彼は空海のからだぜんたいから、自分とおなじ、

——山岳行者
の雰囲気が漂い出ているのをかんじたのである。しかも、その「気」がうごいたのを知った。

相手の空海も、杜知遠におなじものを認めたかのようだった。

「では、その松柏観に病人をはこび、空海にそこにとどまってもらおう」

副使石川道益はそうきめた。雑務は早く片づけねばならない。

新任観察使が福州に着任するまで、なにもできないと言われたのに、遣唐使の首脳たちは気ばかり焦っていたのである。

松柏観は、海辺の小さな道観だが、二十人や三十人は、ゆっくりと横になれる空間はあった。ここには、道観にあるべき偶像や神仙の神主（位牌《いはい》）のたぐいのものは一切なかったからである。

蓆《むしろ》が敷かれた。亜熱帯のこの地方では、陰暦の八月には蒲団《ふとん》をかぶる必要はない。病人たちは蓆のうえで横になった。

「ほう。……なんにもありませんね」

松柏観のなかを見まわして空海は言った。日本にはないものなので、空海にとっては、これがはじめて見る道観であった。

「もとはいろんな神仙の像があったのですよ。あなたは僧形をしておられるが、あなた方《がた》仏徒のあがめる観音菩薩《かんのんぼさつ》まで、ここに祀《まつ》っておりましてな。それが持ち去られてしまったのです」

杜知遠はにこやかな顔でそう説明した。

「あなたはこの土地の方ではありませんね？」

と、空海は訊いた。

「そのとおりです」

「いつからこちらへ？」

「十日ほど前に来て、この道観に住んでいます」

「では、神仙の像のほかに、観音像がここにあったことを、どうしてご存知《ぞんじ》ですか？」

「観音菩薩の霊気が、そのあたりにたちこめています」

杜知遠は、鼻の頭にできものをつくって、真っ赤な顔をしている患者のほうを指さした。

「霊気ですか。……」

「そう。あなたにも、それがおわかりでしょう」

杜知遠の視線は、わざと空海の目を避けている。

「まちがっているかもしれませんが、そこに壇があって、太乙元君《たいいつげんくん》が祀られ、その隅には玄女の像が置かれていたのではありませんか」

と、空海は笑いながら言った。

「冗談めかして申されたようですが、あなたはまったく正しいことをおっしゃった。僧形ながら、道教にもおくわしいようですな？」

「書物で読んだだけです。日本には、もともと道観などはありません。今日、はじめて見ました」

「はじめてにしては、よく言いあてられた。やはり、霊気がかんじられるのですか？」

「いいえ」空海は首を横に振って答えた。「――太乙元君は最高の神仙ですから、この建物のなかでも、いちばん良い場所に、その像が安置されたと、まあ、そう推測しただけです」

「あなたは正直ですね」

杜知遠はそう言って、愉快そうに笑った。

十数人の患者は、誰一人として、このやりとりの内容を知らないはずであった。それなのに、杜知遠の笑い声に誘われたかのように、緊張をゆるめたようである。患者の一人一人の表情に、それがあらわれていた。

空海も杜知遠にあわせて、すこし低い声で笑っている。二人ははじめてのように目と目とを合わせた。

「だいぶ山に登られましたな？」

と、杜知遠は訊いた。

「あなたの半分ほども登ったでしょうか。……」

空海は静かに答えた。

「私の半分ほどなら、たいしたものです。もっとも、山登りの数が多いからいいというものではありませんがね」

杜知遠がそう言ったとき、鎮将の食客の陸功造老人が、紙の束を小脇《こわき》に抱えて、はいってきた。

「しばらく、ここに住めと、鎮将に言われました」

と老人は言った。

「ほう。……ご老体は口がきけたのか」

杜知遠はしげしげと老人の顔をみつめた。口数がすくないどころか、杜知遠はこの老人がまともにものを言ったのを、はじめてきいたようにおもう。

老人はかすかに笑っただけで、二人のそばに、ごろりと横になった。

二人のやりとりがまたつづけられた。

「唐には、はじめて来られたのですか？」

と、杜知遠は訊いた。空海はうなずいて、

「そのとおりです」

「それにしては、ことばが正しい。そのうえ、日本にない道教のことまでご存知ですな」

「書物の知識にすぎません」

「書物によって、唐のことも勉強なさったでしょう」

「渡海を思い立ったからには、それはとうぜんでしょう」

「いまこうして、唐の土を踏んで、どんな感想をおもちかな?」

「たったいま陸《おか》にあがったばかりです」

「霊気をとらえることのできる心のもち主とみました。たったいまの感想だからこそ、よけいそれを知りたいのです。おわかりでしょうか、この地の政治がうまく行っているかどうか、書物のうえで得られたすがたと、いま目のまえに見えるすがたと、どうちがうか、あなたに正直に言ってほしい」

「知ることが、あなたの仕事でしょうが。……」

そこまで言って、空海は口を噤《つぐ》んだ。

横になっていた陸功造が、このとき、上半身を起こした。年に似ず、その動作は軽やかなかんじがする。

沈黙がつづいている。

その沈黙を破ったのは、外からとびこんできた橘逸勢の声であった。——

「空海よ、副使が字を書いてほしいと申しておる。船に戻ろう」

「おぬし、なぜ書かぬ?」

「わしは字だけなら、ことわることにしておる」

「仕方がない」

蔕から腰をあげて、空海は笑った。

遣唐使船のなかで、空海と橘逸勢の二人は能筆の双璧《そうへき》と知られていた。副使は県へ出す文書の草稿を考え、それを空海に書かせようとしていたのだ。

逸勢は常日ごろ、

――わしは自分の文章でなければ字は書かぬ。

と豪語していた。

「おぬしが悪い。気やすく筆をとるからだ」

と、逸勢は空海に言った。

わしのように、代筆は一切しないという原則を立てておれば、このような面倒なことを頼まれないですむ、という説教である。

逸勢が筆をとるのは、文章を作ることも頼まれたときだけなのだ。

遣唐使にえらばれるのは、世界の檜《ひのき》舞台に立たせても、国の恥とならない人物であった。文藻《ぶんそう》にすぐれ、そして容貌《ようぼう》も端正な人物が任命される。文章については、大使の藤原葛野麻呂も副使の石川道益も、あるていどの自信はもっていた。

字のほうは、空海と逸勢というのは定評があり、大使や副使も認めざるをえない。だから、代筆を頼もうとする。しかし、文章の代作となれば、自尊心が許さないのだ。

「わたしたち仏法者は、人の役に立つことは、よろこんでしなければならないのだ」

空海は代筆の仕事を、まったく気にかけていないようだった。

「空海に字だけというのは、まったく勿体《もったい》ない話だ。……書いていて、ばかばかしくなるだろう、下手な文章ばかりで。ほんとうに同情するよ。……」

逸勢は肩をすぼめた。空海はそのあとについて、松柏観から出ようとした。

門の戸は無くなったままだったが、患者を収容するというので、風よけに簡易な戸が立てられていた。

「馬を見たかね、空海よ」

とつぜん、なんの脈絡もなく、そう声をかけたのは、ほとんどものを言うことのない無口な陸功造であった。

「馬?」

空海はふりかえって、小さな老人を見た。

「そう、馬よ。このあたりの馬はどうかね?」

身を起こしたときの動作とおなじで、その声にも老いの響きはすこしもかんじられなかった。

「おい、早く来いよ」

と、逸勢は促した。唐語を解しない彼は、老人がなにを問いかけたかもわからない。

「すぐに行く」日本語で逸勢にそう言ってから、空海は唐語で老人に答えた。――「日本で、書物を読んだり、唐から帰った人の話をきいたりしたとき、馬は田を耕しているものとばかり思っておりました。……けれども、この土地に限ってのことかもしれませんが、この牝馬はちっちゃな小馬を孕《はら》んでいるように見えますね」

空海が出て行ったあと、杜知遠と陸功造は、たがいに長いあいだ顔を見合わせていた。

「あの僧はあなたの仕事を知っておる」

と、老人は言った。

「では、あなたも？」

杜知遠の問いに、老人はうなずいた。

観察使

陸老人と空海とのあいだの、禅問答じみたやりとりは、老子の『道徳経』にもとづいていた。

天下に道がおこなわれていると、世の中は平和で、よく走る馬も耕作につかわれる。天下に道がおこなわれなくなると、農耕の馬でさえ戎馬《じゅうば》（軍馬）を生むことを強制される。……

右のような文章がある。

道士である杜知遠《とちえん》が、道教の根本経典である『道徳経』に通じているのはとうぜんであろう。だが、日本から来たばかりの空海という僧が、とっさの質問を、『道徳経』に拠《よ》るものと、正しく反応したのは、みごとといわねばならない。

「よほど読みこなしておらねば、ご老体の問いを、すぐに受けとめることはできませんよ。おそろしいほどの人物ですな」

杜知遠は唸《うな》りたい気持になっていた。

「あなたは仕事を、のぞかせすぎましたな」

と、陸老人は言った。

「ご老体も気づかれたか？」

「あんなに政治に熱心なようすをみせては、具眼《ぐがん》の士には透けてみえますぞ」

「四十をすぎて、まだ未熟です。恥ずかしい限りであります」

「なんの、わしなど七十をすぎておるのに、熟そうとさえ思わなんだ。……ようやく、ちとは熟さねばと、ちかごろ思いはじめたばかりじゃよ」

「ともあれ、あの日本僧はただ者ではない」

「わしの見たところでは、あの僧はすでに大日経を読み、この国に密教をもとめにきたのであろう」

「そこまでわかりますか？」

「わしも、いささか密教の師についたことがある。それでわかるのだ。あの僧は身辺に密の気を漂わせている。それも、かなり強い」

「さようですか。……」

杜知遠のことばは丁重になった。赤岸鎮の食客として、近くにいるので顔だけは知っていたし、漁民の噂《うわさ》もきたことがある。だが、ことばをかわすのは、これがはじめてであった。

（わしより高いところにいる人のようだ。……）

杜知遠は老人に敬意を抱いた。

「馬が孕《はら》んでいると申しておったね」

陸老人は、とがった鼻のさきを、指でこすった。

現実の唐は、予備知識でつくったイメージよりも、悪い状態である。――馬が田を耕さずに、小馬を孕んでいると言ったのは、そんな意味にほかならない。

「この地方はとくに悪いようです。空海にまず蘇州《そしゅう》や揚州《ようしゅう》を見せておればよかったのに。……こんな土地を見せてしまって。……」

杜知遠は眉《まゆ》をしかめた。

「馬が孕むと申したが、ここでは馬が死んでおるのに。……は、は、は……」

無口とおもわれた老人は、意外に饒舌《じょうぜつ》であった。

空海をのせた日本の遣唐使船が、福建海岸に漂着した唐の貞元《ていげん》二十年（八〇四）ごろの、この地の状況を、ここに略述しておこう。

鎮や県の役人が、遣唐使側に伝えたように、この地方の最高責任者である福建観察使は、交替したばかりであった。

退職した前観察使の柳冕《りゅうべん》は、すでに長安《ちょうあん》に引きあげて、新観察使の閻済美《えんさいび》はまだ前任地の婺《む》州《しゅう》（現在の浙江《せっこう》省金華地区）から着任していない。

柳冕が福建観察使となったのは、貞元十三年だから、すでに七年ほど在任していたことになる。

福建ということばは、福州と建州を併称したものだが、福建観察使はじっさいには、福州、建州のほか泉州《せんしゅう》、汀州《ていしゅう》、漳州《しょうしゅう》などを管轄する。現在の福建省とほぼ同じ地域の長官であった。しかも、民政だけではなく、軍事の長官でもあったから、要職といわねばならない。

辺境の軍事の要地には、節度使《せつどし》が置かれ、国境守備や反乱に備えた。それほど軍事的緊張のない地方の、民政、軍事の長官が観察使と呼ばれたのである。

柳冕は博学で文辞に富むといわれていた。父の柳芳《りゅうほう》は有名な史家で、史館修撰《しかんしゅうせん》という地位につき、編年法による史書『唐暦』四十篇の著者であった。

安禄山《あんろくざん》の乱で、長安の宮廷の記録が散佚《さんいつ》したあとをうけて、柳芳は当時の禁中のことを最もよく知っていた宦官高力士《かんがんこうりきし》から、いろんなことをきいて欠けた記録を補った。

柳芳はこのような、貴重な業績をのこしたが、彼の著書の『唐暦』は評判がよくなかった。なぜなら、事実を列記しているだけで、歴史評価をしていないからである。中国の史家は、司馬遷《しばせん》が『史記』に、

——太史公曰《いわ》く……

と、自分の意見、評価を書き加えたように、史観を明らかにするのが伝統であった。柳芳はそれをしていない。史家として責任を回避したとみられたのである。

その子の柳冕も、もとは史家であった。父子二代とも史館修撰というおなじ職について話題になった。

だが、父の著書が認められないことに発憤したのか、史官であることにあきたらず、さまざま

な政策を進言し、行政官に転向することになったのである。

――性、躁狷《そうけん》なりき。

と、『唐書』の彼の伝に記されているように、実務につくには、常軌を逸した性格のもち主だった。

自己興奮型で、他人の言うことに耳を傾けないことを「躁狷」という。偏執狂的な面もあったのだ。

こんな長官に治められた福建の人民は不幸であった。

柳冕は自分が史家であるという特技を発揮して、しきりに福建の歴史をしらべた。そして、南北朝時代、この地が南朝の牧畜場であったという事実を掘り出したのである。

戦争が軍馬の質や数によって、勝敗を左右された時代にあっては、馬政はきわめて重要であった。また動きの速い羊は、遠征軍にとっては、運搬人不要の生きた兵糧として珍重された。

中国では馬や羊の放牧区はおもに北方にあった。三世紀から六世紀にかけて、中国が南北に分裂していた時期、南朝は馬や羊を確保することに苦心したのである。

南北が統一されている唐代で、南朝時代の牧畜場をさがし出すことは、歴史研究以外には、あまり意味のないことなのだ。それなのに、柳冕は福建牧場の復活を計画したのである。

福建中部の東越というところに、広大な牧場をつくり、そこを万安監と名づけ、五区の牧場に馬五千七百頭、驢馬《ろば》、騾馬《らば》、牛など八百頭、羊三千頭を放った。

牧場開設まもなく、これらの動物はほとんど死んでしまった。長いあいだ牧畜などおこなわれなかった土地で、専門家もいなかったのだから、この事業が失敗するのはとうぜんであったといえる。

失敗すれば、やめればよいのである。だが、柳冕の牧場復活は、功名心にはやったものだった。牛羊が死ねば、それは彼の失点となる。それを取り返すために、彼は再び牛羊を補充したのだった。

数千頭の馬や羊を飼うことは、そのような仕事に慣れていないこの地方の人たちを苦しめることになった。

――民間、怨《うら》み苦しむ。

と、史書はきびしく批判している。

柳冕が長安に帰りたいと願い出たのは、この失政のあとであった。

じつは、彼のために、福建の経済は破壊され、民情は不穏になっていたので、朝廷としても、解任を考えていたのである。

解任されるまえに、自発的に辞職して、体面を保とうとしたのかもしれない。急いで長安に帰ったのは、そんないきさつがあってのこととおもわれる。だが、彼が健康を害していたのも事実であって、長安に帰って、まもなく死亡したのである。

柳冕のために、ぼろぼろにされた福建に、空海たちは流れ着いたのだ。空海が予想していたよりも現実はよくない、と感想を述べたのは正直というべきだろう。

——ここでは馬が死んでおるのに。……

陸老人のことばは、このような背景をもっていた。

「闇済美が来れば、すこしはましになるじゃろう」

陸老人はぽつりとそう言った。

「もちろんですよ」

言い終えて、自分でもはっとしたほど、杜知遠の相槌《あいづち》の声は大きかった。

「あなたはいつから闇済美のために働いておられるのかな?」

「もうかれこれ五年になります」

「声をかけられたのはどこであったのですか? 天台であろう?」

「いえ、天目でした」

「そうか、天目山にも手をのばしておったのか。……」

「ご老体はよくご存知でありますな」

「年だけのことはあろう」

「ご老体には、なにひとつかくせない気がしますよ」

と、杜知遠は首を振りながら言った。

いつの世でもそうだが、官僚はその地位が高くなるに従って、民衆からの距離が遠くなる。真《しん》摯《し》な官僚はさまざまな方法を講じて、民衆との距離を縮めようとしたものだった。信頼のおける人を、民衆のなかに置き、たえず民情を報告させるという方法は、古くから為政者がおこなっていた。

杜知遠は天目山で修行していたとき、ある人から、

——役人にならんかね？

と、声をかけられた。

俗塵を軽蔑《けいべつ》して山にはいっている山岳修行者にとって、このような誘いは侮辱といわねばならない。

——なんだと？

山岳修行に疑問をもち出し、精神的に動揺していた時期であったけれども、杜知遠はさすがに憤然として声を荒げた。動揺していたからこそ、反応が過剰になったのかもしれない。

——役人は役人でも采詩《さいし》の官のようなものだ。

と、相手は言った。

——采詩の官？

杜知遠はきき返したが、彼はこの古代の官名を知っている。古典教育を受けた者にとっては、これは常識といってよかった。

いにしえの周代、天子たる者は、風俗や民心を知るために、各地の民謡を採取させたという。

民衆はその心を歌謡に反映させる。政治にたいする希望や批判が、そのなかにこめられている。天子はそれを政治の参考にするために、「采詩の官」を地方に派遣した。

――民と天子とをつなぐ役目なのだ。

と、その人物は言った。

ただの俗界のことではない、という含みがそのことばのなかにあった。

――どなたが采詩の官をもとめておられるのか？

と、杜知遠は訊いた。

――閻済美。……この名を耳にしたことがありますかな？

杜知遠はそれにうなずいた。

長者の誉《ほまれ》が高い人物として、閻済美の名前は、ときどき人の口にのぼっていたのである。

木々のあいだに白く光る池に、杜知遠はじっと目をそそいだ。

相手は報酬のことを言わない。山に籠《こも》って修行しているけれども、杜知遠はいまなによりも金銭が欲しかったのである。

天目山は浙江杭州《せっこうこうしゅう》の西にある。東西にそれぞれ千五百米《メートル》ほどの山があり、東天目、西天目と呼ばれていた。山頂にどちらも池があった。「天の両眼」という発想があり、天目と名づけられたのである。

杜知遠は西天目山の頂上近くで、その人物につかまった。

——あんたは、こんなことでもなければ、世の中の役に立つことはできないではないか。このことばにつかまったといえるかもしれない。

——わしについてきなさい。そうするほかないのだからね。……

杜知遠は無言のまま、その人物のうしろについて、天目山をおりたのである。

ずいぶん失礼な言い草であった。杜知遠は思わず唇をかみかけたが、事実そのとおりだと思い直した。そして、しだいにさわやかな気持になった。はっきりと飾りがなくなれば、かえって心は澄むものである。

山をおりて、杜知遠は闍済美に会った。

——山を歩く人たちは、修行によって、自分だけが救われようとしています。けれども、私は人間の救いというものは、みんなといっしょでなければならないとおもうのです。いかがですか？　なにも私は修行者を批難しているのではありません。それどころか、私はあなた方を尊敬しています。自分だけでも救われなければならないと認めているのですから。……だから、私は山を歩く人たちに、采詩の官の仕事を頼むことにしているのです。……

けっして熱弁ではなかった。長者といわれるだけあって、闍済美はものしずかに語った。

——あなたの目を信じているのです。だから、あなたの目で見たとおりのことを、私に語っていただきたい。ただそれだけです。

闍済美は杜知遠の諾否《だくひ》も確かめずに、その部屋から出て行った。

それまで気がつかなかったが、卓上に五枚の餅銀《へいぎん》がのせられてあった。

そのころ、閻済美は婺州刺史《むしゅうしし》に着任したばかりであった。婺州は浙西に属していたが、その地方の人民は疲弊していたのである。

疲弊の程度、そして民衆はなにを考えているか、道士のすがたのまま、杜知遠は州を歩き、それを閻済美に報告することになった。

「こんどはやり甲斐《がい》があるじゃろう」

と、陸老人は言った。

「私の仕事には変わりはありません」

杜知遠は慎重に答えた。

「閻先生も、このまえとは地位がちがう。あなたは仕事に変わりはないとおっしゃるが、その仕事が、こんどは大きく反映されるはずじゃが」

「そうかもしれませんが、私はおなじように仕事をするだけです」

言いながら、杜知遠も自分ですこしかたくなすぎるのではないか、と思っていた。それは支流の考えで、滔々《とうとう》と流れる本流が、彼の口をついて出るのである。

閻済美の略伝は、新旧の『唐書』に載せられている。『旧唐書《くとうじょ》』のほうは、彼を良吏伝のなかの一人にいれているのだ。

良吏は良い官吏のことであって、能吏とは異なる。

——治を為《な》すこと簡易なり。鎮《ちん》に居《お》りて未《いま》だ嘗《かつ》て常賦《じょうぶ》を増《ま》さず……

と、『新唐書』にしるされている。鎮に居るとは、観察使になるという意味にほかならない。

複雑な法律を整理して、簡単でわかりやすい政治をおこなった。絶大な権限をもつ観察使になると、増税もその権限によって実施できた。閻済美はそれを一度もしなかったのである。

常賦を増さず、というあたりまえのようなことが、史書にしるされるのは、実際にはそれがあたりまえでなかったからなのだ。

定められた額以上を朝廷に上納すれば、それが地方長官の業績と評価された。したがって、観察使になれば、たいていあれこれと増税をおこなったのである。

閻済美はこれまで州の長官にあたる刺史であった。その上に観察使がいるので、彼の権限でやれることは限られていた。

前任地の婺州は浙西に属し、浙西の観察使は李錡《りき》という人物であった。皇帝の側近の宦官に賄《わい》賂《ろ》をおくって、観察使の地位を手にいれたといわれる。もとでを取り返すために、搾取をおこなったのはいうまでもない。このような観察使がいたので、「良吏」の閻済美も、自分の理想を行政に及ぼすことが困難であった。

こんどは観察使である。

だから、思いきって、なんでもやれる立場となった。陸功造が、やり甲斐があるだろうと言ったのは、その意味だった。

「まえよりは、たしかによくなるでしょうが」と、杜知遠は気を取り直して言った。——「ま、きりのないことでね。そうじゃありませんか、刺史の上に観察使がいたように、観察使の上にも人がいて……」

「みやこには宰相がいるし、大将軍、いや、上将軍もいるのじゃから。……」

陸功造は笑いながら言った。

かつて、武職の最高位は大将軍であったが、いまの皇帝——徳宗の初年に、新たに各衛《かくえい》上将軍を置いた。

「宰相のうえにも天子がおわします」

「天子の上は？」

「さあ……」

「天の子と申されるのだから、天子の上には天があることになる。……はてさて、その天とはなんであろうかな？」

「わかりません」

「天に近い天目山まで行ったのに、おわかりではないのか？」

「ご老体はおからかいになる」

「いや、からかっているのじゃない。……天を材料にしてからかうなど、この老生にはできぬことじゃ」

陸老人は背をまるめた。小さな老人のからだが、ますます小さくみえる。

数日たった。――

空海はずっと松柏観にいる。一日に一人か二人の患者が船に戻った。

三十余日の海上生活で、誰もが陸を恋しがった。松柏観に収容された患者たちは、仲間にうらやましがられたものだった。

けれども、陸にあがった人たちは、やがて仲間のいる船を恋しがった。

「何人か残ってもらわねば困りますぞ」

杜知遠は空海にそう言った。

「どうしてですか？」

「患者がいなくなれば、あなたも船に戻ってしまわれるではないか」

「そうなるでしょう」

「それではさびしい。……せっかく知り合えたのに」

「人の世はそのようなものです。相会《あいあ》うときから別れがはじまっています」

「そうとわかっていても、できるだけ別れをのばしたい。もっと話し合いたいこともある」

杜知遠と空海とのやりとりを、陸功造は目を細めながらきいていた。

（杜知遠は空海に吸いこまれてしまったな。……）

老人はそうおもった。

なぜそうなったのか。陸老人にはわかっていた。

杜知遠は弱い人間であった。彼が俗塵をはなれたのは、悟りのためというよりは、俗世ではとても生活できなかったからなのだ。

天目山で杜知遠は、声をかけてきた人物のうしろに、吸い寄せられるようにして山をおりた。

つぎに彼は閻済美という人物に吸いこまれた。

際立った人間のそばにいて、そこから放射される強烈な気を受けて、杜知遠という人間は生きているようだった。

彼の前に空海があらわれたのである。

（このわしでさえ、うっかりすると、空海に吸いこまれそうになる。……）

陸老人にはこのような警戒心があった。だからできるだけ傍観者の目で二人を見ていたのである。

日本から来た空海という僧は、それほど強いものをもっていた。強いというよりは、ふしぎなもの、というべきかもしれない。

ふつうの人が見たのでは、それはわからないだろう。日本の遣唐使船の幹部たちにしても、空海の強さ、ふしぎさがわかっていないにちがいない。——陸老人はそう推測した。

遣唐副使などが、つまらない文書の代筆などを命じているが、陸老人からみると嗤《わら》うべきことであった。

――霊気をかんじうる心のもち主。

杜知遠が空海をそう認めたのは、おなじ山岳修行をした人間だったからである。陸老人もそうであった。

十日ほどたったある日、釣竿《つりざお》をもった男が、松柏観を訪れた。杜知遠とおなじ四十年配である。

「温州《おんしゅう》から来た漁師だが、ちょっと字を書いてもらいたい」

と、その男が言うと、杜知遠は大きくうなずいた。

「しばらくよそへ行っていますが、また会いますよ、きっと」

杜知遠は空海と陸老人にそう言い残して、松柏観から出て行った。

そのころ、患者は重症の三人しか残っていなかった。ここでは二人が死亡していたのである。

「あるじの呼び出しだね」

と、陸老人は言った。

「新観察使は、温州まで来ているのですね」

「杜知遠はあまり報告することがないでしょう。あるじを失望させるかもしれませんな。あなたが来るまではともかく、あなたが来てからは、あまり外に出ませんでしたからね。もっと民間にはいらねばならなかったのに」

「そうでしょうか？　なんだか、自信たっぷりで出かけたようですよ」

「そう見えましたか？」

陸老人は、自分のとがった鼻のさきをつまんだ。

「そろそろここをうごけそうですね。新観察使が着任するのですから。船のほうは、もうたいへんです。昨日行ってみましたら、みんな気が立っていましてね。あの橋逸勢などは、ちょっとしたことで、上司に食ってかかったり、仲間と喧嘩《けんか》をはじめたりするのですよ。食糧もすくなくなっています」

と、空海は言った。

交替の上陸は許されているものの、船上での退屈な長い時間は、人びとをいら立たせていた。僻地《へきち》の寒村なので、船に交換する絹はあっても、村に食糧はすくなかった。

杜知遠は、温州で閻済美に会っていた。

閻済美は杜知遠の報告に、失望などしていなかった。機嫌よくその話に耳を傾けていたのである。彼がつぎの任地の福建に派遣して事前調査を頼んだ人は、杜知遠だけではない。

――浙江に近い福建海岸のこと。

杜知遠の担当はそれだけであった。

「ほう、で、その太乙元君《たいいつげんくん》や玄女の像はどうしたのかな？　薪にでもなってしまったのか？」

松柏観が空っぽであったときいて、新任観察使はそうたずねた。好奇心の旺盛《おうせい》な人物である。

「いえ、塑像《そぞう》でございますから、たきつけにはなりません」

「なんだ、泥か。泥はなにかの役に立つのかな？」

「あのあたりの船乗りが、盗んで行くのでございます」

「罰あたりな」

「反対でございます。神像をのせた船は、天の罰を受けませんので、平穏な航海ができるといわれているのです。あのあたりの、海に近い寺廟《じびょう》は、仏像や神像が盗まれないように、交替で不寝番を置いているそうでございます」

「では、盗品は船のなかにあるのだな」

「いいえ、神仏が乗って、平穏な航海を保証するのは、一回きりということです。つぎの航海におなじ神仏を乗せると、かえって海は荒れると言い伝えられておりまず」

「それはまた面倒じゃな」

「神仏も旅をしとうございまして、旅に出るとご機嫌がよろしいのですが、そのあと、生まれ故郷へお連れしなければなりません」

「故郷？　仏の故郷は天竺《てんじく》で、神仙の故郷は崑崙《こんろん》であるときくが、そんなところまで連れて行くのか？　崑崙などはどこにあるかわからないのだぞ」

「神仏の帰郷を代行する廟が番禺《ばんぐう》県にございまして、そこに納めますれば、それでよいと申されています」

「ほう、番禺か。……」

現在の広州市は、番禺県と南海県の二県にまたがっているのだ。

「波羅廟《はらびょう》でございます」

「ああ、そうか。たいそう繁昌《はんじょう》しておるそうじゃな」

閻済美は、広州にあるその廟の名を知っていた。

たわいのない話をきいているようだが、彼はそれによって、いろんなことを知ったのである。

福建の沿海の人たちが、ことのほか迷信深いことがわかる。また赤岸鎮近辺の人たちが、松柏観の神像を守る力もないほど無力であることもわかった。

（密輸が盛んで、その元締めが広州にいるらしい）

ということも、杜知遠の話から推理できたのである。

福建には三つの問題がある。――馬、茶、海。

政治をできるだけ簡易にして、のんびりとやっているようにみえるが、そんな人に限って、けんめいな努力をしているものである。

閻済美は地方官にあっても、全国の状況をしっかりと把握すべきであると考えていた。

いつ、どこへ派遣されても、すぐに問題に取組むことができる準備をしておかねばならない。

――すくなくとも、取組むべき問題がなんであるかぐらいは知っておくべきである。

浙西の刺史（州長官）をしていても、彼は福建の問題点を知っていた。ことに浙西は福建と隣接しているのだ。

馬の問題そのものはかんたんである。

前任者の柳晃が、功名心にはやって設けた牧場を廃止してしまえばそれですむ。唐が全国政権であるかぎり、あまり適地とはいえない福建で馬を養うことはない。

馬の問題はあと始末である。牧場をなにに転用するか。そこにまわされていた人員を、どのように配置し直すかといったことで、彼はほぼ腹案をもっていた。

茶は福建の特産であり、朝廷への献上品であるから、気をつけて栽培しなければならない。さいわい、閻済美が長官をしていた婺州も茶を産した。品種の改良などは、彼がすでに手がけていることだった。

つぎに海の問題。――これはかなり難しい。

密輸が盛んである。交易に課せられた税金をのがれる密輸のほかに、禁制品の取引があり、それが海上でおこなわれる。

政府の専売である塩なども、低価の密輸品が出まわっていた。

(これは難しい。……)

閻済美は、なんども心のなかでくり返した。

はたして密輸を取締るべきなのか?

民衆が安い塩を手に入れるのは、けっこうなことである。

だが、それでは政府の専売の塩がそれだけ売れないことで、国家財政を揺るがせかねない。

板挟みである。

良吏であるから、こんなことに悩むのだ。能吏であれば、ぴしぴしと密輪を取締るであろう。

（原則として目をつぶってもよい）

彼はそうおもった。

ただ密輪の組織が大きくなり、武装しはじめると、目をつぶってはすまされない。密輪は政府の取締りに対抗して、武装して自己を防衛するようになる。――

いまは目を配っていることにする。

神仏の像が盗まれて広州へ行く話は、密輪の元締めがその地にあることを示唆していて、参考になった。

杜知遠は日本の遣唐使船のことを告げたが、閻済美はあまり関心を示さなかった。

それは政府公式のものであり、船は東北からきたのである。

閻済美の海にたいする関心は、西南のほうにあった。日本の使者が来たことよりも、神仏の像が広州番禺の波羅廟に納められていることのほうが気がかりだった。

波羅廟は俗称で、ほんとうは南海神廟または広利王廟という。

「休　咎《きゆうきゆう》禅師はまだご存命かな？」

杜知遠の遣唐使船の話をさえぎるように、閻済美はそう訊いた。

「遷化《せんげ》されたことは、まだきいておりません」

と、杜知遠は答えた。

この著名な高僧は、もう五十年ほども広州に住みついていた。死亡すれば、そのことが伝わるはずだが、そのような話はきかない。

「そうか。……」

「え、なにか？」

話題が急に変わったことが、杜知遠には理由がわからないのである。

「波羅廟の隣りに住まわれていたな、たしか」

と、闇済美は言った。

「ああ、そうでした。……」

杜知遠は納得した。たんなる連想かとおもったのである。

修行者のあいだで、休咎禅師の名は高い。その道場は番禺の波羅廟のそばにあった。海光寺という。

休咎禅師は広州に来て、南海神廟の地が稀有《けう》の吉地であるのをみて、ここを伽藍《がらん》にすることを神霊に乞《こ》うたところ、神霊は許さなかったので、その隣りに寺をたてたといわれている。

休咎禅師の道場である海光寺が、ほかの寺にくらべて目立つのは、天竺《てんじく》の僧がよく来ていることだった。天竺僧は広州では「波羅門《ばらもん》」と呼ぶことが多い。

天竺から来た波羅門は、珍しがって、よく南海神廟のなかをのぞいた。そんなことで、いつのまにか、南海神廟が波羅廟と呼ばれるようになった。

「赤岸《せきがん》の鎮将の食客に、陸功造という老人がいたであろう」

闇済美はまた急に話題を変えた。

「はい。松柏観にしばらく一しょに住んでおりました。闇刺史のことを知っているような口ぶりでしたが」

と、杜知遠は答えた。陸老人はたしかに杜知遠の仕事を知っていたのである。

「私は会ったことはない。だが、名前はきいたことがある。もっとも、その名はときどき変わるが。……何者であるとおもうかね？」

「山岳で修行した者とだけはわかります」

「もとは僧だったことがある。……それ、海光寺の休咎禅師のところにいたこともあったはずだ」

「よくご存知ですね」

と、杜知遠は言った。

「なにをしたかは、ほぼわかっているが、なぜしたかがわからない」

闇済美はそう答えた。

「あの小さな老人が、どのようなことをいたしたのでございましょうか？」

「私があんたに頼んだようなことを、誰かに頼まれたのであろう」

「誰かに？」

「私の想像では、陸老人は休咎禅師の手足となって働いたのであろうとおもうね。休咎禅師も、ほかの誰かに頼まれておろう」

「休咎禅師のような名僧に、いったい誰がどのようなことを頼むのですか?」

「おそらく長安の天子であろうな。天子というよりは、朝廷といったほうがわかりやすいであろう。……私の知っているかぎり、休咎禅師は玄宗《げんそう》皇帝のご命令を受けておられた形跡があるのじゃが」

「玄宗皇帝でございますか。……」

杜知遠の目が、当惑したように天井にむけられた。

安禄山《あんろくざん》の乱がおこって、玄宗皇帝が楊貴妃《ようきひ》とともに、長安を脱出したのは、五十年近くも前のことである。

――天宝《てんぽう》末年のころのことじゃが。……

杜知遠は子供のころから、大人たちがそんな前置で語るのをよくきいた。安禄山がそむいて、長安を襲ったのは天宝十四載《さい》（七五五）のことであった。

天宝という元号は、三年目から、「年」を「載」と呼ぶように改めている。むかし話をする古老のなかには、むやみに「載」という表現を使いたがる者もいた。

長安を脱出した翌日、皇帝を護衛していた軍隊が、馬嵬《ばかい》というところで、うごこうとしない。国家をこのような危地におとしいれたのは、宰相の楊国忠《ようこくちゅう》の責任であるとして、軍隊はそこで楊国忠とその一族を殺してしまった。それでも軍隊はまだうごこうとしない。

——陛下のそばに楊貴妃がいるかぎり安心できない。

というのが、軍隊の意思であったのだ。楊国忠は玄宗皇帝の寵愛《ちょうあい》をうけた楊貴妃のいとこであったので、異例の昇進をして、専横の振舞いがあり、安禄山と対立したのである。

いま軍隊は、楊一族を一人だけのこして、ことごとく殺してしまった。のこる一人——楊貴妃も殺していただかねばならない。でなければ、いつ楊貴妃が、

——わたしの一族を殺した者を罰してください。

と、皇帝にせがむかもしれない。

軍隊に迫られて、玄宗皇帝は楊貴妃に死を賜わった。

これは杜知遠が生まれる前のことだが、彼はなんどおなじ話をきかされたかしれない。——むかしむかしの話、と彼は思っていた。

杜知遠にとって、遠いむかしの時代である。その時代の人間が、まだ生きていて、伝統の人物である玄宗皇帝と関係があったという。歳月についての感覚を、いささか調整しなければ、戸惑いは消えないであろう。杜知遠は心のなかで、そんな作業をしていた。

「あのとき、危うく国がほろびるところであった」

と、闇済美は言った。

「そのことは、子供のころからよくきいております。大唐まさに絶えようとしたとか……」

「わが国がほろびなかったのは、安禄山が江南の地に踏みいれることができなかったからだったよ」

「幸いなことでございました。顔真卿《がんしんけい》の忠誠によるものであること、これも古老たちにきかされました」

「顔真卿がよく逆賊と戦ったのはいうまでもない。だが、江南の民心が安定していたからでもある。……休咎禅師たちはこのときによく努力した。ま、禅師たちにしてみれば民を教化するのは、仏法者のつとめで、乱があったからとくに力をいれたのではない、と申されるかもしれないが」

「さようでございますか」

安禄山の乱のときに、江南の僧侶《そうりょ》たちがよくつとめたという話は、杜知遠の子供のころの古老の口から語られなかった。

「嶺南《れいなん》（広東《カントン》地方のこと）を頼むぞと、玄宗皇帝が休咎禅師にお声をかけられたときいている。……高力士《こうりきし》を通じてという説もあるが、禅師は国家鎮護《ちんご》のことにつとめられ、いまもつとめておられる」

閻済美のいう高力士とは、玄宗皇帝側近第一号といわれた、有能な宦官《かんがん》である。

「いまも？」

と、杜知遠は問い返した。

休咎禅師はとっくに九十をこえているはずであった。

「いまも波羅廟の隣りに住んでおられるはずだ」

と、闍済美は言った。

「ああ、わかりました」

杜知遠は理解した。

各地から神像や仏像が集められる波羅廟は、海で仕事をする人たちの連絡場所でもある。乱をおこそうとする者は、そこを利用するにちがいない。その波羅廟を監視できるところに、休咎禅師はみずからの寺を建立している。

吉地であるからと、廟の土地を請うたのは、その隣接地に寺を建てる口実であったにすぎないであろう。杜知遠がわかったのは、そのことだったのである。

「日本の使船のなかに空海という僧がいるそうじゃな」

闍済美はまた話題を変えた。

「はい。……」

杜知遠はこういうことでは驚かなかった。闍済美のために耳目となっている人は、ほかにもいるはずで、そのなかの誰かが杜知遠の消息を伝えているかもしれない。

――松柏観で、日本の留学僧の空海と申す者と、たいそう親しくなっておりますようで。……

闍済美の耳に、そんな話がはいっていても、けっしてふしぎではない。

「あんたはその空海と申す僧から、日本のことをいろいろときいたであろう?」

「え？　はい。……」

　こんどの返事は、前のそれとちがって、声に芯《しん》がはいっていない。闍済美の質問に、とりあえず返事をしたが、杜知遠はそのあと、じつは愕然《がくぜん》としたのである。

　しばらく一しょにいて、ずいぶんいろんな話をしたが、思い返してみると、日本のことが話題になったのは、意外にすくない。彼自身、いまそのことに気づいて、

（なぜなのか？）

　と、ふしぎにおもっている。

　唐代は外国との往来が盛んであったとはいえ、東海の遠い日本国のことが、めずらしくないはずはない。げんに杜知遠は、日本人と会って話をするのは、これがはじめての経験であった。それなのに、日本について、それほどあれこれとたずねていないのである。

　杜知遠がすぐには思いつかなかった解答を、闍済美が代わって与えてくれた。

「どうやらあんたにとっては、日本という国よりも、空海という人間のほうが、ずっと興味があったようじゃね。……」

　松柏観での杜知遠のことを、誰かがくわしく闍済美にしらせたにちがいない。くわしく、というよりは、的確に、というべきであろう。第三者のするどい観察は、本人の気づかないところまで、はっきりととらえているものだ。

　自分の好奇心が、山岳修行によって磨滅したとはおもえない。好奇心なら、恥ずかしいほど溢《あふ》

れてくる。ただそれが日本国にではなく、空海にむけられたのだった。

（なるほど、そうだったのか。……）

杜知遠は闍済美の解答にうなずいた。

「なぜなのか、いまあんたに訊いてもわかるまい」と、闍済美は笑いながら言った。——「空海という僧に会うのがたのしみじゃ。日本の使船はいずれ福州に回航されるはずだから」

「と申されても、使節のなかで、空海の身分はごく低うございまして、お目にかかれるかどうか……」

「会おうとおもえば会える。……それよりも、あんたは空海とどのような話をしたのかな？」

「困りました。……」

杜知遠は頭に手をやった。

（やはり人間であった）

ということを、あらためて思い知らされたのである。闍済美が、杜知遠の関心が日本という国よりも、空海という人間にあったと指摘したばかりであった。空海とかわしたことばよりも、空海その人のほうが、はるかに強い。その証拠に、空海とのやりとりが、それほど印象に残らず、いま質問を受けて、即答できないでいるのだ。

「ああ、そうです」杜知遠はやっと記憶から、なにがしかのものを搾《しぼ》り出して、ことばをついだ。

——「民を教化することと、儒・道・仏の三教についての話などがよく出ました」

「優劣を論じたのじゃな？」

「そのような話もありました」

「空海は仏僧であるから、とうぜん、仏教が最もすぐれていると申したであろうな？」

「はい、そのとおりでございますが」

杜知遠は肯定しながら、語尾を濁した。

空海は二十四歳のとき、『三教指帰《さんごうしいき》』と題する文章を作って、儒・道・仏の三教の優劣を論じている。これは彼の処女作であるばかりではなく、彼の信仰宣言でもあった。この文章を作ったあと、空海の優婆塞《うばそく》（仏法修行者）生活が始まったのだ。

三教比較論は、空海が得意とするはずなのに、彼のことばが道士杜知遠に、あまり深い印象を与えていない。道士として反発すべき発言もあったにちがいないのに、杜知遠はそれをやりすごしている。

三教のいずれがすぐれているかは、問題ではなかった。空海がそばにいるだけで、むしょうに心が躍動したのである。その心を、ことばが避けて、飛び去ったかのようだ。

「空海のことばのなかで、あんたの胸に一ばん響いたのは？」

閻済美のかぶせるような質問で、杜知遠は記憶をもういちど搾《しぼ》った。すぐには出てこない。

「民の教化と申したな。そのことについて、なにか申したであろう」

そう促されて、杜知遠は苦しまぎれに、頭にうかんだ空海のことばを口にした。

「民がみずからを、救われるに価すると思わねばならない。それを教えるのが、なによりも大切で、これは三教を超《こ》えたことだと……」

「それだ」

閻済美の声は、杜知遠を驚かせるほどの重みをもっていた。

大きな失政のあとをうけた新任観察使として、彼は温州に来る船のなかで、そのことばかりを考えていたのである。

――民が生きている自分の値うちを知ることだ。……

羅漢《らかん》の泉

山のなかに鼓《つづみ》に似た巨石があり、風雨のときは鼓声に似た音を立てるという。それで鼓山《こざん》と名づけられたそうだ。

屴崱《りょくしょく》峰、白雲峰、獅子《しし》峰、鉢盂《はつう》峰などいくつかの峰をもつ山地の総称が鼓山であり、最高峰は海抜約九百米《メートル》である。

懐《ふところ》のひろい山で、福州城の東の康泰門を出て、約十キロでその麓《ふもと》に達する。

山中にはいくつもの泉池があり、そのなかでも羅漢《らかん》泉と呼ばれるのが最も大きい。そして、泉のほとりに、華厳《けごん》寺という寺があった。寺といってもささやかなもので、庵室《あんしつ》といったほうがよいであろう。

泉の大きさにくらべて、寺の建物がよけい小さく見えた。

泉のほとりの小路《こみち》を、新任の観察使閻済美《えんさいび》が、一人の道士を従えて歩いていた。道士は杜知遠《とちえん》である。

「そこを左へ行きますと、羅漢台に出ます。一刻（十五分）足らずで行けるはずです」

と、杜知遠は言った。

「さすがは山にくわしい」

観察使はそうほめて、左にまがった。かなりの坂になっている。途中で、彼はふりかえった。

「松筠《しょういん》（松と竹）、碧潯《へきじん》（あおい水ぎわ）に起る。……このような風景だな」

観察使は杜甫《とほ》の詩句を引用して呟《つぶや》いたが、杜知遠はあまり詩文にくわしくなかった。

「いまは羅漢泉と呼ばれていますが、つい二十年ほど前まで、ここは龍潭《りゅうたん》という名でした」

杜知遠は散文的な説明をはさんだ。

「毒龍がいたのだな」

「はい。……ご存知でしたか。いまは降伏《ごうぶく》されて、害はございません」

「高徳の僧を招いて、華厳経を読ませると、龍は消えたと申すのじゃな」

「霊嶠《れいきょう》と申す僧ですが、私は廬山《ろざん》でお会いしたことがございます」

「どうじゃな、その僧、空海とくらべて？」

観察使のとつぜんの質問に、杜知遠はしばらく戸惑った。

二十年前、読経で龍をしずめた霊嶠と、ついこのあいだまで松柏観《しょうはくかん》でともに暮した空海とは、杜知遠の心のなかで、どうしてもまじわらない。

「まったく、その……似ておりません」

正直に彼は答えた。

「別世界の人だな。……」

龍潭あらため羅漢泉を見下ろしていた観察使は、すこし肩を揺すって、また坂道を登りはじめた。その背中を見ながら、杜知遠は観察使がいちども会ったことのない空海に、なぜこんなに関心を示すのか、ふしぎにおもっていたのである。

「羅漢台に着いたようだ」

観察使は小手《こて》をかざした。

眼下に閩江《びんこう》が横たわっている。水面が白く光っていた。ゆったりと、霞《かすみ》の彼方《かなた》から二つに分れながら、海にむかって伸びている。ただ伸びているだけで、流れているかんじはない。

西にこぢんまりした福州城が見えた。正確にいえば、それは閩県城である。福州は十の県をその下にもち、州の長官は閩県に駐在することになっていた。

約八十年後の唐の中和年間に、観察使の鄭鎰《ていいつ》が東南に城郭をひろげたのが、長いあいだ福州城の規模となった。

まだ城壁がのびていない、その東南の河岸に、日本の遣唐使船が碇《いかり》をおろしていた。ほかの船は中州《なかす》をへだてた西寄りの岸に帆柱をならべている。日本船だけが隔離された形になっていたのだ。

「暑いであろうな」

と、観察使閻済美は、小手をかざしたまま言った。

「暑さもさることながら、湿《しめ》りが苦しいそうでございます」

と、杜知遠は言った。

六印港から福州に回航された日本船は封艙《フォンチャン》されている。封艙とは船ごと差しおさえられることなのだ。

正式の使節の船なのか、私的な貿易船なのか、いまのところ不明とみられている。国書をもたないので、福州の当局としては、彼らを国使と認めるわけにはいかない。とりあえず、長安の朝廷に訓令を仰いで、封艙の措置をとった。

船を封じてしまうので、百二十余人の乗船者を船の外に出さねばならない。とはいえ、上陸はまだ禁止されている。

水と陸とのあいだの河原なら、上陸でないとみなすことができる。そんな苦しい解釈で、遣唐使船の一行は、閩江の河原に追いおろされていたのである。

竹を突き刺してならべ、その上に、帆布《はんぷ》をかぶせて、太陽の直射を避けているが、河原の砂は湿りを帯びていて、じかに横になれる状態ではない。

「今日で三日目だな」

と、観察使は言った。

「病人が出るころです」

「嘆願の書状は何通参ったかな？」

「一日一通。すでに三通に及んでおります」

「いずれも賀能《かどう》の筆になるものじゃな？」

「そのとおりでございます。文章も字も」

と、杜知遠は答えた。

藤原葛野麻呂《ふじわらのかどのまろ》は、唐ふうに朝臣賀能《あそんかどう》という名を用いていた。葛《くず》や野といった文字は、見るからに田舎じみているとおもえたのであろう。遣唐使の人たちは、よくこのような唐ふうの姓名を使ったのである。

「助言はしてやったのだね？」

「はい。午《ひる》すぎに参りまして、橘逸勢《たちばなのはやなり》に申し伝えておきましたが」

嘆願の書状とは、

——湿沙《しつさ》のうえでは苦しいので、せめて船での起居を許していただきたい。

という内容のものだった。

助言とは、文と書とがもっとすぐれていなければ、観察使の心をうごかせない、ということである。

杜知遠は空海にもそう助言したし、通訳をわずらわして、橘逸勢にもおなじことを伝えた。

——あなたのことを、私は観察使に申し上げておいた。どうしたわけか、たいそう興味を示されて、あなたの筆になる書状を欲しがっておられる。差出人の名は、もちろん朝臣賀能でよいが、文章と書とは空海のものであること。……それで百余の人たちが助かります。

杜知遠がそう言うと、空海はにっこり笑って、

——ほう、私が役に立ちますのか。

と答えた。驚きの表情も、気取りもなかった。いつものように、人を吸いこんでしまいそうな雰囲気が、そのことばから醸《かも》しだされていたのである。

「では、空海の書状が、まもなく届くころだな」

閻済美は閩江の河原にじっと目をそそいだ。遠すぎて、顔形どころか、服装の僧俗の区別さえできない。

「早馬が参ります。三里（約一・五キロ）ほどで麓に着くでしょう」

と、杜知遠は言った。

「では、早く華厳寺へ行こう。馬摠《ばそう》も待ちかねているであろう」

閻済美は羅漢台から降りて、羅漢泉のそばの華厳寺へむかった。馬摠という人物がそこにいて、観察使が来るのを待っているはずである。——今日は観察使は馬摠と会うために、わざわざ鼓山に来たのだ。

「この山、気に入った。わしも泉のほとりに庵室でも建てようか」

観察使は上機嫌であった。

「そんなにお気に入られましたか」

「この山には、しみじみしたものがある。山岳修行者のあんたから見て、この鼓山の格は、どのていどのものかね?」

「最上の格といえましょう」

「そうであろうな。……時世は遷《うつ》り変わっても、天然の風景はいつまでも変わらぬものよ。……」

閻済美は感動していたが、じつは彼がいま見ている風景は、百年あまりのちに変化することになる。

唐がほろびた翌年(九〇八)、この地で自立して閩王と称した王審知が、この泉池の半ばを埋め立て、そのうえに伽藍《がらん》をつくった。それが鼓山湧泉寺《ゆうせんじ》にほかならない。

現在の湧泉寺の建物は、さらにその二百年後に重建されたものが大部分だが、天王殿のほとりの羅漢泉は、かつての面影の片鱗《へんりん》をとどめている。

後年の湧泉寺とはくらべものにならない、素朴で小さな華厳寺は、これも後年の羅漢泉よりはるかに広い泉池のかたわらにあった。

そこで観察使閻済美を待っていたのは、泉州別駕《べつが》の馬摠という人物である。

馬摠は篤学《とくがく》の好漢であるが、いささか融通がきかないところがあった。諧謔《かいぎやく》の精神を豊かにもっているのに、その使い分けが下手であったのだ。

同輩にたいして上質のからかいとなることばを、上司にたいしておなじように使い、物議をかのである。

闇済美は馬揔に会うと、いきなりそう言った。長安でなんどか会っていて、気心を知っていた

「やっと命拾いしましたな」

もすようなことがあった。

「不徳の致すところで」

馬揔は頭を下げた。

「いや、このたびのことは、不徳は相手方にある」

馬揔は滑州刺史の姚南仲《ようなんちゅう》に認められて、その幕僚となっていた。

唐代では、各地に「監軍《かんぐん》」と呼ばれるお目付役が配属されていた。監軍は例外なく宦官《かんがん》である。

地方の高級官僚は、みな儒生であり、心のなかでは、男であって男でない宦官を、さげすんでいた。その軽侮がおもてにあらわれると、監軍たちからしっぺ返しを受ける。監軍は皇帝に直属しているのだ。

宦官は子ができないので、子孫のためを考えて、私欲に走ることがないと、皇帝から信任されていたのである。彼らの報告を、皇帝はそのとおり信じた。

姚南仲は監軍を無視したことで、失脚し、その幕僚であった馬揔も左遷されたのである。馬揔がユーモアのつもりで口にしたことばが、その地方の監軍であった薛盈珍《せつえいちん》を激怒させた、といわれている。

ほんとうは殺したかったのだが、それだけの理由がなかった。

別駕という職は、州の長官である刺史の副官である。泉州は福建観察使の管轄内にあり、泉州別駕となった馬摠は、福建牧場に反対して、ときの観察使柳冕《りゅうべん》に憎まれた。

監軍の薛盈珍は、その後、長安の朝廷に召され、皇帝側近として権勢をふるった。

柳冕は馬摠に、牧場反対だけではなく、薛盈珍のご機嫌をとるためにも、なにかあれば罪をきせようと、機会をうかがっていたのである。それを泉州刺史の穆賛《ぼくさん》がけんめいに庇《かば》って事なきをえたのだ。

命拾い、と闍済美が言ったのは、柳冕が福建を去り、長安で死去したので、馬摠はもう狙《ねら》われなくなった、といういきさつからである。

「あなたに長安へ行っていただく。日本の使節のつき添いとして」

と、闍済美は言った。

「あの船は、やはり日本の使船であるときまりましたか？」

馬摠の声には、はずみがあった。

「まちがいありません」

闍済美は断言した。

「その役目、よろこんでお引きうけいたします」

馬摠はすこし頭を下げた。

二人のあいだには、かなりの身分のひらきがあったが、馬摠は頭の下げ方ひとつにも卑屈なところをみせなかった。だからこそ、これまで、あまり質の良くない監軍や観察使と、問題をおこしてきたのである。

「現職のまま、日本の使節を送っていただきますが、ご不満はおありかな?」

「なんの、なんの、まったくございません」

と、馬摠は答えた。

――福州に来られたし。

婺州《むしゆう》で福建観察使に任命されたしらせを受けたとき、閻済美が最初にしたのは、泉州別駕の馬摠を福州に呼ぶことであった。

新しい官職を提示したのでもなければ、その打診をしたのでもない。ともあれ、観察使の駐在地である福州まで、出むいてほしいというだけだった。

とはいえ、馬摠は期待を抱いて来るにちがいない。馬摠の人物を知る閻済美も、相手の抱く期待の大きさが、すこし気がかりであった。

だが、馬摠はすんなりとうけいれてくれたのである。

長安へ行ける、ということが、馬摠にとっては魅力であった。現職のままというが、別駕より上への昇進は、手続上、時間がかかるのだから仕方がない。日本の使節団は、まもなく長安にむけて出発するであろう。観察使の命を受けて、日本使節団を送る。――長安へ行く絶好の機会なのだ。

いちいち説明を受けなくても、馬摠にはそのことがわかっていた。

「新しい泉州別駕が、一日も早くきまることを望んでおります」

と、閻済美は言った。

長安へ行った馬摠が、そこでより良い官職を得て、そのため泉州別駕の後任をきめなければならなくなる。その日が早く来ればよい、という意味にほかならない。

開け放った戸の外に、碧《みどり》の羅漢泉が、樹々《きぎ》の色をうけて、いっそう深味を帯びて見える。

そこへ福州城からの使者がやって来た。山麓《さんろく》で馬をおり、山道を急ぎ足で登ってきたとみえ、観察使に書状を渡すとき、大きく喘《あえ》いでいた。

閻済美はそれをひらいて読み、こんどは彼が肩を大きく上下させた。

観察使の身ぶりに、ただならぬものを感じて、馬摠はそう訊《き》いた。

「なにかございましたか？」

観察使は読み終えた書状を、馬摠に手渡した。

「馬先生、これをごらんになってください」

遣唐大使朝臣賀能の名による、四通目の嘆願状である。

これまでの三通とはまるでちがった、気韻が行間に溢《あふ》れるような文章であった。しかも、躍動感がみなぎっている。

文章だけではない。その文字がみごとであった。

「や、これは……」

馬摠が最初にため息をもらしたのは、その書のすばらしさに感動したためである。そのあと、嘆声がくり返された。それは文章についてであった。


賀能啓《かどうもう》す。高山、澹黙《たんもく》（静かに黙っている）なれども、禽獣《きんじゅう》、労《ろう》を告げずして投帰《とうき》し、深水言わざれども、魚龍、倦《う》むことを憚《はば》からずして逐《お》い赴《おも》むく。故《ゆえ》に西羌《せいきょう》（西方チベット系民族）険《けわし》きに梯《かけはし》して垂衣《すいい》の君（有徳の天子）に貢し、南裔《なんえい》（ベトナム地方）深きに航《ふなわたり》して刑厝《けいそ》の帝（刑法を用いずによく治まる名君）に献《けん》ず。誠《まこと》に是《こ》れ明《あきら》かに艱難《かんなん》の身を亡《ほろ》ぼすことを知れども、然《しか》も猶《な》お命《いのち》を徳化の遠く及ぶに忘るる者なり。……


これにはじまる文章は、『性霊集《しょうりょうしゅう》』に収められて現存する。数多い空海の文章のなかでも、とくに格調の高いことで知られている。

「日本の大使が書いたのですか。これは驚いた。我が唐の文人で、これに匹敵する文章を作れる人が、いったい何人いるでしょうか。……私の知るところでは、陽山（広東）に流されている韓《かん》愈《ゆ》くらいしか思いあたりませんね。……うむ」

馬摠は唸《うな》った。

「世の中には、思いもかけぬことがある。蛮夷《ばんい》の人にして、この文あり。驚いたであろう」

闇済美は馬摠の驚きを、たのしんでいるようだった。

「このような文を作り、書をものする人とともに、長安まで行くのは、たのしみであります」

と、馬摠は言った。

「あなたに悪いが、その人は長安へ行かぬのだ」

「そのようなことはないでしょう。遣唐大使が上京参内せぬことなどは……」

「大使は長安へ行く。あなたに連れて行ってもらう。だが、この書状を代作、代書したのは、日本僧の空海と申す者で、長安行きの人数にはいっておらぬ」

「なぜですか？」

「人数に制限がある。大部分の者は船にのこり、船は明州（現在の寧波《ニンポ》）に回航され、大使の帰りを待つ」

「それは水夫たちでしょう。このような才能のある人物を、長安へ行かさないなど、おかしいです。長安の人たちを驚かせることができるのに」

「この人物は、私のそばにとどめておきたいのだ」

と、闇済美は言った。

「身勝手でございますね」

上司にたいしても、こんなふうにずけずけと言うのが、いかにも馬摠らしいところである。

「きついことを申す」

「さようでございましょう。空海という僧は、我が大唐に学びに参ったのです。大唐の精華は長安にあります。なぜこのような、柳晃がずたずたにした土地に、空海を留《とど》めようとなさるのですか？」

「会ったこともない異国の僧に、ひどくいれあげているではないか」

「会わないでも、文章を見ればわかります。この異能の僧は、大唐の精華を日本に伝える大切な人物です。あなたの身勝手で、迷惑を蒙《こうむ》るのは日本の衆生でございましょう」

「わかった。わしもそんなに長くひきとめようとは思っていない。……長安へ行く使節一行の名冊に、空海の名を加えることにする。あんたの言うとおりだ」

「すこしお待ちください」

馬摠は胸のまえで、右手の指をひろげて言った。

「なにかね？」

「名冊はいまのまま、日本の使節にお渡しになってください」

「空海の名はないぞ」

「だから、空海自身の嘆願状が、そのうちに届くでしょう。……それを読みたいとおもいます」

読みたいと言ったが、馬摠はその書を見たい気持のほうが強かった。

「なるほど。……空海の書画もう一通、鑑賞できるというものだな」

「その書状が届きましたなら、空海をここに呼びましょう。嘆願のことを、くわしくききたいという理由があります」

「それはおもしろい。……とりあえず、この書状にたいする返事として、河原の日本人に乗船を許すことにしよう。書状の内容が、観察使をうごかしたことにすればよかろう」

閻済美は、その場で指令の文書をしたため、使者に渡した。

その日の夕方までに、河原にいる日本人にたいして、

――全員、船内に起居することが許される。本日の書状をみて、観察使閣下がそう決定された。

と、告げられたのである。

「本日の書状か。……」

遣唐大使藤原葛野麻呂は、空海のほうに目をそそいで呟《つぶや》いた。

彼が書いた三通の書状は効《こう》がなかったということなのだ。

――ひとつ空海に文章を作らせてはいかがですか。彼は名文家ですから。

橘逸勢にそうすすめられて、大使も試してみるつもりで、空海に代作させたのである。

その効果は、みごとすぎるほどであった。

空海は大使の視線に気づいていたが、

（宇宙はこのようなものから成り立っている）

という信念があったので、あるがままの状態を、心しずかにうけいれることができた。

翌日、河原に近いところで、工事が始まった。千人ばかりの人が動員されている。工事は二日で終った。家が建てられたのだ。かぞえてみると十三棟あった。もちろん急造である。

「長安からの勅許の使者が来るまで、大使以下、あそこで休憩されよ」

州の役人が来てそう言った。これまで、こちらは遣唐大使と称していたが、相手が「大使」という名称を用いたのははじめてであった。

「どうやら市舶《しはく》でないことが認められたようだ」

と、藤原葛野麻呂は喜色を浮かべた。長安ということばに、彼の胸はときめいたのである。

「あたりまえだ。大使に市舶の長《おさ》がつとまるものか」

これが橘逸勢のかげ口であった。

「ひどいことを言いますね」

空海は笑いながら言った。

「いや、ほめているのだ。商才のかけらもないなんて、まことにりっぱだよ」

橘逸勢の口は、かすかに歪《ゆが》んでいた。

長渓県赤岸鎮六印港に漂着した、遣唐使第一船は、長いあいだそこに足どめされたあと、福州への回航を命じられた。

水先案内役の漁師が、六印港から乗りこみ、三人の役人と雑用兼通訳として、陸功造《りくこうぞう》も同乗した。福州に着いてみると、すがたを消していた道士の杜知遠が、先まわりして、待っていたのである。

空海にはそのような舞台裏が透《す》けて見えていた。

河岸の十三棟の家屋に移り住んで三日目に、州の役人が名冊を持ってきた。

六印港に漂着して、すでに六十日ほどたっている。遣唐使第二船は、福建よりずっと連絡の便のよい明州にたどりついていて、長安にそのことが報告されていた。福州からの報告は、追認の形となったのだ。

閻済美はまだ浙江《せっこう》の温州にいたころから、訓令を仰ぐ使者を長安に出していたのである。

「朝廷から存問使《ぞんもんし》が来れば、長安にむけて出発していただく。この名冊に名がしるされている者に限る。その者たちは準備を整えておくように」

と、州の役人は言った。

その名冊に、空海の名はなかった。

舞台裏の、幕にかくされた部分まで、じつは空海に見えていたのである。

四通目の書状が空海の筆になることは、観察使も知っているはずだった。それなのに、空海の名が落ちている。──

なにをすればよいか、空海にはわかっていた。

漂着の一行が日本の遣唐使にまちがいないことは、早い段階から判明していたのである。待遇を改めなければならなかったが、福州当局は、そのきっかけを、空海の書状にもとめた。

杜知遠の口ぶりから、新観察使の閻済美が、空海の才能に関心をもっていることが察しられた。だから、面目を施すことで、空海は大きな恩恵を与えられたのである。

いま空海はその返礼をしなければならない。長安行きの名冊に、彼の名がみえないのは、返礼の催促であるかもしれない。

空海は筆をとった。鑑賞用に保存されることを予期して、上質の紙をえらんだ。

日本留学《るがく》の沙門《さもん》空海啓《もう》す。空海、才能聞こえず、言行取りどころ無し。但《た》だ知るは雪中に肱《ひじ》を枕《まくら》とし、雲峰《うんぽう》に菜《さい》を喫《くら》うことのみ。

このような文章にはじまる書状は、この前の『大使福州の観察使に与うるが為《ため》の書』とならんで、おなじく彼の文集『性霊集』に収められている。それは『福州の観察使に与えて入京する啓《けい》』と題され、長安行きをねんごろに請う内容であった。

……伏して惟《おもん》みれば、中 丞閣下《ちゅうじょう》（閻済美のこと）、徳、天心に簡《えら》ばれ、仁、遠近に普《あまね》し。老弱、袂《そで》を連《つら》ねて徳を頌《しょう》すること路に溢《み》ち、男女、手を携《たずさ》えて功を詠《えい》ずること耳に盈《み》てり。外には俗風を示し、内には真道を淳《あつ》くせり。伏して願わくは、彼《か》の弘道《こうどう》を顧《かえり》みて、京に入ることを得しめよ。然《しか》らば則《すなわ》ち早く名徳を尋《たず》ねて、速《すみや》かに所志《しょし》を遂《と》げん。今、陋願《ろうがん》の至りに任《た》えず。敢《あ》えて視聴《してい》を塵《けが》し、伏して深く戦越《せんえつ》す。謹んで奉啓以聞《いぶん》。謹んで啓《もう》す。

と結ばれている。

相手に対する褒《ほ》め方が、過剰なようだが、形容はきわめて簡潔である。

空海は筆をおいた。

北がわの戸は開けたままである。灰色の城壁のうえに、紫色の霞《かすみ》がかかっているようにみえた。それは霞ではなく、城北の山であった。屏風《びょうぶ》のかんじがするので、いまでは屏山と呼ばれているが、当時は越王山という名のほうが一般的であったのだ。

空海は東のほうを見た。越王山はその一部が城内にとりいれられているほど近いが、鼓山はだいぶはなれていて、しかも高い。杜知遠の話によれば、新観察使は鼓山が気に入って、ほとんど毎日のように登っているという。

（あの山に呼ばれそうだな）

空海は書状を畳みながら、そうおもった。

予感があたって、二日後、空海は鼓山の華厳寺に来るように命じられた。

空海が上京の人数に加えられなかったことは、使船の人たちにふしぎがられていた。空海のおかげで、湿沙《しっさ》から船へ、そして船から急造ながらも家屋に住むことができたのである。

おなじ留学生でも、橘逸勢は上京を許されていた。みんなの推測は、ほぼ似たものだった。

――あまり才能がありすぎて、観察使に見込まれたのであろう。……

「一人や二人はどうにでもなるはずだ。しっかりお願いするのがよい」

大使の藤原葛野麻呂は、これからも空海を頼りにしたいとおもっていた。空海が杜知遠に連れられて、河岸の宿舎を出るとき、大使は彼の肩をたたいて、そう励ましたものだった。

「できるだけお願いしてみますが、なにごとも大日如来《だいにちにょらい》の思召《おぼしめ》しと存じます」

空海の表情には、緊張らしいものはなかった。

山歩きは、空海も杜知遠も得意とするところである。鼓山のなかの白雲峰に、羅漢泉があり、華厳寺はそのかたわらに、ひっそりと建っていた。

「奥ゆかしい寺ですね。この羅漢泉で口を漱《すす》いで行きましょう」

空海は杜知遠を誘って、泉の水ぎわまでおりた。

「一、能《よ》く無量と為《な》り、無量、能く一と為《な》る。……」

水の面にむかって、空海は『華厳経』の一節を唱えた。空海は密教以外の経典では、『華厳経』を最も高く評価していたのである。

「いくら唱えても、もう龍はいませんよ。霊嶠《れいきょう》さまが降伏《ごうぶく》なさったのですから」

女の声であった。

松の木の下で、一人の女がかがんで、鉢を洗っていた。

「ああ、そうでしたな」

空海は女のほうにむかって会釈した。三十代の半ばであろうか、すくなくとも空海よりはすこし年長のかんじである。

「ああ、あなたは日本の人ですね」

かがんでいた女が、立ちあがった。

「ほう、よくご存知《ぞんじ》ですね。お経の訛《なまり》でわかりましたか？」

「いいえ……どことなく。……だって、あたし、これからあの一行と一しょに、長安へ行くんですもの。……日本っていうと、なんだか気になりますからね。あなたもご一しょね？」

「さあ、行けるかどうか、これからお願いに行くところですよ」

「華厳寺へ？」

「そうです」

「じゃ、あたしもこれから行くところよ。案内しますから」

彼女は鉢や皿をいれた籠《かご》を手にさげた。

口を漱いだあと、空海と杜知遠は、女のうしろについて、華厳寺へむかった。

寺門の前を掃いていた老人が、箒《ほうき》をとめて、

「ああ、友琴《ゆうきん》、洗いものはすんだかい？」

と、声をかけた。

空海ははじめて女の名を知った。

「客人を連れて来たわよ。ほら、日本の貢使の話をきいたでしょ？」

「ああ、きいている」

「じゃ、案内してあげてね」

友琴は門をくぐらずに、寺の塀にそって歩きつづけた。女人禁制の掟《おきて》がきびしいのであろうか。

老いた寺男が、あとをひきつぐようにして、二人を寺内に案内した。

方丈のまん中に、黒い円卓が置かれ、三人の俗人がそこにならんでいた。閻済美、馬摠、そして陸功造である。

黒い、つめたそうな空《から》の椅子《いす》が二脚、主を待つように置かれていた。

「おかけなさい」

部屋にはいった二人に、閻済美はのびやかな声をかけた。

「日本留学生の空海と申します。失礼をかえりみず、書状を差し上げました。お赦《ゆる》し願います」

一礼して、空海は椅子に腰をおろした。杜知遠はすこし椅子をうしろにひいて坐《すわ》った。

「そんなに長安へ行きたいのかね？」

閻済美は卓上の書状に目をやった。空海の嘆願状であったのはいうまでもない。

「はい、一乗《いちじょう》の師をもとめるためでございます」

と、空海は答えた。

「一乗とは？」

「密《みつ》の一乗でございます」

「それならば、長安の青龍寺《せいりゅうじ》、醴泉寺《れいせん》に名徳がおいでになる」

「ぜひ入京のお許しをくださいますよう、ひたすらお願い申し上げます」

「あなたを長安行きの名冊からはずしたのは、わしに考えがあってのことじゃ」

「閣下のお考えと申されますと？」

「この席の……」閻済美は隣りに坐っている陸功造のほうを見て、「陸老人は、あなたもご存知でしたな。わしはこのあいだ、はじめてお会いして、広州へ行ってもらうことにした。そこで、あなたに同道してもらえばと、そう考えましたのじゃ」

「広州へ？」

「広州にも密の名徳がおられるはず。……天竺《てんじく》から来た僧もすくなくない」

「広州へも行きとうございます」

「広州の密教の名徳は、わしもよく知らない。じゃが、福州と広州との往復に、あなたはこの老人から、学ぶことが多いはずじゃ」

「陸先生に……」

　空海は小さな老人に目をそそいだ。

「この陸老人こそ、少年のころ、不空三蔵《ふくうさんぞう》を広州に迎え、俗人ながら師に仕え、示寂《じじゃく》に至った者ですぞ」

と、闍済美は言った。

「え、不空三蔵の……」

空海のからだが、かすかに揺れた。

そばにいた杜知遠は、それを見て、しばらく呼吸がとまった。空海の動揺が、杜知遠にとっては、それほど大きな衝撃だったのである。

——揺るがぬ人。

杜知遠がそう信じていた空海が、いまあきらかに揺らいだのだ。かすかなうごきであったが、彼の目は相手の心までとらえるようになっていた。

沈黙がつづいた。

空海がみだれた呼吸をととのえているのが、杜知遠にもわかった。彼は自分の呼吸を、空海のそれに合わせようとした。

「まことでございますか？」

空海は陸功造にむかって、低い声でたずねた。激情を抑えた、平板な声である。その前につづいた長い沈黙に、ふさわしくない響きにきこえた。

陸老人は顎《あご》を胸に埋めるようにして、うなずいた。

「なぜそのことを、おっしゃってくださらなかったのですか？」

空海の声に、やっと起伏が戻った。

「あなたがあのことを、さきにおっしゃったので、老生は不空三蔵に仕えたことを、申せなんだ」

陸老人はまぶしそうな表情でそう言った。

「あのことですか。……」

空海の頰《ほお》がかすかにふくらんだ。微笑がそこにうかんでいた。

あのこと、というだけで二人にはわかっていた。いや、杜知遠もそれであると察した。

松柏観で、あるとき、空海はとつぜん、

——私は不空三蔵の生まれ変わりです。

と、言ったことがある。

——生まれ変わり？

杜知遠がそうきき返すと、空海はにっこり笑って、

——我が朝の宝亀《ほうき》五年（七七四）は大唐の大暦《たいれき》九年にあたります。不空三蔵が長安の大興善寺で示寂されたのが、その年の六月十五日のことでした。じつは、その日に、私が日本の讃岐《さぬき》の国の屛風ヶ浦で生まれたのです。

と、答えた。

奇跡を語るにしては、さわやかすぎる声であった。その陰翳《いんえい》のなさに、陸老人は気を吞《の》まれ、自分が不空三蔵に仕えたことを、言いそびれたのである。

「この老人と広州へ行けば、みちみち、あなたの前世の話をきけるではないか。いかがしますかな？」

　と、閻済美は訊いた。

「広州か、長安か、いずれかをとれ、と申されるのですね？」

「そのとおりじゃ」

　と、閻済美は答えた。

「やはり長安へ参ります」

　空海は即座に言った。

「前世が知りたくないのかな？」

「私の留学期間は二十年と定められております。密一乗の師につくことが、我が国の朝廷から与えられた使命ですから、とりあえず長安に参ります。そのうちに、陸先生にお目にかかるために、こちらへ参りたいと存じます」

「陸先生はもう年を取られておる。こちらのほうが先ではないか」

「いえ、まだまだご壮健でいらっしゃいます」

「そうか。……それほどまで決心しているのであれば、ひきとめはせぬ。長安行きの名冊に、あなたの名を入れることにしよう。ただし、あなたのために、日本の大使一行の長安出発は、いささか遅れるであろう」

「私のために？」

「そう。……陸先生が広州へ行き、帰ってくるまで」

「陸先生のお帰りを待つのですか？」

「老先生にはご足労だが、広州から戻られたら、すぐに長安へ行っていただこう。……朝廷からの存問使は、まもなく到着するが」

「では……」

空海は右手を、卓のうえにのせた。

朝廷から存問使が到着すれば、日本の大使一行は、すぐに福州を発《た》つことが許される。だが、閻済美はその出発を、陸功造が広州からこの福州に戻るまで、ひきのばすというのだ。

「賀能《かどう》大使以下、一日も早く長安へ行くことを望んでいる。それを、あなたのために、延期しなければならない。あなたは気が咎《とが》めることはないのかね？」

と、閻済美は訊いた。

「六印港に流れ着いてから、私たちはずいぶん待ちました。ことのついでです。待つことにはなれています。……賀能大使にしてみれば、新年の朝賀に間に合うかどうか、ご心配になるでしょう。けれども、私は衆生《しゆじよう》救済のためであれば、朝賀に遅れるのもやむをえないと存じます」

と、空海は答えた。

陸老人の帰りを待って、不空三蔵の話をききながら、長安へ旅することが、空海にとっては、衆生を救うための大事であったのだ。

「老生は歩くことが好きですが、このたびは、馬にのって行きましょう。できるだけ早く帰ってきます。朝賀の期のことは、心配なさるには及びません」

陸老人のとがった鼻が、二度、三度、うごいた。

「ありがとう存じます。そのあいだ、福州各寺で、経典に目を通すことが許されれば幸いです」

「それは難しいことではあるまい。各寺にそのことを伝えておこう」

と、闍済美はうけあった。

断章

断章とは、小説のある段落で、進行中の物語からすこしはなれて、作者が読者に説明したいことを挿入する部分、と解していただきたい。

実在した人物であり、主人公が主人公なので、記録されたものと、フィクションのバランスを考慮しなければならない。また物語のいたるところで、説明や註釈《ちゅうしゃく》がはいるのも、わずらわしく、興ざめでもあろうから、ときどきまとめて、あまりよそよそしくない語りをいれたいとおもう。

これまで登場した人物について、名前がつけられている者のなかで、架空のそれは杜知遠《とちえん》、陸功造《りくこうぞう》、そして友琴《ゆうきん》という女の三人だけである。あとはみな実在して、文献にのっている人物なのだ。

『日本後紀《にほんこうき》』によれば、藤原葛野麻呂《ふじわらのかどのまろ》や空海を乗せた遣唐使第一船は、七月六日に肥前を出帆し、八月十日に赤岸鎮に漂着したことになっている。県の命令によって、そこから回航して福州に着いたのが十月三日で、長安にむけて福州を発ったのは十一月三日であるとなっていて、おそらく遣唐使の報告によるもので、正しいとみなければならない。

空海がのちに諸弟子に語ったといわれる『御遺告《ごゆいごう》』によれば、

——ここにわれ書様を作り、大使に替《かわ》りて彼《か》の州の長に呈す。披《ひら》き覧《み》て咲《えみ》を含《ふく》み、船を開き問《とい》を加う。即《すなわ》ち長安に奏するに、三十九箇日を経て、州府の力使四人を給い、かつ資粮《しりょう》を給う。州の長、好問し、借屋《かりや》十三烟《えん》を作りて、住せしむ。五十八箇日を経て、存問の勅使を給う。……


とある。三十九日と五十八日とでは九十七日となり、これは『日本後紀』にしるされた、赤岸鎮漂着から福州出発までの期間を超える。『御遺告』は弟子たちが空海からきいたことを、筆写したものとおもわれるので、誤聞、誤写があるかもしれない。

げんに福州であるべきところを、衡《こう》州としている。衡州は湖南の長沙の南にあり、唐は玄宗のときここを衡山郡とし、つぎの粛宗《しゆくそう》のとき、衡州に改めた。空海入唐のとき、衡州という名の時代である。それは大陸のまっただなかで、日本からの船が漂着するような場所では、ありえない。

そんなことから、『御遺告』の正確性が疑われることもある。しかし、この場合、概略でない数字を挙げているので、いちがいに否定するのも考えものだろう。

長安の朝廷にお伺いの使者を立て、三十九日後に、

――それはまちがいなく日本の遣唐使である。

という返事があり、さらにその十九日後、すなわち使者派遣の五十八日後に、正式の存問使が福州に到着した、とも解釈できる。

それにしても、『日本後紀』によれば、遣唐使の福州滞在は一ヶ月なので、『御遺告』の五十八ヶ日と勘定が合わない。

船が福州に回航される前に、長安に訓令を仰いだとすれば、矛盾はないのである。赴任途上の新観察使が赤岸鎮に漂着した日本船のことをしらされ、長安へ奏したと考えるのが、最も自然ではあるまいか。

弘法《こうぼう》大師崇拝者は、福州における空海の駐錫地《ちゆうしやくち》について、あれこれと論じてきた。戦前、福州に在留した日本人のあいだにも、神州光寺説と鼓山説とが唱えられたようだ。

だが、『御遺告』に、借屋十三烟を作りて住せしむ、とあるから、使節団の一員である空海も、そこに住んだはずである。

烟とは炊事などをする生活の場の意味で、借屋は仮屋に同じで、急造バラックであろう。場所はおそらく、河岸に近いところであったとおもわれる。

ただし、そこに監禁状態になっていたのではあるまい。州の長が好問したというから、日本からの正式の使節であることが認められたあとは、行動が自由であったはずだ。

僧侶《そうりょ》である空海が、仏寺を訪れるのはとうぜんであろう。福州城内の仏寺は、すべてまわり、日帰りで行ける鼓山にも足をのばしたはずである。湧泉寺の前身ともいうべき華厳寺が、そこにあったのだから。

鼓山湧泉寺は、のちに仏教文献印刷の一大中心となった。作者は一九八〇年にこの寺を訪れたが、明《みん》末清《しん》初以来の彫板《ちょうはん》（板木）が一万一千三百余枚保存されているのをみた。なかでも有名なのは、清の康熙《こうき》七年（一六六八）、この寺の住職であった道霈《どうはい》のあらわした『大方広仏華厳《けごん》経疏論纂要《きょうそろんさんよう》』百二十巻の彫板であろう。

日本の上野の美術学校と音楽学校に留学した李叔同は、帰国後、得度して弘一法師の名で知られている。彼は一九二八年（昭和三）、この寺に来た。そして、前記の本が日本にないことを知っているので、その彫板によって十部印刷し、日本の禅寺に寄贈したことが、佳話として伝えられている。

弘一法師は音楽家でもあり詩人でもあり、また篆刻《てんこく》家としても有名である。彼の篆刻作品は、福建泉州市の開元寺に、現在も大切に収蔵されている。日本との縁の深い人物であり、彼を通じて、鼓山の彫板が日本に紹介された。――そんなことを考えながら鼓山に登ったとき、私はやはり空海はここにきたのだと、想像を超えて、信じたい気持になった。（最近、鼓山に空海駐錫記念碑が立てられたという話をきいた）

馬摠《ばそう》は元和《げんな》年間に、虔州刺史《けんしゅうしし》から安南都護《あんなんとご》に進んだ。元和元年（八〇六）は、空海が帰国したない。

年である。彼が虔州刺史になったのは、元和何年かわからないが、空海が帰国したあとにちがい

前に述べたように、宦官に憎まれて、福建の泉州別駕《べつが》に左遷され、福建観察使の柳冕《りゅうべん》にもその命を狙われた人物である。柳冕の辞任とそれにつづく死去によって、馬摠はようやく危機を脱して、長安に戻ることができるようになった。

したがって、馬摠が帰京できたのは、閻済美《えんさいび》が観察使として福州に着任してからであろう。馬摠はもちろん、泉州からいったん福州に赴き、閻済美に会ってから長安へ旅立ったはずである。それは日本の遣唐使一行が、長安へ行く時期にもあたっていた。

作者はここで、馬摠を日本の遣唐使一行に同道させることにした。

泉州別駕の馬摠が、日本の使節団と同行した記録はないが、時期的にその可能性はあったといえる。この設定はそれほど飛躍したものではないだろう。

馬摠が空海に贈った詩が、『性霊集《しょうりょうしゅう》』の序文に引用されている。その詩がどこで作られたかわからない。福州であったかもしれず、長安に着いてからであったかもしれない。

長安に帰ったあと、馬摠は恩王の傅《ふ》となった。

恩王はときの皇帝徳宗の弟にあたる李連《りれん》である。皇帝の兄弟と皇子とは親王であり、「王府」と呼ばれる役所をもつ。王府は小型の朝廷であって、その長官を「傅」という。お守役、あるいは侍従長にあたり、位階は従三品であった。

中級の州である泉州の別駕は正五品だから、柳冕という政敵が死んだあと、馬摠はめざましい昇進をしたことになる。

長安に栄職が待っていることは、福州を発《た》つ前から予想されていたであろう。そんなわけで、旅行中の馬摠は意気さかんであったにちがいない。

遣唐使の上京を引率するのが、このような人物であったとすれば、空海も歯ごたえがあったであろう。『性霊集』の序文にも、

――泉州別駕馬摠は一時の大才なり。


とある。恩王の傅から、虔州刺史《けんしゅうしし》に転じたあと、安南都護《あんなんとご》（北ベトナム地方の文武の長官）という困難な職務をみごとに遂行し、中央に戻って刑部侍郎《けいぶじろう》（法務次官）の要職についている。馬摠の最後のポストは戸部尚書《こぶしょうしょ》（蔵相）であった。

篤学の士で、多忙な職務に就いても、書物をはなさず、著述がすこぶる多かったといわれている。

馬摠が空海に贈った詩は、年代も場所も明示されていないが、作者はこれを長安への旅行中のものと推理している。

そのためにも、馬摠が日本の遣唐使と同行するという設定が必要であり、官位からいって、引

卒者でなければならない。

問題の詩は、空海が惟上《いしょう》という蜀《しょく》（四川）出身の僧に贈った「離合詩《りごうし》」をみて、馬摠が感心して作ったものといわれている。

離合詩というのは、一種の言葉の遊戯である。空海の作はつぎのようなものであったらしい。（テキストによって小異がある）

磴危人難行
石嶮獣無登
燭暗迷前後
蜀人不得火

磴《とう》（石段）が危なくて人は行くことが難しい。石《いわ》が嶮《けわ》しくて獣《けもの》も登れない。燭《あかり》が暗くて前後に迷う。蜀人であるあなたは、火《あかり》を得られない。――それで難渋しているという意味である。

第一句の「磴」の字を分解して、第二句の首尾（「石」「登」）に置いてまとめている。

第三句の首字の「燭」をヘンとツクリに分けて、第四句の首尾（「蜀」と「火」）にまとめるという趣向である。

「うーん、やるわい」

馬摠は感心して空海につぎの詩を贈った。

何乃万里来
可非衒其才
増学助玄機
土人如子稀

これを読み下しにすれば、

何ぞ乃《すなわ》ち万里より来《きた》る
其才《そのさい》を衒《てら》うに非《あら》ざる可《べ》し
増々《ますます》学んで玄機を助けよ
土人、子《きみ》が如《ごと》きは稀《まれ》なり

となる。玄機とは「深遠な道理」で、ここでは仏教のことを指す。

これも一種の離合詩であるが、空海の作ほど手がこんでいない。第一句首字の「何」のニンベンを抜いて、第二句首字を「可」とし、第三句首字の「増」のツクリを抜いて、第四句の首字を

「土」としただけである。

旅行中の作と推理したのは、空海の詩が山道の困難をよんだものであり、馬摠の詩のなかの「土人」は、地方人を意味するからである。

長安にはたいへんな才人がいるだろうが、この地方では、きみほどの才能はめずらしいよ、とほめている。まさか、その才を衒いに、わざわざ万里の彼方から来たのではあるまいね。……馬摠の詩には、からかいもあるが、好意が溢《あふ》れているのがかんじられる。左遷されて、長く地方にいた彼が、田舎文化にうんざりしたようすもうかがわれる。

いろは歌の作者が空海であることは、俗信にすぎないとされている。

空海時代なら、ア行とヤ行とワ行の三つの「エ」が、それぞれ区別されていたから、日本語は四十八音節だったはずである。それなのに、いろは歌は四十七音節しかない。ア行とヤ行のエが、すでに区別できなくなった時代の歌だから、平安初期とは考えられない、というのが非空海説の根拠である。

おそらくそうであろう。だが、漢詩の「離合詩」を即興に作れた空海は、ことばの魔術師といえた。離合詩などは、作るというよりも、組み立てるというべきである。いろは歌も組み立てられたものであり、その作者に、空海が擬せられたのはふしぎではない。

つぎに、空海がその生まれ変わりであると、自分で信じていた不空三蔵のことを、かんたんに述べよう。

不空三蔵の本名はアモーガヴァジュラ（阿目佉跋折羅）といい、その出身については北インド説とセイロン説とがある。

幼少のころから、唐に来ていたので、天竺《てんじく》の人といっても、唐育ちといってよかった。そして、唐に密教をひろめた金剛智《こんごうち》の弟子になった。金剛智の本名はヴァジラボーディ（跋日羅菩提）で、南インド出身である。開元《かいげん》八年（七二〇）、金剛智は五十をすぎてから、唐の洛陽《らくよう》に来た。

一説によれば、不空は金剛智と一しょに来唐したともいう。

ともあれ、仏教の最後の形ともいわれる密教は、金剛智から不空に伝えられて、唐にひろまったのである。

開元二十九年（七四一）、金剛智が七十一歳で洛陽で歿《ぼっ》したあと、不空は師の遺志を奉じてセイロンに渡り、真言の秘典をもとめ、天宝五載（七四六）、唐に帰ったのである。

前述したように、大暦九年（七七四）六月十五日、不空が死んだおなじ日に、空海が誕生した。

このあたりで、断章を終えて、小説に戻ることにしよう。

遣唐使一行は長安へむかう。それを引率するのが馬摠である。前記の離合詩を贈られた惟上《いしょう》という蜀の僧が加わっていなければならない。陸功造が広州から連れて来たことにしよう。

新顔の惟上も実在した人物である。不空の嗣法の六大弟子の一人である恵果《けいか》の弟子で、ここでは師の命令によって、広州で密教の経典を入手して、長安に帰るところであるとする。

陸功造はセイロンから帰った不空に仕えた。惟上は不空の孫弟子である。そして、空海は不空の生まれ変わりの密教行者をもって自任している。——

三十年前に死んだ不空は、この旅の見えざる同行者であるといえよう。

星発星宿《せいはつせいしゅく》

——星発星宿。晨昏兼行《しんこんけんこう》。

藤原葛野麻呂《ふじわらのかどのまろ》は日本に帰ったあと、朝廷への復命書に、福州から長安への旅を右のように形容している。

朝早く、星を戴《いただ》いて出発し、夜おそく、星が出てから宿泊し、昼夜兼行で急いだというのだ。

長安の朝廷での、元旦《がんたん》の朝賀に間に合いたかったからである。

福州を出たのが十一月三日であった。太陽暦では十二月八日にあたる。翌年の元旦は太陽暦の二月三日だったから、五十九日の余裕しかない。準備のために、数日前に長安に着かねばならないだろう。

急ぎに急いだ。

だが、旅程の大部分は水路によるので、いくら焦《あせ》っても、馬のように船を鞭《むち》うつことはできない。

長安行きを許された日本人は、空海を含めて二十三人であった。

あとの約百人は、船とともに福州に残された。ほとんどが水夫や雑役の従者である。

遣唐大使は、翌年三月ごろに明州（寧波《ニンポ》）から帰国する予定であった。船は福州で整備されて、明州へ回航されることになったのだ。

「遅いな、この船は。……」

閩江《びんこう》をさかのぼる船のなかで、大使藤原葛野麻呂はなんどもそうくり返した。

一行は三艘《そう》の船に分乗している。溯行《そこう》するのだから、遅いのはとうぜんである。

それでも河口に近いところは、はばがひろく、水量もゆたかで、流れもゆるやかであった。

流れが急な場所に来ると、曳夫《えいふ》を雇い、岸で綱を曳《ひ》いてもらうのである。数十人の曳夫が、肩に綱をまきつけ、海老《えび》のようにからだをまげたまま、船を曳くのであった。船の進みが、遅々としているのはいうまでもない。

「大使はいらいらしておられる。船に乗れば、船にまかせるしかないのに」

と、杜知遠《とちえん》は言った。大使は唐語をそれほど解しないので、すぐ近くにいても、声を低めることはなかった。風があるので、いつもより声が高いほどである。

「わかっているのに、おちついていられない。人間、そんなものです」

と、空海は笑いながら言った。

「あなたはおちついていますね」

「私は留学生《るがくしょう》ですから、朝賀の式など気にしません」

「できるだけ遅いほうがいいとおもっているのじゃないですか？」

「そのようなところもありますね」

空海はまた笑った。

そばで陸老人が、横になってうたた寝をしている。

「陸先生はくたびれたのですよ」

と、杜知遠は言った。

福州から長安へ行くには、いくつかのルートがある。いずれにしても、運河によって長江（揚《よう》子《す》江《こう》）から黄河《こうが》に出て長安にむかう。

海路北上して、杭州《こうしゅう》にはいり、そこから運河を利用するか、あるいはそのまま長江にはいり、揚州から運河の舟に乗りかえる方法がある。

だが、海路は危険で、船の仕立ても困難であった。

そこで閩江《びんこう》を溯行するルートによることにした。

閩江をさかのぼって延平（現在の南平市）まで行くと、そのあたりは建渓富屯渓、沙渓が合流している。西南からきた沙渓は方向違いだが、溯行をつづけるにしても右の建渓か左の富屯渓か、どちらかをえらばねばならない。

右にすれば、建甌《けんおう》、浦城《ほじょう》を経て、浙江の水路に出て杭州にはいる。

左すれば、順昌《じゅんしょう》、邵武《しょうぶ》を経て、江西の水路に出て南昌にはいる。どちらもいちど船をおりて、山越えしなければならない。

――どちらが早く行けるか？

大使は時間だけを問題にした。

――江西に出れば、鄱陽《はよう》湖に船をうかべ、廬山《ろざん》に遊び、九江から悠々と長江をくだり、揚州に到って運河にはいる。途中、金陵《きんりょう》の遺跡を訪ねることもできる。

質問を受けた役人は、途中の遊覧の地が多いことから、江西入りをすすめるような口ぶりだった。

金陵とは現在の南京《ナンキン》のことで、六朝《りくちょう》の故都の遺跡を偲《しの》ぶことができる。この時代は、昇州という名称だったが、誰《だれ》もそんななじみの薄い地名で呼ばない。

――遊覧はよろしいのです。早く長安に着けるのはどちらですか？

藤原葛野麻呂は、いらいらして訊《き》いた。

――早いことからいえば、浙江のほうかな。……いや、浙江のほうにも、杭州、蘇州《そしゅう》など、旅の疲れをやすめる名勝の地がある。

役人はあくまで名勝にこだわる。

日本の遣唐使一行は、浙江経由ルートをえらんだ。引率者の馬摠《ばそう》は、径路については、一切、日本側の自由にまかせた。

——あなたは、これまでの押しつけがましさがいけなかったのだ。あるていど相手の自由を認めてやらねばいかんよ。

福州に来て、馬摠は閻済美《えんさいび》にそう言われた。

柳冕《りゅうべん》の福建牧場政策に、真正面から反対したのも、相手からみれば、押しつけがましいことになる。馬や羊の数をすくなくすればいいかが、と進言すれば、あれほど憎まれなかっただろう。

——わかりました。……

馬摠は処世上手になろうとおもった。日本使節団の行動にも、あまり口をはさまなかったのである。

「お寺の坊さんはいいわね。だって、お経を唱えておれば、おまんまにありつけるんだから。……それにくらべて、あの人たちは……」

引率者の馬摠は慎重なのに、炊事、洗濯など一行の身辺を世話している雑役婦の友琴《ゆうきん》のほうが、ずけずけとものを言った。

彼女はおなじようなことを、なんども口にした。そして、最後のくだりで指さす対象が、ときに曳夫であったり、農夫であったり、大きな荷物を担《にな》う運搬人であったりする。

空海はそう言われても、ただにこにこしているだけだが、杜知遠がときどきむきになって、

「そんなにうらやましいなら、あんたも髪をおろして尼さんになればいいんだ」

と、やり返す。

「ごめんだよ。あたしゃ、怠け者じゃないんだから。お経よりも、働くほうが好きでね」

小気味のよい口調で、彼女はそれをはね返した。

「お経だって、おぼえるのは難しいからね」

ふだんほかの人にはそうでもない杜知遠が、友琴にたいしては、なぜか憎まれ口をたたいた。

唐代の制度では、僧尼になるのは、そんなにかんたんではなかった。役所――尚書省祠部《しぶ》の発行する「度牒《どちょう》」という免許状を必要とする。

度牒を得た僧尼は、税も夫役も免じられ、各地の寺院に宿泊することが許される。大きな特権をもつといわねばならない。それだけに、度牒の発給は、試験が難しい。

安禄山の乱で、国家財政が窮迫したとき、朝廷は試験なしの度牒を売りに出し、それを扱う地方官の副収入にもなった。

雑役婦の友琴には、度牒を買う金はないだろうから、尼になるには試験を受けるしかないのだ。

「その気になれば、すぐにおぼえられるわよ」

友琴も負けていない。

「その女、ほんとうに、お経などすぐにおぼえてしまいそうだぞ」

そばから馬摠が口をはさんだ。

船旅には退屈しのぎが必要である。杜知遠と雑役婦とのやりとりに、馬摠も割り込む。

はじめはいらいらしていた大使藤原葛野麻呂も、建渓にはいったあたりで、あきらめてしまった。

なり行きにまかせるしかない。

曳夫の交替のときなど、一行はときどき岸にあがって、しばらく休憩した。そんなとき大使は、

――早く、早く。……

と急《せ》かしたが、いつのまにかそれもやめてしまった。

暦のうえでは冬だが、福建路は秋闌《た》けて、黄ばんだ葉がまばゆいほどあかるい。

空海は退屈しなかった。

不空三蔵《ふくうさんぞう》が彼のそばにいたからである。

不空は三十年前に死んだが、俗人として彼に仕えた陸功造《りくこうぞう》が舟のなかにいる。空海は陸老人を通じて、不空に接していた。

空海の吸収力は強すぎて、陸老人はくたびれ、話題を変えようとするが、すぐにまた不空に戻ってしまう。

岸にあがって休憩しているとき、陸老人は近づいてきた空海に、

「杜知遠は、友琴を好きになってしまいましたぞ。あの口のききようは、そうとしか思えませんな」

と、小声で言った。

「ご老体は、男女の機微にも通じておられますな」

「のうのうと年をとったのではありません。見るべきところは見ております」

「ところで、不空三蔵は、身辺に男女関係のことがあったとき、どんなふうにおっしゃいましたか？」

と、空海は訊いた。

（また不空三蔵か。……）

陸功造は、うんざりすると同時に、大聖不空とともにいた日々を思い出して、精神が満たされるよろこびをかんじた。

空海に質問されて、そのような場面を、記憶から呼び戻した。陸老人は、空海がそばにいるので、不空に再会できたのである。忘れていることが多い。空海の問いは、陸老人にとっては、再会のいとなみにつながるものだった。

「心がたかぶるのは、悪いことではないと申されましたな。……そう、世界を自分のなかに集めるには、心のたかぶりを知らねばならない、と説かれました。女性《にょしょう》に胸をときめかした経験のない人間は、世界を集めることはできない、と申されましたよ」

「ほう、そのようなことを……」

空海はうなずいた。

自分のなかに世界を集め、それと一体になることで、「我《われ》」から脱するのが密教のおしえである。

しずかな瞑想《めいそう》によって、世界が集められるとされていた。だが、瞑想する人は、ただひたすらしずかだけであってはならない。――はげしい心のたかぶりを、かつて経験した者でなければ、それは達せられないという。

「あなたはどうですか？　資格がおありかな？」

肩をすぼめるようにして、陸老人が訊いた。小さなからだが、ますます小さく見えた。大きな目がまばたきもせずに、空海をみつめる。

「資格はあります」

空海は打ち返すように答えた。

「そんな人をおおぜいつくるのが、自分のつとめだと、不空菩薩《ぼさつ》は申されておりました」

陸老人は、かつてのあるじを、菩薩と呼んでいた。

「つまり、人びとの精神を高揚させるのですな」

「そのとおりです。……そのためには豊かにならねばなりません。心ばかりではなく。……」

精神面だけではなく、物質面での向上も、密教では重要なこととされていた。人びとの生活を豊かにするのは、政治家の職務である。宗教家はみずから政治家になるのではなく、政治家をうごかすのだ。

「わかります」

空海は不空三蔵の考え方がよくわかった。

「不空菩薩は、やはり山がお好きでした。けれども、宮廷へ行くときも、山に登るのとおなじ気持である、と申されておりましたね」

「そうでしょう」

空海は畑の土を掘りかえしている人に、目をそそいでうなずいた。

真っ黒になって働いている。あまり黒いので、年のころもわからない。鍬《くわ》を振りあげる腕に、あまり力がはいっていないところをみると、かなりの年のようにもおもわれる。あるいは、若くても、飢えて、体力がないのかもしれない。

馬摠が両手をうしろにまわして、眉《まゆ》をしかめながら、こちらへ歩いてきた。空海と目が会うと、

「ひどいものだ」

と言って、首を横に振った。

「なにがですか？」

「百姓が疲弊しておる。政治が悪いと、百姓はかくも苦しまねばならぬのか。……柳冕《りゅうべん》は自分の過《あやまち》に気づかずに死んだかもしれんぞ」

馬摠はもういちど首を振った。

福建に牧場をつくるという暴政は、この地方の人たちをへとへとにさせた。そういえば、舟から見たかぎり、沿岸の人たちに活気がなく、笑顔はめったになかった。

（不空三蔵は、皇帝に政治上の助言をしたであろうか？）

したにちがいない、と空海はおもう。

不空は玄宗《げんそう》、粛宗《しゆくそう》、代宗《だいそう》と、三代の皇帝に師と仰がれたのである。僧侶《そうりよ》でありながら、三公九卿とおなじ待遇を受け、粛国公に封ぜられた。

安禄山の乱のときは、呪術《じゆじゆつ》によって、逆賊平定に大功を立てたといわれている。

（呪文を唱えただけではなく、軍事上の助言もしたはずである。……）

空海は空を見あげた。

徳の高い僧となるためには、あらゆることに通じていなければならない。

「そのために、私は生まれてきたのだ。日本という国に。……」

空海はひとりごちた。

疲れはてて、鍬をおろしたまま、ぼんやりしている農夫のところに、友琴が近づいて、

「あたしにできるかな？　ちょっと鍬を貸してちょうだい」

と、鍬をさらうように取りあげ、慣れた動作で耕しはじめた。

友琴はいま自分の力で、一人の農夫を助けている。肉体の力でできることには限度がある。空海がめざしているのは、無限の援助であった。

万人、百万人を助けるためには、皇帝をうごかさねばならない。

正しい知識。――

それが必要である。

さきの福建観察使の柳冕も、牧場づくりを悪いことだとおもっていたのではない。有益であると判断したから実施したのである。結果として、それが悪政であることははっきりした。正しい知識をもたなかったからにほかならない。

政治家の責任は重く、その政治家をうごかそうとする者の責任はもっと重い、のである。

「私のほうがうまくやれそうだ。それ、貸してごらん」

杜知遠が友琴から鍬を取りあげた。

「ま、やってごらん」

友琴は手の甲で、額の汗を拭《ぬぐ》って言い、にこやかに笑った。

(美しいなあ。……)

空海はその情景をみて、そうかんじた。

杜知遠はときどき腰がふらついた。友琴のほうが、よほど上手である。

「あ、足が……よろめいたじゃないの。しっかりしてよ、ほんとに。……」

友琴は手をうって笑う。

空海はその場の情景を切り取って、自分の世界に貼《は》りつけたいとおもった。

ほかの舟の人とことばをかわすのは、岸にあがって休憩するときだけである。陸老人が広州から同道した惟上《いしょう》という僧は、ほかの舟に乗っていた。

惟上は不空の孫弟子にあたる。

不空には「嗣法の六大弟子」と呼ばれた門下生がいた。含光《がんこう》、慧超《えちょう》、恵果《けいか》、慧朗《えろう》、元皎《げんこう》、覚超《かくちょう》の六人である。

惟上はこのなかの一人である恵果の弟子であった。

事前調査をしている空海は、長安で自分がつくべき師は、恵果のほかにいないと考えている。

「いま青龍寺の恵果大阿闍梨《だいあじゃり》のもとには、どれほどの弟子がおられますか?」

空海は惟上にそんな質問をして、予備知識をふくらまそうとした。

「さあ……私が青龍寺を出たのは、もう三年も前のことですから……」

惟上は自信なげに首をかしげた。

河はしだいに細くなり、舟行できなくなって、一行は舟をすて、徒歩で山越えをすることになった。

福建と浙江との境界の山塊で、最も高い仙霞嶺《せんかれい》は、標高一四一三米《メートル》である。山道はかなりけわしい。

空海はこの山越えのとき、できるだけ惟上を話相手にえらぶことにした。舟が別であったために、あまり話をする機会がなかったからである。

空海は陸老人から、死んだ不空三蔵の話をきき、惟上から生きている恵果大阿闍梨の話をきいたわけだ。

仙霞嶺を越えたといっても、もちろん登頂する必要はない。東寄りの谷道を通ったが、磴《とう》すなわち石段が多い。

空海はここで離合詩をつくって、惟上に贈った。彼が惟上に訊いたのは、恵果大阿闍梨の話だけではない。惟上の出身である蜀《しょく》のことも、あれこれとたずねた。また惟上は医薬のことにくわしかったが、空海はそれについても、熱心に質問したわけである。

惟上が師の恵果の命令で、広東へ行ったのは、経典の収集だけではなく、医薬品を仕入れるという目的もあったのだ。

衆生救済は、たましいだけではなく、そのからだも対象となっている。だから、医薬品は重要であった。

嶺南《れいなん》地方（広東、広西）は、長江や黄河地方にない薬草や薬樹を産する。そのうえ、東南アジアから、中国に産しない貴重薬が広東に輸入されていた。

そのような医薬品や、天竺《てんじく》から将来された経典は、すでに別途に長安へ送っているという。

「その経典というのは、どのようなものでした？」

と、空海はたずねた。

「おもに未訳のものですから、書名を挙げるわけにはいきませんよ。梵文《ぼんぶん》がおわかりにならねば、書名をお教えしても無駄でしょう」

と、惟上は答えた。

「それはそうですね。まだ初歩ですから」

空海はそう言った。

初歩とはいえ、彼は梵文を学んでいるということなのだ。惟上は、おや、という表情で、この異国の僧の顔をみた。

離合の詩といった、ことばの遊戯をみせつけられて、すくなからず驚いたあとである。惟上は空海の贈った詩に答えることができず、馬摠が代わりに、返しの離合詩をつくったのだ。

(試してみよう)

と、惟上はおもった。

経典収集に派遣されただけあって、惟上は青龍寺でも、梵文にかけては屈指の実力をもっていた。

だが、試してみて、惟上は驚いた。それは、仰天と形容してよいほどの驚きであった。

空海は梵語で惟上とやりとりができたのである。

――其才《そのさい》を衒《てら》うに非《あら》ざる可《べ》し。

馬摠が惟上に代わって答えた詩のなかの一句を、いま惟上はあらためてかみしめている。

空海には衒いの気配はまったくない。

「さすが杜道士ですね。山登りにかけては、友琴さんには負けませんね。鍬《くわ》を使わせると、あやしいものですが」

梵語で星の名を、つぎつぎと挙げたあと、空海は前方を行く杜知遠と友琴の登り方を、愉快そうにからかった。

一行は仙霞嶺と九龍山とのあいだの、烏渓《うけい》の谷間をたどって衢州《くしゅう》に出た。急ぎの旅である。

衢州の刺史が、数日逗留《とうりゅう》するようにすすめたが、一行は州城に一拍しただけで、翌朝、いつものように、星をいただいて出発した。

衢州から婺州《むしゅう》へは、銭塘江《せんとうこう》に沿って行く。いままでの閩江水系とはちがって、銭塘江水系は順行になる。

「ここは陸路も自慢の道です。甃《いしだたみ》を敷いてありますので、雨が降ってもぬかるみません」

その土地出身の州の属吏は、お国自慢をした。

「どちらが早く婺州に着きますか？」

遣唐大使の関心は、依然としてその点にしぼられている。

「歩き方にもよりますが、徒歩のほうが早く着くのじゃありませんか。もっとも舟をとめずに、夜も漕《こ》いで行けば、おなじですね。二日で着きますから」

「おなじなら舟にしよう」

藤原葛野麻呂は、舟行をえらんだ。仙霞嶺を越えたばかりである。舟のなかで横になったままで進めるのだから、水路をえらんだのはとうぜんであろう。

河に沿って、自慢の甃の道がつくられていた。

「あの道はお上がつくったのですか？」

と、空海は役人に訊いた。舟には警備と監視を兼ねて、土地の役人がそれぞれ二人乗りこんでいた。

婺州（現在の金華）といえば、福建観察使閻済美の前任の地である。空海はこのりっぱな道が、閻済美の善政の産物ではないか、とおもったのだ。

「いや、お上の仕事じゃありませんよ」

役人の説明によれば、婺州の富豪と衢州の富豪とが縁組みをして、両家の往来を便利にするために甃の道をつくったという。

「ちゃんと河があるというのに、むだなこった」

船頭がいまいましそうに言った。

「でも、ずいぶん助かっていますよ。お上の急用のときなど、早馬は河を走れませんからな」

と、役人は言った。

民間がつくったものを、お上が利用しているというめずらしい例である。

「別駕《べつが》（馬摠のこと）の句ではないが、あなたはいったい、万里の外《そと》からなにをしにきたのですか？」

惟上は軽いため息をまじえ、空海をみつめてそう訊《き》いた。

杜知遠がそばでうなずいた。松柏観《しょうはくかん》で知り合ったときから、彼はおなじ疑問をもっていたのである。

「さあ。……」空海は銭塘江の水に目をむけ、すこし首をかしげた。——「いろんなことを学びに来たのですよ。いろんなことを……」

一行は銭塘江をくだって、杭州に着き、そこではじめてまる一日、旅をせずに城内にとどまった。

浙東観察使兼越州刺史の賈全《かぜん》が、たまたま杭州に来ていて、馬摠を招待したからである。

「お急ぎなら招待をことわってもよいが」

空海の通訳で、馬摠は藤原葛野麻呂にそう言った。

「急ぐことは急ぐが、せっかく馬摠どのが旧友に招かれているのだから」

大使の答は歯切れがよくなかった。

「では、ここに一日とどまりましょう」空海は大使のかわりに決断をくだしたのである。——「幸いこれまでの旅は順調でした。二日や三日は、嵐《あらし》か豪雨のために進めないのがふつうですからね。一日、嵐に遭《あ》ったことにしましょう」

「それもそうだな。そんな考え方もある。は、は」

葛野麻呂はめずらしく笑った。

杭州には美しい西湖《せいこ》があった。

詩人白居易《はくきょい》が、杭州刺史としてこの地に赴任し、

郭《かく》を遶《めぐ》る荷花《かか》三十里
城を払《はら》う松樹一千樹

と詠んだのは、空海たちの訪問から二十年近くのちのことである。

「西施《せいし》がここに住んでいたのだな」

橘《たちばなのはやなり》逸勢は、小手をかざして、白く光る西湖の水面を眺めた。

「謝霊運《しゃれいうん》だな。……」

空海はこの地ゆかりの詩人の名を口にした。彼は逸勢とはちがって目をとじている。

(謝霊運の詩をくちずさんでいるのだろう)

逸勢はふと横を見て、空海の口もとが、かすかにうごいているのに気づいた。やがて、そのうごきがとまった。

「一首終わったのか?」

と、逸勢は訊いた。

「終わった。……それは絵になって、私の頭のなかに、はめこまれたね」

「妙なことを申す……」

「やっとふくらみはじめましたよ」

「なにが？」

「絵ですよ。もっともっとふくらまねばならないのだが。……」

虹《にじ》の夜

杭州から運河で北上し、太湖の東岸沿いに、蘇州、常州を経て、長江を渡って揚州に至る。揚州では、一行は淮南《わいなん》節度使王鍔《おうがく》の手厚いもてなしを受けた。王鍔はさきの刑部尚書（法相）であり、揚州大都督府長史をも兼ねている。

ちょうど都督府司馬の王文強《おうぶんきよう》という者が、連絡のため長安へ行くことになっていたので、日本の大使一行も、それと同道することになった。

揚州の豪商が仕立てた大きな船が用意されていた。

揚州でも、一行は城内の客館で一泊した。宴席ではおおぜいの美妓《びぎ》が、歌ったり舞ったりした。群舞であったが、そのなかでも三人の女がしぜんに目立った。赤い上衣《うわぎ》に、緑色の裙《くん》（スカート）はみなおなじである。だが、よく見るとその三人の披帛《ひはく》（肩にかける細長い絹。ひれ）だけが黄色で、ほかの女のそれは青であった。

「これが霓裳羽衣《げいしょううい》というものか？」

一段落のたびに、橘　逸勢《たちばなのはやなり》は日本語でそう言って、字を書いて示した。

揚州客館の役人は、そのたびに、気の毒そうに首を横に振った。

印度渡来の波羅門《ばらもん》の音楽を、玄宗皇帝が編曲して、楊貴妃に舞わせたのが、霓裳羽衣の曲である。曲名だけは、早くから日本に伝えられて有名だが、どんなものであるか、逸勢は知らない。

「安禄山の乱をひきおこした不吉の曲なので、その後、この国では演奏されないそうです」

空海がそう説明すると、逸勢はひどく残念がった。

「それは曲の罪ではない。曲が気の毒だよ。ひとつ、この私がそれをおぼえて、日本に伝えてみようか」

と言った。

大使以下、久しぶりに酒をすごして、宴席を退出したのは、すでに深夜であった。

宴席から寝室までは、ちょっとした勾配《こうばい》のある回廊であった。客館は山によりかかって、建てられていたのである。

回廊が折れ曲がっているところで、空海は自分の名を耳にした。

低い声である。呼吸といってよかった。

山岳修行者が、ふつうの人にきかれないように、たがいに呼び合うときの呼吸語であった。

肩をならべている逸勢にも、それはきこえなかった。

「ひとりで夜空を見る。先に行っていただきたい」

空海は立ちどまって、一行を先へ行かせてから、回廊の外へ出た。

大きな松があった。空海はそこへ足をむけた。声はそこから漂ってきたのである。

回廊のところどころに、座燈《ざとう》（行燈《あんどん》）が置かれてあったが、松の木のあたりは真っ暗であった。

「虹《にじ》の夜に驚かないで」

呼吸のような声の性別がわかった。女の声である。

「虹の夜？」

空海はおなじ声できき返した。

「うしろの船がみだれます。あなた方の船からは、女が一人消えるだけです。ただそれだけなの」

「どうして、そのことを、この私に告げるのですか？」

かぼそい女の声は、それには答えずに、

「じっとしていなさい。じっとしておれば、なにごともありません」

「うごかないことですね？」

「そうです」

かすかな風のうごく気配がした。

松の木のうしろに、黄色いものがひるがえり、すぐに闇《やみ》のなかに消えた。空海はさきほどの宴席での舞いを、胸のなかに描き直してみた。

黄色い披帛をつけた女は三人しかいなかった。

空海は寝室に戻ると、すぐに横になった。「虹の夜」という条理に合わないことばに、彼ははじめ奇異の念を抱いたが、それはすぐに消えた。

杭州で空海は運河の地図を手に入れていた。

揚州から山陽瀆《とく》と呼ばれる運河を北上し、高郵《こうゆう》を経て淮陰《わいいん》（現在の清江市）にいたる。そこから洪澤湖《こうたく》を西にみて南下し、盱眙《くい》県のあたりで淮河《わいが》を渡り、汴《べん》河の水路にはいる。

汴河の水路にはいると、泗《し》州であり、州刺史の駐在は虹《こう》県であった。

空海が帰国した直後、虹県は宿州に編入されたが、そのときも宿州刺史は虹県に役所を置いた。重要なまちである。

松の木のうしろからきこえた、「虹」ということばは、地名にほかならない。空海はすぐにそれに気づいた。

揚州の豪商が仕立てた船は二隻であり、日本の遣唐使一行は、第一船に乗ることになっていた。闇《やみ》からの声の主は、そのようなことを知っているのである。

（女が一人消える。……）

空海は耳朶《じだ》にのこっている、その声を胸にたぐり寄せた。

宴席で妓女の群舞が演じられていたとき、空海のうしろで、都督府の役人が得意気に、

「あのなかの三人は、長安に献上されるのだ。ことしは去年よりもずっとよい。粒がそろってい

るから、ほめてもらえるだろう」

と言っているのを耳にした。

(消えるのは、三人のなかの一人かな?)

そんなことを考えているうちに、空海はねむってしまった。

淮河流域の土地は、黄河流域のそれよりも低い。したがって、淮河と黄河を結ぶ汴河すなわち通済渠《つうさいきょ》は、南下するのはらくだが、北上するのは難しい。

汴河という名がつけられているが、人工の水路である。『資治通鑑《しじつがん》』隋《ずい》の煬帝大業元年《ようだいたいぎょう》(六〇五)の項に、

――尚書右丞《しょうしょうじょう》の皇甫議《こうほぎ》に命じ、河南、淮北諸郡の民前後百余万を発し、通済渠を開く。

とみえる。

それから二百年たっている。

この水路は、年じゅう通れるのではない。おびただしい人を動員して、王朝の威信をかけて開いたとはいえ、所詮《しょせん》、人工の運河である。たえず河底をさらえなければならない。

黄河の水を引きいれているので、黄河の減水期には、この運河も水量がすくない。そこで、その時期を利用して、河底をさらえるのだ。

その時期が近づいていた。

大使一行をのせた二隻の大型船がはいったあと、通済渠を北上する船はもういない。浚渫《しゅんせつ》のために、運河が閉鎖されてしまうのである。

この水路のはばは、場所によって異なるが、平均してほぼ五十米《メートル》ほどであった。

大型船といっても、ここでは大型という意味で、水夫をあわせて百人ほどが乗れるていどにすぎない。

南下するのはよいが、北上するのは困難である。やはり曳夫《えいふ》に牽《ひ》いてもらわねばならない。船が大きいだけに、曳夫の数も多いのである。

第一船に、日本の大使以下二十三人と、引率者の馬摠《ばそう》、陸功造《りくこうぞう》、杜知遠《とちえん》、惟上《いしょう》、友琴《ゆうきん》など同行者十余名は、このたびは同じ船に乗ることができた。

「曳夫を見ていると、悲しくなってくるわ。あれはもともと馬や牛のすることじゃないの」

友琴が船べりに頰杖《ほおづえ》をつき、曳夫の長い列を見てそう言った。

「この仕事で、家族を養っているんだから、悲しいなんて言えないね」

と、杜知遠は言った。

その情景を見て、陸老人が肩をすくめて、

「あの二人、いちいち逆らうところがおもしろいね」

と、空海に囁《ささや》いた。

相手のことばに逆らうのも、一種の愛情の表現であろう。

淮河を越えて通済渠にはいったところで、空海は屈託のない声で、

「あなた、ここから消えたら、どうしますか？」

と、友琴に声をかけた。

「消える？　あたしが？　いったいなんのことなの？」

友琴はまじまじと空海の顔をみつめた。

「虹が近くなったのでね」

空海はそう言って、船尾のほうを見た。

「この和尚、ときどき、わけのわからないことをおっしゃるわ」

友琴は空海の視線に誘われたかのように、おなじ方向に目をむけた。

そこには、長安に献上される三人の妓女がいた。彼女たちは、思い思いの恰好《かっこう》で、船ばたに寄りかかって淮河平原を眺めている。

揚州から乗ってきた客は、みな彼女たちを知っていた。すくなくともその名を耳にしていたのである。それほど名妓の名をほしいままにしていたのだ。

大切な献上品なので、彼女たちはとくべつ船尾の一室を与えられ、ほかの乗客から隔離されていた。それでもときどき部屋から出て、風にあたって散歩することがある。

そんなときも、監視役らしい、いかつい顔の男たちが、一目《ひとめ》でそれとわかるほどあからさまに、

目を光らせていた。

同乗の揚州商人は、船旅の退屈しのぎもあって、きかれもしないのに、空海のような他所者《よそもの》に、彼女たちのことを、いろいろと語ってきかせた。

鴛鴦楼《えんおうろう》の三名花。――

それが彼女たちの共通の呼び名であった。

尚玉《しょうぎょく》、尚珠《しょうじゅ》、尚翠《しょうすい》と、それぞれ名前をもっていたが、抱え主の鴛鴦楼は、少女のころから彼女たち三人を一組にして売り出すことを考えていた。その計画はあたったといえるだろう。歌も踊りも音楽演奏も、すべて三人そろわねばならない。そこから、さまざまなバラエティーが生まれてくる。

尚玉は柳腰の楚々《そそ》とした美女である。窈窕《ようちょう》という形容がぴったりであった。それにたいして、尚珠は丸顔でふくよかな肢体をもち、童女のようなあどけなさがあった。

三人ともおなじ二十《はたち》前後であったが、尚翠は年のわりには熟したかんじがする。尚珠ほどふっくらしてはいないが、尚玉の弱々しさもない。ひきしまって、近づけばはじきとばされそうな弾力がかんじられる。

それぞれうつくしいが、三人は類型の異なる美の代表者といえよう。それだけに三人をならべておけば、客も飽きることはなかったという。

名妓にはすぐに旦那《だんな》がついて落籍《ひか》されるが、三名花の場合、組になっていることがわかっているので、誰も手を出しかねていた。

「揚州の連中は、みな口惜《くや》しがっていますよ。長安に奪《と》られたってね。……長安の田舎者に、三名花のよさがわかるものか」

揚州の商人は腕をたたいてそう言った。

当時、名妓の資格の一つに、詩文の才にすぐれていることが挙げられていた。客から詩を贈られると、その韻を踏んで、即興の詩をつくって返す。その才能については、三名花のうち、尚玉が第一であるという。

尚珠は書画にたくみであった。彼女が絵を描いたうちわは、かなり値段がつくそうだ。

三人のうちで、尚翠が最も勝気であった。舞いでも剣舞のような、男っぽいものを得意としている。西域から伝わった、胡旋舞《こせんぶ》といった、はげしいうごきのダンスにかけては、彼女の右に出る者はいない。

「こうして坐《すわ》っているだけで、いろんなことがわかりますね」

空海はいつも上機嫌であった。

「ひま人が多いからね」

杜知遠は、商人たちの軽薄さに敵意をもっていた。友琴は美しい三名花にたいして、女らしい嫉《ねた》みをもっているようだが、それでいて、ときどき、

「考えてみれば可哀《かわい》そうだねえ。なにもわからない子供のときから、いろんな芸を仕込まれて、

一つの道具みたいになっているんだから。……きれいな着物を身につけても、ほんとうの命《いのち》をもっていないお人形ではねえ。……」

と、同情のことばを口にした。

「なんだか張り合いがなくなったようじゃ」

「どうして？」

「三名花を呼べるほどの身分になりたいと、これまで商売に励んできたがね。これから、揚州で金を儲《もう》けても、つまらないや」

「長安で遊べばいいや。三名花は長安へ行くんだから」

「なあに、長安へ行くことは行くが、なにも平康坊の妓楼に出るのではないぞ。さるお方のお邸《やしき》に献上されるのだ」

「じゃ、われわれはもう拝めないってわけか」

「そうよ。拝みたければ、お役人になって、宰相か将軍にでも出世することだな」

「どなたのお邸かね？」

「さあ、それは知らぬが、あるところできいた噂《うわさ》によれば……三名花を手に入れたのは中尉だとよ」

「どちらの中尉だい？」

「それはわからんが、中尉でよかったよ」

ひまな同乗の商人たちはそんなやりとりをしていた。中尉というのは、首都防衛軍に相当する左右の神策軍の長官のことである。これは宦官《かんがん》の職であった。じっさいに中尉の職にいない者でも、軍隊を指揮する宦官のことを中尉と呼んだ。

宦官は去勢されているので、男性の機能を喪失している。三名花を手に入れても、男性として彼女たちに臨むことができない。

――中尉でよかったよ。

ということばには、そんな背景があった。

当時の神策軍は、左軍中尉が楊志廉《ようしれん》で、右軍中尉は孫栄義であった。

――驕縦《きょうしょう》にして権を招き、依附《いふ》する者衆《おお》し。

と、史書にも記録されている。

首都の軍権を握る両中尉は、絶大な権力をもっていた。国家の人事にも、大きな発言力をもっていたので、出世亡者たちは、しきりに中尉詣《もう》でをした。もちろん手ぶらでは頼みごとに行けない。

賄賂《わいろ》は金銭や財貨のほかに、美女も用いられるが、それが男性ではなくなっている宦官に贈られるのは、考えようによっては皮肉であった。

「そうじゃない。中尉ではないときいたぞ」

そばから、それを否定する者がいた。

「では、どこのお邸だい？」

「それはな……」訊かれた男は、すこし勿体《もったい》をつけてから、声をひそめた。——「東宮だって話がある」

「えっ、東宮……」

東宮とはいうまでもなく皇太子のことである。

皇太子李誦《りしょう》はすでに四十四歳であった。

現皇帝徳宗の長男である。徳宗は在位二十五年に及び、当時としてはすでに高齢であった。やがて皇太子が即位して、つぎの時代がはじまるはずである。

東宮御所詣での人が多かったのはいうまでもない。現在の実力者である中尉に頼むよりは、つぎの時代の天子に頼むほうが、筋としてはたしかであるかもしれない。

「その皇太子がよ……きいたか？」

急に声が低くなった。

空海の耳は鍛練されているので、それをとらえることができた。でなければ、ききとれなかったであろう。

「きいている。……」

「ほんとかな？」

「どうかな？　とにかく、なにかあったのだ。もう誰も人を寄せつけないということだが」

「病気はたしかなんだ。……ただどのていどなのか、それが……」

商人たちのやりとりは、そこでとぎれた。二人の役人が通りかかったからである。

一人は小手をかざして、左右を眺めている。

「あそこは、はじめからあったのか?」

「まてよ。……」

もう一人の役人が地図をひろげ、そのうえを指でたどった。

「ない。それは地図にはのっておらん」

「よし、県に急報しよう」

二人は船首のほうに、急ぎ足でむかった。

「あんなちょっとしたことは、見逃してやればいいのに」

「去年からひどかったからな」

商人たちは声をひそめたまま言い合った。

通済渠は人工の水路であり、その水は黄河から引いていたのである。前述したように、黄河平原は高く、淮河平原は低くなっている。したがって、この水路は、黄河の水が流れて、淮河にはいっているのだ。

黄土をまじえた水は、農作物にとっては、このうえもない滋養分となる。いわゆる水が肥えているのだ。その水をそそいだ土地は、水とともに肥沃《ひよく》な黄土を摂取することになる。水路沿いの農民たちは、ひそかに溝を掘って、運河の水を我が田に引きいれようとした。

この通済渠は、南方の豊富な食糧や物産を、北方にはこぶ国家の大動脈であった。運河、すなわち舟航のための水路であって、灌漑《かんがい》用の水路ではない。

毎年、河底をさらえねばならないほど、手のかかる水路であった。ただでさえ水量がすくないのに、農民がこの水路の水を、途中で吸いあげてしまえば、舟が通れなくなる。

この船に便乗した役人のなかには、勝手につくった灌漑水路を発見し、それを塞《ふさ》ぐのを役目とする者がいた。

「可哀そうに。あの水路もつぶされてしまうのか。せっかく作ったのに」

「いくつもの村が、壮丁を出し合って、汗を流して掘ったにちがいない」

「むごいなあ」

「去年は凶作だった。……税金はおなじように取られるというのに」

「だが、役人も役目だから仕方がないよ」

「あんまり水を取られると、われわれの船が動かなくなるからな。それでは困るし。……農民は気の毒だし」

役人が遠ざかったので、商人たちの声も高くなった。

日は暮れかかった。

「寒くなります。部屋にはいってください。風邪でもひいたらたいへんですよ」

監視の男の声に促されて、三名花は船尾楼のなかにはいった。

献上物である彼女たちは、人間でありながら物品でもあった。風邪などをひかれると付添いの者の責任になりかねない。

「曼陀羅《まんだら》だなあ。……ここに一つの世界がある」

空海はひとりごちた。そばで碁を打っている人がいた。

「もう暗くなったからやめよう」

と、一人が言った。

「いや、まだ見える。日はまだ暮れ切ってはいない。字を読むわけじゃなし、どんなに暗くても、黒と白の石はわかるよ」

負けているのか、相手はやめようとしない。

「私がお相手いたしましょうか」

空海は声をかけた。

翌日、空海が碁の名人であるという噂《うわさ》が、船じゅうにひろがった。その船だけではなく、うしろの船にも噂は伝わった。

「私とはどうかな？　私もかなりのものだと自分でもおもっているが。……」

馬揔が空海に挑戦した。結果は空海が二目だけ勝った。

「揚州では、わしに勝てる者はいなかった」

都督府司馬の王文強は、わざわざうしろの船からやって来て、空海と対局した。二番打ったが、二番とも空海の二目勝ちであった。

王文強は唸《うな》った。

これはただの強さではない。自慢するだけあって、王文強は碁にかけては、馬摠とはくらべものにならないほど強い。それなのに、空海は馬摠にも王文強にも、おなじように二目だけ勝っている。しかも王文強の場合、それが二回ともそうだったのだ。

（これは偶然ではない。空海がわざとそうしたとしか考えられない）

それができるのは、天才だけである。

「もう一局、お願いしたい」

と、王文強は言った。

「ゆっくり打ちましょう」

さきほどもかなり長い碁であった。見物していた人も退屈したのか、もう観戦者はいなくなっている。

漢魏《かんぎ》のころの碁盤は、十七道二百八十九路であったが、唐代では現在とおなじ十九道三百六十一路になっていた。

「日本では碁が盛んでありますのかな？」

石を盤面におろして、王文強は訊いた。

「碁をたしなむ人は、それほど多くはありませんが、名手はすくなくないと存じます」

「名人が多い。……そんな話をきいたおぼえがある。日本の貢使のお国自慢かとおもったが。……」

揚州駐在の王文強は、日本の使節の往来の送り迎えにあたり、また土地に伝わる日本の遣唐使の逸話も耳にしている。

――日本人は碁が強い。

という話が、当時、人びとに伝えられていた。

唐末の蘇顎《そがく》の『杜陽雑編《とようざつぺん》』という本に、日本の王子が来唐して、唐第一位の顧師言《こしげん》という者と対局した話がのっている。手に汗を握る大勝負となったが、顧師言が「鎮神頭《ちんしんとう》」という手を打ったので、日本の王子は投了したという。接待の役人は、顧師言を唐第三位といつわって紹介したので、日本の王子は「さすがは大国だ」と感心した話である。

また日本にはすぐれた碁石が産出すると信じられていたようだ。

前よりも長い対局となり、やはり王文強が二目負けたのである。

対局が終わって、空海はそう言った。

「もう暗くなりました」

王文強は、じっと盤面をみつめて、空海のことばが耳にはいらなかったようである。しばらくしてから、目をあげて、

「なにかおっしゃったか？」

と訊いた。

「はい、暗くなりましたと、そう申し上げたのです」

「時間がたつのを、すっかり忘れておった」

「いまどのあたりでございましょうか？」

「夜中に虹《こう》県城の前をすぎるはずだが」

日本の遣唐使だけではなく、揚州都督府の使者たちも急ぎの旅だったのである。夜間もできるだけ船を進めようとした。虹県から百キロあまり西に、宿州刺史の駐在する符離《ふり》というまちがあるので、そこで骨休みをする予定であった。それまでは無理をしようとしたのである。

「夜は気をつけませんと」

と、空海は言った。

「なあに、舳先《へさき》にあかりをつけた小舟が、先導しているから大事ない」

そう答えながらも、王文強は盤面の石に目をそそいでいた。

暗い水路を航行するとき、小舟や筏《いかだ》にぶつかるおそれがある。二艘《そう》の大型船は、日が暮れると、舳先のあかりで前方を照らす小舟に先導させた。

「運河のことではございません。……船のなかも気をつけませんと」

「船のなか？　じっとしておれば、別条はないはずじゃ。……どうしたのか？」

王文強はやっと盤面から視線をはずして、不審そうに空海のほうを見た。

「いえ、今夜にかぎってでございます」

「今夜にかぎって？」

「天上星象のこと、暦算のこと、さまざまなことから、いささか気がかりにおもうものでございます」

「は、は、は、方外《ほうがい》（儒教以外の意味）の人は、よくそのようなことを申される」

と、王文強は笑った。

儒教の徒である彼は、怪《かい》・力《りき》・乱《らん》・神《しん》を語らない合理主義者であった。

（あたったためしがない）

彼の笑いには、そのような揶揄《やゆ》がこめられている。

「おそれいります」

空海は頭をさげた。

「では、戻ろうか」

王文強は立ちあがり、もういちど未練がましく盤面の布石に目をやってから、歩き出した。

流れは逆だが、風は順風であった。だいぶ北にきているだけあって、福州や浙江よりも風はつめたい。

うしろから急ぎ足できた馬摠が、追いついて王文強と肩をならべた。

「王司馬は碁の名手ですね。そばで見ているだけでわかります」

と、馬摠は言った。

「いや。……あの日本の僧に負けたではないか。あなたもごらんになったとおりです」

「私もあの僧に負けた。やはり二目でしたよ、二目ね」

「そうでしたね」

「おかしいとおもいませんか？」

王文強は答えずに、ただうなずいた。彼は馬摠と手を合わせたことがある。彼は大勝した。まるで段がちがっていた。

それなのに、空海は王文強にも馬摠にも、おなじ二目勝ちだったのである。誰がみても、これはおかしいといわねばならない。

「よほどの力がないと、あれはできることではない」

と、馬摠は言った。

王文強はまたうなずいた。

「長安の人とは、どうであろうか？」

「さあ。……」

それ以上、二人は碁の話にふれなかった。なにが言いたいのか、おたがいにわかっている。二人とも、浮沈のはげしい官界に身を置いていたのである。

皇太子李誦《りしょう》が、いま最も信任している家臣は、翰林待詔《かんりんたいしょう》の王伾《おうひ》と王叔文《おうしゅくぶん》の二人であった。待詔とは、いつでもお召しを待つ近侍の臣のことである。すぐれた画家、音楽家などは、たいてい待詔の身分を与えられた。

王伾は書の大家であり、王叔文は碁の名人だったのである。誰もが、なにかのきっかけをつかんで、この二人の知遇を得ようと望んでいた。二人に認められるのは、皇太子に認められるのにひとしい。

王伾に近づくには「書」、王叔文の場合は「碁」が最良の手段であろう。ところが、二人ともそれにかけては抜群の人物なので、下手なことはできない。

――たいそう碁の上手な者がいますが、ひとつ教えてやってくださいませんか。お願いします。

そう言えば、無類の碁好きである王叔文は、人を近づけるであろう。だが、紹介した碁打ちが、たいしたことがなければ、かえって軽蔑《けいべつ》され、うとんじられてしまう。

天下無敵といわれる王叔文と対局して、勝てないまでも、互角に戦える相手をさがし出さねばならない。

――長安の人。

と、馬摠が遠まわしに言ったのは、王叔文のことにほかならなかった。

「ところで、馬別駕《べつが》」と、王叔文は馬摠にむかって、改まったように言った。――「あの日本僧は、いつも天上星象のことをあれこれと申すのですか?」

「いいえ」

馬摠は首を横に振った。

「さきほど、彼が申したこと、あなたもそばにおられて、耳になさったでしょう。……あなたのほうが、あの僧とのつき合いは長いはずですが」

「福州以来ですが、今日のようなことを申したのは、はじめてです」

と、馬摠は答えた。

「なんとなく気になる口調でしたな」

「私も、おや、とおもいましたよ。これまでの空海にはなかったことなので。……どうかしたのかな？」

王文強も馬摠も、たがいにことばに気をつけている。あまりぞんざいなことばは使えないが、かといって、丁寧すぎてもならない。

揚州都督府司馬と泉州別駕は、どちらも正五品の職である。だが、当時の揚州は、長安につぐ大唐第二の大都市であり、経済力にかけては国都をしのぐ。そんなところの中枢にいる王文強は、田舎の州別駕である馬摠とは格がちがうと自負していた。

馬摠にしてみれば、泉州別駕は左遷された職であり、いまや名誉が回復されて、中央の要職に希望をつなぐ身である。都督府司馬あたりと同列におかれるのを、いさぎよしとしない気持があった。

（使者として長安へ行くというが、この王文強、あわよくば長安で職を得ようとの魂胆ではあるまいか）

馬摠はひそかにそんな推理をしていた。

官界で昇進しようとする者同士は、つまるところ、競争者にほかならない。

碁の話がすこし出て、すぐに消えたのは、このような微妙な関係があったからなのだ。

そのころ、空海は石がとり除かれた碁盤に、まだむかったままだった。

（あれでよかったのだろうか？）

彼は自分に問うていた。

（なぜあの声は？）

この問いには、空海はほぼ正しい解答をみつけたような気がする。

揚州客館の回廊できいたときは、声の意図がつかめなかった。

昨夜、碁を打ち終えたあと、空海は夜風にあたるため、舟べりに出たが、そこでまたあの呼吸のような声をきいたのである。

——明日の夜よ。誰かにほのめかしなさい。……

声はそれだけであった。

空海に予言せよ、と言っているのである。進言しているのか、命令なのかわからない。だが、空海は声の言うとおりにすることにしたのだった。

予言して、それが的中する。――空海はそこで奇跡を人びとにみせたことになるのだ。

これから行く長安で、それが話題になるだろう。奇跡の予言者として、彼は朝廷の有力者に呼ばれることもあり、信任を受ける可能性がある。有力者の知遇を得て、信任された空海は、一つの大きな力といえる。その力を利用したい人がいるにちがいない。

（ま、いいだろう）

空海は自分が力となれば、それだけ密教を吸収するのに、便利な立場に立ちうる、と期待したのだった。

乙夜《いつや》。――いまでいえば、午後十一時すぎである。

船の大部屋のあかりは暗い。部屋の隅に座燈《ざとう》が一つ置かれているだけだった。燈油を節約するためというよりは、火災防止のため、できるだけ火の使用をすくなくしていたのである。

不寝番がおかれているのも、火の用心のためなのだ。

当時の人は早寝早起きである。乙夜には、船内のほとんどの人が眠っている。不寝番は二人ずつ、一夜に五交替する規則になっていた。彼らは、あくびを連発しながら、ときどき船内をまわった。それが彼らの義務だったのである。

空海は眠っていない。

不寝番と彼のほかに、何人か眠っていない人がいるのを、彼は知っていた。すくなくとも、あの声の主は眠っていないはずだった。

「おーい、火だぞ！」

甲高い声が、人びとの目をさました。

「あわてるな、この船ではない。うしろの船だ」

恐慌状態を呈しかけたので、不寝番はあわててそれを鎮めようとした。

夜風は寒かったが、船内の人は外に出た。ほとんどの人びとがとび出したにちがいない。

うしろの船の船首あたりに、火があがっている。

二艘の船はそれほどはなれていない。うしろの船の悲鳴がよくきこえた。

「たいしたことはない。水だ、水」

と、叱《しか》るような声も、風にのってきこえている。聞きおぼえのある王文強の声であった。

桶《おけ》の水を火にかけるのが見えた。

夜の火は大きく見えるものである。それほど大きな火ではない。

「うしろは消えたか？」

というどなり声がきこえた。火の手があがったのは、船首だけではなく、船尾もそうであったらしい。

失火でないことはあきらかである。同時に数ヶ所に失火があるなど、考えられないことなのだ。

つぎつぎと水がかけられた。火の勢いは、急に弱まっていた。

飲料用の水を消火に使ったのであろうが、外洋の船とちがって、運河航行の船にとって、水はそれほど貴重品ではない。いつでも接岸して、補給できるからである。

「誰も船から出てはならんぞ。ちゃんと固めておけ。水にとびこんだやつはいないだろうな」

王文強のあわただしい声がきこえた。やっと放火犯を詮議《せんぎ》することに思いついたようである。

「岸から火の束を投げこんだのかもしれんぞ」

「火箭《かせん》を射たのではないかな？」

そんな声がいりまじった。

第一船は火を出していないだけあって、船内のざわめきは、うしろの船よりも早くおさまった。

ところが、うしろの船のざわめきがようやくおさまったあと、第一船の船尾にまたざわめきがおこった。

「よくさがしてみろ。隅から隅まで、おちついてな」

けっしておちついていない声がきこえた。

「なにか紛失したのでしょうかな？」

空海のそばにいた杜知遠が、目をこすりながらそう言った。

「人間のようですよ」

と、空海は答えた。

「人間？」

「三名花の一人だとおもいますね」

「そうですか。……」

杜知遠はうなずいた。なぜそんなことがわかるのか、彼は理由をたずねようとしなかった。空海が言うのだから、まちがいのあるはずはないと信じている。

やがて提灯《ちょうちん》を高くかかげた役人たちが、部屋にはいってさがしものをはじめた。ほんとうに隅から隅まで、提灯のあかりをむけた。

「なにがなくなったのじゃい？」

夜中に火事さわぎで起こされ、ようやくまた横になったかとおもえばこの騒ぎなので、不機嫌そうな声が、楚州《そしゅう》から乗りこんだグループのあいだからおこった。

「女だ」

役人の一人が答えた。

「ここには女はおらん」

さきほどの声は、つっかかるようだった。

この大部屋に女はいない。

友琴など雑役の女をはじめ、乗客の女たちは、別の枠《わく》の部屋にはいっている。

「はじめはいなかったことはわかっておる。あとで、そっとはいりこんだかもしれんではないか」

役人は提灯を声の主のほうにむけた。

茶色の頭巾《ずきん》をかぶった、ひげづらの男がそこに照らし出された。

「勝手にさがせ！」

ひげづらの男は、提灯のあかりをはね返すように、どなり返した。

「どんな女ですかい？」

楚州組からの別の声がきいた。

「おまえたちには関係はない」

「あたりまえだ。関係があってたまるか」さきほどのひげづらの男の声が、あとをひきとった。

――「他人《ひと》が長安で売りとばそうと連れて来た女を、途中でかっ払うなんて、こちらはそんなあこぎな真似《まね》はしねえよ。関係ないにきまってらあ」

「なにお！」

役人はいきり立った。

「まあ、まあ、さがすのが先だ。酔っ払いを相手にしても仕方がない」

同僚がなだめた。

「おれは酔っ払ってなんかいねえぞ！」

ひげづらは喧嘩《けんか》腰であった。

失踪《しっそう》したのは、三名花のなかの一人――尚玉であった。三人のなかで、最もなよなよとしたかんじの女性である。

舞台のうえでも、彼女はたえず尚珠か尚翠に扶《たす》けられているかのようだった。あるいは彼女の楚々たる繊細美を強調するために、わざとそのように演出していたのかもしれない。

「尚玉が?」

王文強は信じられない面もちであった。

「誰かが手を貸したのだ。……いや、連れ出されたのだろう」

王文強でなくても、三名花を知る揚州の人たちは、誰もがそうおもった。

これが健康美の尚珠、あるいは武芸のたしなみのある尚翠であれば、独力で脱出ということも考えられないではない。尚玉にかぎって、そんなことはありえないとおもわれたのである。

三名花を長安へ送るについての責任者は、都督府司馬の王文強であった。この事件がおこると、彼はさっそく船を岸につなぎ、虹県に連絡をとり、捜索を命じたのである。

黎明《れいめい》、彼は第一船へ行き、空海を別室に呼んだ。

「貴僧は異変があると申されましたな?」

「はい」

空海はうなずいた。

「昨夜にかぎってと、日時を定めての予言であった」

「そのとおりでございます」

「予言の根拠は?」

「それも申し上げました。天上星象、暦算からも、それはあらわれておりました」

「どのように？」

「失礼ですが、天文暦算の心得がおありでしょうか？」

「ない」

「それでは説明のしようがございません。……天文暦算がおわかりの方にも、天のきざしに接する機微は、なかなかご理解いただけないのです」

「機微と申されたな。……それは、ことばではあらわせないことかな？」

「難しうございます。できない、と申しあげたほうがよろしいでしょう」

「わかった。……」王文強は半ば腰をうかしてから、すこしためらいをみせたあと、ことばをつづけた。——「昨夜のことは、何者かがたくらんだにちがいない。人間のたくらみについてのことまで、天はそのきざしをあらわすものなのか？」

「星象の異変さえ、天はそのきざしを伝えます。まして人間の異変などは……」

「小さいことだとおっしゃるのだな？」

「人間のたくらみなどかくせるものではありません」

決然としたことばだが、空海の頰には微笑がうかんでいた。

王文強はじっと空海の頰に目をそそいでいたが、軽くうなずいて、

「それでは」

と、その場から立ち去った。

空海が友琴に、

——あなた、ここから消えたら、どうしますか?

と声をかけたとき、陸功造も杜知遠もそばにいたのである。

「消えるといわれたとき、あたしなんのことだかわからなかったけど、いまおもえば、このことだったのかしら?」

女部屋の枠の外で、友琴は杜知遠に言った。

「さあ。……」

杜知遠には答えられない問題である。

「あたし、気味がわるいわ、ほんとに」

「気味がわるい? だけど、空海さんは、あけっぴろげな人なのに」

「だから、よけい薄気味わるいじゃないの。陰気な祈禱師《きとうし》みたいな人なら、ひょっとすると、とおもうけれど……あんなにあっさりと、女が消えることをほのめかすなんて。あの人、この出来事のからくりを知ってるんじゃないかしら」

「空海さんは、日本から来たばかりの人だよ。この国の誰とも、かかわりがないはずじゃないか」

「それも、そうね。……だけど、やっぱり……」

友琴は肩をすくめた。

「ただあの人に、ふしぎな力があるのはたしかだね。……この世のことは、なにもかも知っている、というかんじがする。……」

杜知遠がそう言っているあいだに、友琴は肩をすくめる動作を、三度もくりかえした。

友琴は空海に言われたことを、同乗の女の仲間たちにも告げた。その女たちの口から、王文強の耳にもはいったのである。

（ふしぎな碁打ち。ふしぎな予言者。……）

王文強は現実主義者であった。ふしぎな才能をもつ人物の存在を、否定はしないけれども、それを追究してもはじまらない、と割り切ったのである。

王文強の前にある現実は、第二船に火を放ち、騒ぎをおこし、そのどさくさにまぎれて、第一船に乗っていた女が消えたという、単純なものであった。

たまたまうしろの船に失火騒ぎがあり、第一船の人たちも船上に出て、火のほうに気を奪われていたので尚玉は脱走する気になったのだろうか？

（いや、そうではあるまい。失火騒ぎは、彼女に脱走の機会を与えるための細工であろう）

王文強はそう断じてもよいとおもった。

脱走が彼女の自発的な意思によるものなのか、それとも強制されたものなにか、そこまではわからない。

（調べてみれば、あるていどわかることだ。……）

彼はじっさいに、尚珠と尚翠から、尚玉の個人的な生活を、詳細にきき出すことにしたのである。

無《む》尽《じん》願《がん》

午《ひる》まえには、船は纜《ともづな》を解いて、さきへ進んだ。

捜索の目鼻がつくまでは、虹《こう》県の河岸につながれるものとばかりおもっていたが、そうではなかった。近辺一帯の捜索なので、船を進めたままでも、その経過を知ることができる。

それに揚州都督府の使者も、さきを急いでいたのである。誰《だれ》に献上するのかわからないが、三名花の一つを失ったのは、彼らにとってはたいへんなことであったろう。

三人そろってこそ「三名花」ともてはやされていたのだから、一人欠けると、献上品の値うちは大きく低下するのだ。

「王司馬は表情にはみせないが、心のなかでは、地団駄踏んで口惜《くや》しがっているぜ」

「みんなにそう思われまいとして、無理にとりつくろって、なにごともなかったような顔をしている。……」

そんな陰口《かげぐち》がきかれた。

だが、王文強は自分でもふしぎなほど、尚玉《しょうぎょく》の失踪《しっそう》に打撃をうけていない。三名花献上は、じつは彼が考え出したことなのだ。妓館《ぎかん》への落籍代は、都督が支払っている。長安に着いても、献上できるかどうか、微妙なことになっていた。

口さがない連中が、献上先のことを、あれこれと言い合っていたが、それは宦官《かんがん》の中尉ではなかった。やはり下馬評にのぼっていた皇太子だったのである。

その皇太子が、かなり重い病気であるという。面会が禁止されているので、皇太子の病状についての情報は、揚州まで届いていない。ただ面会が許されないのだから、ただならぬ病気であることは察しられた。

——三名花を献じても、それをおたのしみになることができないかもしれぬのう。……

出発のまえに、王鍔《おうがく》はそう言った。女性をたのしむには、健康でなければならないと、彼は信じている。

——では、とりやめましょうか。

と、王文強は言った。彼は心のなかで、

(もう六十五にもなって、この淮南《わいなん》節度使、揚州都督以上に、まだ出世がしたいのか。因果なものだ)

と、おもっていた。

だが、他人のことは言えない。王文強自身、飽くことを知らぬ野心をもっていた。自分の野心に、自分がふりまわされているとかんじることがある。

ともあれ、皇太子への献上品として、揚州の三名花を連れて行くのだが、病人の相手に届けてもよいものかどうか、まだわからない。また予告もしていないので、連れて行かなければ、問題になるというおそれもなかったのである。

——東宮（皇太子）の病状が絶望的であれば、献上は意味のないことであるぞ。よいかな。

……

出発のとき、王鍔は王文強にそう言った。

おそらく当代随一の大富豪であろう。その王鍔はけっして役に立たない投資をするつもりはない。即位の可能性のない皇太子など、王鍔にとっては路傍の石にひとしい。

（これくらい徹底しなければ、今日の淮南節度使はないのだな）

王文強は感心しながら、

——では、中尉に献じますか？

と、訊《き》いた。

——それを判断するのがおまえの仕事ではないか。

王鍔はやさしい声で言った。ふだんは、荒々しく、ときにはとげとげしい口調でものを言うが、ひとを叱《しか》るときだけは、やさしい声が出るのだ。これも王鍔の特技の一つであろう。

王文強が尚玉の失踪にそれほど動転しなかったのは、献上について彼が大きな裁量権をもっていたからである。

（三名花よりも……）

王文強は、もし皇太子に即位の可能性が残っていても、ほかの献上品のあてがあった。空海である。——

碁の名手である王叔文が、いま皇太子の最も親しい側近なのだ。三名花よりも、空海をすすめるほうが、よろこばれるかもしれない。

（いま、おれは修行中である。……）

王文強はそう思っている。

彼がめざしているのは、あるじの王鍔であった。天下一の富豪——それがこの男の目標だったのである。

「広州できいたところでは、あれはひどい男ですぞ」

陸老人は、船のなかで、その王鍔のことを、空海に語っていた。

淮南節度使として揚州に赴任する前に、王鍔は嶺南《れいなん》節度使として広州にいたのである。彼はそこで、輸出入に税金を課した。

あたりまえのことのようだが、農本主義の中国では、税といえば穀類と織物が主流であった。塩、鉄、茶葉、酒などに課税するのがせいぜいだったのである。

交易については、それに課税するという発想が、士大夫にはなじまなかった。課税しても、どの程度が妥当であるかわからない。

王鍔は利にさといので、交易によってどれほどの利潤が得られるかを、すぐに把握した。そうすれば、交易業者がどこまで納税能力があるかが判明する。

交易の利潤は莫大《ばくだい》なものであった。業者はかなり重い税を負担する力があったのである。

広州駐在中に、王鍔は稼ぎまくった。朝廷は上納金が従来よりすこしでも多ければ、それで満足する。あとはすべて王鍔の懐にはいったのだ。

「私とおなじで、あの男もどこの馬の骨かわかりません。……晋《しん》（山西省）の出身と言っておりますが、誰も彼の出自《しゆつじ》を知らんのです」

陸功造《りくこうぞう》は王鍔の物語をつづけた。

『唐書』の王鍔伝には、

——王鍔、字《あざな》は昆吾《こんご》。自《みずか》ら太原の人と言う。……


とある。太原の人と書かずに、そう自称していた、と述べるにとどめている。やはりその出身に疑問があったようだ。

「おもしろそうな人ですね」

そう言いながらも、空海はあまり関心を寄せるようすはなかった。彼は王鍔という金儲《かねもう》けの名人の官僚のことよりも、広州という土地のほうに、興味をもっているようだった。

「多いのですよ、外国人が。じつに多いのですが、王鍔はその実数をあまりあきらかにしたくなかったのです。かくしていたのですね」

と、陸老人は言った。

交易に本格的に課税したのは、王鍔が嶺南節度使となってからである。莫大な税金を徴収しながら、彼はその一部しか長安に送っていない。

広州の外国人の数、したがって交易に従事している業者の数は、一般に想像されているよりも、はるかに多い。その実態が判明すれば、長安から、

——これまでの上納金は、すくなすぎるではないか。

と、言われるかもしれないのである。

七十余年後、唐末の反乱軍が黄巣《こうそう》に率いられて、広州にはいったとき、そこにはおびただしい外国人が居住していたことが記録されている。

アラビア人のアブ・ザイド・ハッサンは、黄巣が広州で殺したイスラム教徒、ユダヤ人、キリスト教徒（景教徒。ネストリウス派）、ゾロアスター教徒（祆《けん》教徒）の数は十二万から二十万に達したと述べている。

この数字は、あるいは大袈裟《おおげさ》すぎるものだったかもしれないが、それでも数万の外国人がいたことはまちがいない。

その大部分は貿易業者であろうが、一部は布教者であっただろう。

「回教と景教と祆教と、いずれが最も盛んでしたか？」

空海はたずねた。

「数からいって、やはり回教がいちばん多いですね」

「仏教のなかで密は？」

「密教は南海からはいってきたのですよ。どの土地よりも、密教のほうが優勢でしょう」

「あなたが不空三蔵《ふくうさんぞう》を迎えて行ったときにくらべて、いまの広州はどうでしたか？」

空海は畳みかけるようにたずねた。陸老人は彼の質問に、ときどき疲れの色をみせた。

陸功造が、セイロンから帰る不空三蔵を広州に迎えたのは五十八年前のことであった。いま七十翁となった陸老人が、十歳をすこし出たばかりのころなのだ。

「子供の目と老人の目とでは、まるでちがいますよ」

陸老人のこのことばは、ふつうなら、質問者を沈黙させたであろう。だが、空海はふつうの人間ではない。

「だからこそ、ききたいのですよ」

と、さわやかに催促したのである。

「困りましたな」陸老人は苦笑した。――「恥ずかしい話ですが、ちがう目で見ているはずなのに、広州はまるでおなじでした。どこを歩いても、外国人が多く、商売人の多いまちです」

「それで、不空三蔵は、広州から早く去りたかったのですね。……」

空海は船べりに身を乗り出して、広漠たる平野を眺めた。とりいれは、とっくに終わっていて、緑よりも黄色のほうが優勢な眺望である。

「南天竺《てんじく》や師子国（セイロン）におられるときも、早く唐に帰りたいと、いつも願っておられたそうです。菩薩《ぼさつ》の口から、私はじかに、なんどもききました」

空海も陸老人の口から、そのことをなんども耳にしている。

不空三蔵の南インド、セイロン滞在は、五年に及んでいる。亡き師の金剛智《こんごうち》の遺訓に従って、真言秘典をもとめる旅であった。重い任務を帯びていたのに、不空はできるだけ早く帰りたいとおもっていたという。幼少のときから唐にいるが、出身からいえば、彼はインド圏の人であった。それにもかかわらず、彼が、

――帰る。

というのは、唐へむかうことだった。

「私も帰りたい」

空海は遠くに目をむけて、ぽつりと言った。

「帰りたい？　あと二十年じゃありませんか」

この声の主は、杜知遠《とちえん》であった。

空海は笑った。

不空の供をした陸功造の話によれば、広州を早々に去った不空は、海路で長江の河口にはいり、やはりおなじこの水路で長安にむかったという。

六十年近くまえに、不空が眺めた景観は、おそらくいまのそれと、そんなに変わらないであろう。

すでに「中原《ちゅうげん》」と呼び慣らわされている地域にはいっている。

（ここだ。ここの民だ。……ついに帰ってきた）

船上から中原を眺め、中原の風に吹かれて、不空は心のなかでそうくり返したにちがいない。

（日本の島影を見たとき、私もそう呟《つぶや》くだろう）

空海は自分の心を不空のそれに重ねていた。

不空三蔵は、セイロンへ渡るとき、船待ちのため、しばらく広州に滞在した。当時の広州の長官（採訪使）は、劉巨麟《りゅうきょりん》であった。劉はなんども不空に「灌頂《かんじょう》」を請うた。

不空は法性寺に道場を設け、採訪使だけではなく、おおぜいの人に灌頂をおこなったのである。

灌頂は頭上に水を灌《そそ》ぐことを意味する。梵語《ぼんご》のアビシェカの漢訳語である。もとは密教の法燈を継承する重大な儀式であったが、この伝法灌頂のほかに、師弟の関係を結ぶ「弟子灌頂」、あるいは仏縁を結ばせるための「結縁灌頂《けちえんかんじょう》」などがあった。この結縁灌頂は、密教弘通《ぐずう》のためにおこなわれるもので、その法儀はかんたんだった。灌頂の資格をもつものが、壇を築いておこなえばよかったのである。

ただし、資格をもつのは伝法灌頂を受けた大阿闍梨《だいあじゃり》に限られ、きわめてすくない。大阿闍梨の不空が来たので、採訪使以下が結縁灌頂を請うたのだ。

『不空三蔵行状』には、

——四衆、咸《みな》頼りて、人を度すること億千。……

とあり、『宋高僧伝』には、

——相次ぎて人を度すること百千万衆。

と、しるされている。なおこの億は十万をあらわす。度するとは、灌頂をさずけることにほかならない。

その広州に、五年たって帰ってきた不空は、熱烈すぎる歓迎を受けた。

「それがわずらわしかったのです」

と、陸老人は言った。少年ながら、そのとき、不空のそばにいた陸功造の観察である。だが、空海はそうは思わなかった。

広州を早く去ろうとしたのは、不空が、

(この地は、唐であって、唐ではない)

と、考えたからではないかという気がした。

広州には十万から二十万もの外国人がいる。不空がセイロンへ出発するとき、採訪使の劉巨鱗が、蕃客《ばんかく》大首領の伊習賓《いしゅうひん》という者に、船主に一行を丁重に扱うことを依頼させている。伊習賓がどこの国の人間かわからないが、「蕃客大首領」というから、在留外国人の元締め役であったのだろう。

空海は淡海三船《おうみのみふね》(七二二―七八五)が唐僧鑑真《がんじん》の日本渡来のいきさつをしるした、『唐大和上東征伝』を読んだことがある。当時の日本にあっては、淡海三船は最高の漢文作者であった。広州についての空海の知識は、そのなかの鑑真広州滞在のくだりだけに頼っていたのだ。海南島に漂着した鑑真が、桂林《けいりん》を経て広州にはいったのは、ちょうど四十五年前のことであった。不空三蔵がセイロンから広州に帰り着いたのは、鑑真がその地に来る三年前だったのである。日本の文人淡海三船が、鑑真やその弟子から聞いて書いた文章が、不空帰来時の広州のようを伝える、ほとんど唯一の手がかりである。それには、

――江中に婆羅門《ばらもん》、波斯《はし》、崑崙《こんろん》等の船あり、その数を知らず。並びに香薬珍宝を載せ、積載することと山の如《ごと》く、船の深さ六七丈なり。

とあり、広州には三所の婆羅門寺があったこともしるしている。

唐らしからぬまちだった。

不空が急いで帰って来たかったのは、唐土の民衆のなかだったのである。

——天竺では仏の教えは天にのぼってしまった。

不空はよくそう言った。口癖のように言っていたらしく、陸老人はその後長いあいだ不空に仕えて、このことばをかぞえきれないほど耳にしたという。

それは他人に言うのではなく、自分に言いきかせていたのであろう。その口癖のうしろには、もちろん、

——仏の教えは天にのぼってしまってはならない。

という自戒があったはずである。

玄奘三蔵《げんじようさんぞう》が艱難《かんなん》辛苦のすえ、流沙《りゆうさ》を越えて天竺へ行き、ナーランダ学林で研鑽《けんさん》したのは、不空の天竺訪問の約百年前のことだった。この稀代《きたい》の天才僧玄奘が天竺を去るとき、師のシーラバドラ（戒賢法師）はあえてひきとめなかった。

——ガンジス河のほとりに仏法はようやく衰えようとしている。天意は仏法を東方に伝えて、そこにとどめようとしているのだ。

と、考えたからであるといわれている。

仏教は学問として、巨大な体系をつくりあげた。ナーランダ学林で研究されている哲学は、そ

の当時の世界では最高峰であったといえよう。

学問としての仏教は高く、高く、どこまでも上昇した。だが、気がついてみると、地上、そして地上に住む衆生《しゅじょう》とのあいだに、大きな距離ができていた。

シーラバドラが予感したように、玄奘が去ったあと、天竺で仏法は急速に衰えたのである。

現代ふうにいえば、仏法は世界宗教となることによって、その土着性を失ったのである。仏法衰微期に、土着性を取り戻すうごきが、仏法内に生まれたのはとうぜんであろう。天竺でその作業をおこなっていたのは、密教にほかならない。

天竺の田舎には、さまざまな奇怪な民間信仰がおこなわれていた。路《みち》ばたの、あやしげな石像の頭を撫《な》でて、その手を自分の頭にあてると、頭痛がなおるというのは、まだ序の口であった。仏教でも十六羅漢《らかん》の第一尊者の賓頭盧《びんずる》像を、撫仏《なでぼとけ》とする風習が、ごく最近まであったのだ。天にのぼってしまった仏教は、路傍の奇習などには見むきもしない。けれども、大多数の人は、そのような風習に心をあずけて生きている。

そこまでおりなければならない。

民間信仰のそばまですり寄って、

――さて、つぎはこうしたほうがいいよ。

と、教えることが必要であった。民間信仰と妥協するのではない。その手をとるようにして、ひきあげる姿勢である。

亡き師匠の遺志による、秘典採集の仕事がなければ、不空はもっと早く唐に戻ったにちがいない。

——わかった、わかった。天竺ではこうすることが、よくわかった。唐ではどうすればよいか、これを見ればしぜんにわかる。

陸老人の話によれば、不空は天竺時代によくそう思ったそうだ。

淫祠《いんし》、邪教がはびこり、卑猥《ひわい》な民間信仰が、人びとを毒しつつある。その毒を抜きとるのが、密教のつとめであった。毒を抜くには、そこまで近づかねばならない。天からおりた仏教とは、そのことである。

おなじ淫祠邪教といっても、天竺のそれと唐のそれとは、風土、国民性のちがいによって、おのずから異なる。

けれども、天竺密の方法をみて、それを唐に応用する、いわば唐密の方法を、不空はすぐに考えついた。考えついたからには、一刻も早く唐の民衆に、その恩恵を布施しなければならない。

不空はけんめいに秘典をさがしもとめ、できるだけ早く唐に帰ることにした。心は急《せ》いている。

広州に戻っても、そこは彼のめざす唐土とはおもえなかったのであろう。

（私も二十年もいるつもりはない。……唐密の方法を会得するのに、どれほどかかるだろうか？）

空海は不空の五年にたいして、自分はもうすこし短くなるのであろう、と予想していたのである。

「不空菩薩《ふくうぼさつ》は、願いごとの多い人でした」陸老人はため息をついて言った。――「まことにお気の毒なほど、多すぎました。……は、は、どことなく淮南《わいなん》節度使の王鍔に似ていますな。あの男の限りない欲は、いまでも広州で語り草になっていますよ」

王鍔が広州を去ったのは、だいぶ前のことだが、その飽くことを知らない貪欲《どんよく》ぶりを、人びとはまだおぼえている。

「不空三蔵が広州を去ったのは、もっともっと前ですが、まだ語り草になっていますか?」

と、空海は訊いた。

「法性寺の僧たちは、まだ申しております。不空菩薩の無尽願と申して。……」

「無尽願ですか。……」

おもしろいことばだ、と空海は感心した。そして、自分にもそれがあることをかんじた。あるいは、不空のそれより強いかもしれない。

(不空三蔵が果たせなかった願いが、この私に伝えられているのだろうか。……)

「法性寺は変わっていましたか?」

と、空海は訊いた。

法性寺は現在の光孝寺である。武則天《ぶそくてん》の時代、妖僧《ようそう》が偽経『大雲経』を奉ったことから、一時、大雲寺と改名された。そのあと、再び法性寺の名に戻った。広州第一の名刹《めいさつ》である。

「いいえ、もとのままでした。広州について申せば、税金が高くなったほか、六十年まえと変わりはありません」

「そうですか。……如宝法師《にょほう》からよくききましたが、そのころと変わらないのですか」

空海は目をとじた。

如宝は鑑真和上の弟子であった。師の和上とともに、日本に渡ってきた人物である。

淡海三船《おうみのみふね》の東征伝のなかに、鑑真に従って唐から渡来した弟子の名が挙げられているが、そこに、

——胡《こ》国人安如宝
の名がある。安という姓がついていることでも察しられるように、日本に着いたときは、まだ得度していなかった。年が若すぎたのである。

安は安国出身の胡人がよく姓にした。ウズベキスタンのブハラのあたりで、玄奘の『大唐西域記』は、そこに東安国、中安国、西安国があったとしるしている。

なお唐の玄宗のとき、大乱をおこした安禄山も、おなじ地方の出身であろうとされている。

イラン系胡人である如宝は、鑑真亡きあと、唐招提寺《とうしょうだいじ》の後事を託された。

無名の私度僧《しどそう》であったころ、空海はよく如宝を訪れては話をきいた。

とりわけ広州の話は、空海がよく訊いたし、如宝も語りたがったものだった。

——十九歳のときでした。多感な青年でしたから、あのときのことは、いまも胸のなかに、はっきりと焼きついております。

如宝は唐招提寺を訪れた空海に、広州のことを語るとき、そんな前置きをしたものだった。

そのころ、空海はまだ正式に得度していなかった。山岳を渡り歩き、はげしい修行をしたが、灌頂《かんじょう》、得度などということを、形式的なものと軽くみる心の傾向があった。

大和国《やまと》高市郡《たかいちごおり》の久米寺《くめでら》東塔で、『大日経』をひもといた空海は、疑問の点を如宝にたずねるためにに、唐招提寺を訪れたのだ。

——なぜ私に『大日経』のことをおたずねになる？

初対面のとき、如宝は空海にそう訊いた。

——大学におりましたとき、この寺に参ったことがございます。そのとき、金堂にはいりましたが、気づかずにいたことを、『大日経』を読んでいるうちに思い出したので。

これが空海の答であった。

鑑真在世中、唐招提寺は彼個人の律の研究所のようなもので、まだ金堂さえなかったのである。金堂のほか、鐘楼や経楼なども、如宝のときにつくられたのだ。

空海の答をきいて、如宝はじっと相手の目をみつめた。空海も如宝の碧《あお》い瞳《ひとみ》に目をそそいだ。

——遅いとおもっていたが……やっと……

やがて如宝はそう言ったが、空海にはその意味がわからなかった。

鑑真和上は臨終のとき、如宝の頭を撫でながら、この寺も二、三十年後には恵まれるであろう、しっかりやりなさい、と言った。

若い弟子に後事を託したけれども、困難に遭遇して、意気阻喪《いきそそう》しないように、末はよくなるのだと励ましたのであろう。——その場にいた人たちはそう解した。

だが、如宝は師をよく知っていた。仏法は伽藍《がらん》よりも人であると、師はつねに言っていたのだ。寺が恵まれるとは、仏法にすぐれた人物があらわれる、という意味にほかならない。その人物が、唐招提寺となんらかの縁をもつのだ。——如宝は師のことばをそう解した。信じて疑わなかったのである。

鑑真和上が死んで二十年たち、三十年たった。遅いではないか、と如宝はおもいはじめた。——仏法界の天才はまだあらわれないのか、と。

空海が訪ねてきて、ひとことふたこと、ことばをかわしているうちに、如宝はこれが待った天才ではないか、という気がしはじめた。

——やっとめぐりあえたようにおもいます。

如宝はそうことばをついだ。

唐招提寺の金堂内の仏像配置は、ふつうの寺のそれのように、浄土変相にもとづいているのではない。

盧舎那仏《るしゃなぶつ》の東西に、東方薬師如来《やくしにょらい》、西方阿弥陀《あみだ》如来の補処《ふしょ》の菩薩《ぼさつ》である千手観音《せんじゅかんのん》を置いている。四隅に四天王を配し、空隙《くうげき》に梵天帝釈天《ぼんてんたいしゃくてん》が立つ。

これは曼陀羅《まんだら》的な配置にほかならない。

——東は下野《しもつけ》に参りました。

空海がそう言うと、如宝はうなずいた。

——西は筑紫《つくし》にも参りました。

と、空海はつづけた。

如宝は黙ったままうなずいた。

——日本国に曼陀羅をあらわそうとなされた大和上の高弟ならば、私の疑問を解いてくださるのではあるまいかと、そうおもったのでございます。

空海のことばに、如宝はゆっくりと首を横に振った。

下野へ行ったとは下野薬師寺へ行ったことなのだ。若いころ、如宝は鑑真の言いつけで、下野の薬師寺へ行き、同門の慧雲《えうん》とともに、そこに戒壇をひらいた。

鑑真和上は、筑紫の国にも門弟を派遣して、観世音寺に戒壇をひらいたのである。

中央では鑑真和上みずからことにあたって、東大寺に戒壇を創開している。東大寺、薬師寺、観世音寺のそれは、天下三戒壇と呼ばれ、そのいずれかで受戒しなければ、仏教界では主流になれないといわれた。

東大寺の本尊が、大仏さんと呼ばれる廬舎那仏であるのはいうまでもない。東西の戒壇は、その寺名が示すように、本尊が東は薬師如来で、西は千手観音なのだ。

この配置に、鑑真和上の願いがこめられている。それは空海が言ったように、日本国に曼陀羅を現出させることにちがいない。

久米寺で『大日経』を読んで感動した空海は、疑問点をたずねる相手は、鑑真の高弟以外にないとおもった。一般の人にはわからないが、鑑真和上の思想のなかに密教的なものが濃厚で、それが戎壇や仏像配置にあらわれている。

鑑真が死んで三十年たっているので、唐から従ってきた弟子は、如宝ただ一人であった。

――お気の毒であるが、私にはお答えできない。唐をはなれて四十余年、師につき従って、おもに律を伝えること、この寺の維持、塔頭《たっちゅう》造営に没頭して、仏法の入口をひろめることだけに歳月をついやしました。私だけでなく、この国にはあなたの問いに答えることのできる人はいないでしょう。唐へ行くほかないと思います。……行きなされ、唐へ。……

如宝は膝《ひざ》を揺すった。

そのあと、空海が唐招提寺に如宝を訪れても、『大日経』のことも、密教のことも、あまり話に出なくなった。

話題は、唐土についてのことがおもになったのである。

この若者は唐へ行く。行かねばならぬ。――如宝はもうそうきめていた。そして、唐土についての予備知識を彼に与えようとしたのである。ただあるとき、ふと如宝が、

――なぜ『大日経』を読んだのですか？

と、きいたことがある。

——夢のなかで、それを読めといわれました。

と、空海は答えた。もちろん、そんな夢をみたのではない。これは禅問答である。如宝もそれ以上はたずねなかった。

当時の教学では、仏法のなかにわけいり、精神的な探索をすれば、どのような遍歴をしても、華厳《けごん》から密教にいたりつくのである。密教の経典である『大日経』は、唐初にあたる七世紀半ば西インドで成立し、唐に伝えられて、善無畏《ぜんむい》がこれを訳した。

大陸の動向に敏感であった日本は、すぐにこれを招来した。けれども、まだ本格的な研究をする者はすくなかったであろう。

久米寺に『大日経』が所蔵されていることは一部の人に知られていたのである。

思索の軌跡は、ことばでは語りにくい。空海はそれを夢に託した。のちに弟子たちもそう語った。

『御遺告《ごゆいごう》』にはつぎのようにみえる。

——この時、仏前に誓願を発《たっ》て曰《いわ》く、吾《われ》、仏法に従って常に要を求め尋《たず》ぬるに、三乗十二部経、心神に疑い有って未《いま》だ以《もっ》て決《けっ》をなさず。唯《た》だ願わくは三世十方の諸仏、我に不二《ふじ》（唯一のこと）を示したまえと。一心に祈感するに、夢に人有りて告げて曰く、此《ここ》に経有り、名字は大毗盧遮那《だいびるしゃな》経《きょう》（大日経）という、是《こ》れなんじが要《もと》むるところなり。即《すなわ》ち随喜して件《くだん》の経を尋ね得たり。大日本国高市郡久米の道場の東塔の下に在り。……

一心に祈感するとは、思索活動をしたことにほかならない。やっと密教——大日経にめぐりあえたが、独学ではわからない点がすくなくなかった。

如宝にたずねても、唐へ行くしかないといわれたのである。如宝が空海に与えることができたのは、唐土についてのことだけだが、それも四十年も前のそれで、しかも如宝はまだ若年であった。

——早く行きなされ。

如宝はそうくり返すばかりであった。彼は長い話をしたが、段落のたびにそう催促したのである。

——あの寺にはハリラの木が二本ありました。

その異国の奇木が、おまえを招いているぞ、といわんばかりの語り口であった。

——ああ、その実《み》が棗《なつめ》ほどの大きさのものでしたね。

と、空海は言った。

——名前だけを知っても仕方がない。そのものを見なければ。

と、如宝は笑った。

鑑真の旅行については、すでに『唐大和上東征伝』が出ていて、空海はそれを読んでいたので

ある。そのなかの大雲寺のくだりに、

——此寺《この》に呵梨勒《かりろく》樹二株有り、子《み》の大きなること棗《なつめ》の如《ごと》し。


とある。大雲寺は法性寺のことにほかならない。

「呵梨勒の木はまだ法性寺にありますか？」

運河をさかのぼる船のなかで、空海は陸功造に訊《き》いた。陸老人は目をみはって、

「ほう、どうしてご存知《ぞんじ》なのか？　あれはめずらしい木ですが」

「広州でそれを見た老僧が日本にいて、私は話にきいたことがあります」

「あなたは、よくよくこの唐のことを、前もって調べられたのですな」

「呵梨勒の木は二本でしたか？」

「二本でしたよ」

「では、五十年まえから、すこしもふえていないのですね」

「あのときよりも色が黒くなったようです」

陸老人もおなじころ、不空三蔵を迎えるために、広州へ行っていたのだ。

「名前だけ知っても、なんにもなりません。……けれども、名前も知らなければ、それを知ろうという気もおこらないでしょう」

空海は如宝のことばを思い出し、それに答えるつもりで言った。

唐へ行って密を学べ、という催促に、如宝はハリラの木をたとえにもち出したのである。じっさいに行ってみなければ、それがどんなものであるかわからない。

とはいえ、その存在さえ知らなければ、わざわざ行って自分の目でたしかめる気持になれるはずはない。

「あなたは、いつも誰かに見られているようですね」

陸老人は話題を変えた。

「ええ、背中が重いです」

空海はそんな形容を使った。いつも誰かの視線をかんじる。

「女が消えることなどを予言するからですよ」

陸老人は首を振った。

「それにあの碁の打ち方も。……誰だって、あなたが何者か、興味をもちますよ。いけないね、あなたは……」

そばから杜知遠が言った。言いにくそうだった。あまり多くの人が空海に関心をもつと、杜知遠は自分の存在が薄くなるような気がしたのである。

遣唐使の一行は、船のなかで、しだいに唐の生活に慣れた。

限られた空間のなかで、限られた人たちといつも顔を合わせて生活する。飲食から排泄《はいせつ》にいたる、人間の基本的な生命の営みが、そこにあった。

船のなかは、外の世界の縮図である。

異質の世界とはじめて接するときは、縮図のほうがよいのかもしれない。

「いろんなことがわかるのう。……おもしろいほどよくわかるぞ」

橘《たちばなのはやなり》 逸勢は、すこしはしゃぎ気味でそう言った。

福建海岸にうち寄せられた当初は、なにもかもわからなかった。基本の生活をともにしていると、それがわかりはじめてくる。

日本の遣唐使の大部分は、ことばが通じないこともあって、空海がみんなに注目されていることが、それほどわかっていなかった。日本から来たということで、彼らは福建以来、ずっと奇異の目で見られてきた。おなじ奇異の念でも、程度の差があることまでには気づかないのである。ただ漠然と、空海の才能が、唐人たちに認められているようだ、とかんじるていどであった。

「唐語がしゃべれて、字のうまい人間は得《とく》をする」

やっかみもあって、そんなことを言う仲間もいた。

「いや、そればかりではない。彼の文章も相当なものだよ」

と、空海の肩をもつ者もいた。橘逸勢がその筆頭であった。

風むきによって、船の進みが遅々として、乗っている人をいら立たせることがある。そんなときは、船からおりて、運河に沿って歩いてもよかった。

商邱《しょうきゅう》から陳留《ちんりゅう》を経て開封《かいほう》にいたる。開封はのちに北宋《ほくそう》の国都となったまちだが、唐代から繁栄していた。

「牛にひかせていた時期もありましたよ」

船を曳《ひ》く曳夫《えいふ》の群れを指さして、杜知遠はそう言った。力だけなら、牛のほうが強いであろう。ただ水路や風むきに応じて、緩急を調整する能力が牛にはないのである。

「ほっとしました」

と、空海は言った。

人間が牛なみ、あるいは牛よりも劣るのであれば、あまりにも悲しいではないか。

山岳修行で脚をきたえている空海は、近くに寺があるときくと、そこまで行った。船は水路のどこかにいるのだから道に迷うことはない。

――汴《べん》河はどこか？

ときけば、知らない者はいなかった。

開封をすぎると、鞏《きょう》県のあたりで黄河にはいり、さらに渭水《いすい》の流れをさかのぼって長安にむかう。

過ぎ行く年

――十二月、吐蕃《とばん》、南詔《なんしょう》、日本国並びに使を遣《つか》わして朝貢す。

『旧唐書《くとうじょ》』の貞元二十年（八〇四）の項に右のような記事がみえる。
唐には毎年、どこかの国が朝貢使を送ってくるので、このようなことは一行で片づけられる。『新唐書』にいたっては、この年の朝貢使のことは載せていない。いつものことなので、とくに記述する必要を認めなかったのであろう。いや、朝貢使のことどころか、『新唐書』の貞元二十年の項は、年号を含めてたった二十一字だけであった。

――二十年二月庚戌《かのえいぬ》、大いに雹雨《ほうふ》る。七月癸酉《みずのととり》、大いに雹雨る。冬、木冰《ぼくひょう》雨る。

天変の報告《ほうこく》だけなのだ。

雹は「ひょう」「あられ」であり、雷雨のときなどによくあらわれる現象である。木氷は樹氷のことであるらしい。樹氷はべつに天から降るのではない。濃霧が樹木に凍りつく現象で、これもそれほどめずらしいことではない。

雹のほうは、大いに降った、というところに重点が置かれている。ふつうの雹ではなく、粒の大きいのがひどく降ったのだ。

木氷はただ冬としるすだけで、日付がないところをみると、この年の冬、各地でおなじような現象がしきりにおこったと想像される。

問題はこれらの天変以外のことを、『新唐書』がなにもしるしていないことである。たしかに奇現象かもしれないが、夏に大雪が降ったのでもない。ほかにしるすことがなかったのか？

国家首脳の人事ひとつにしても、節度使や閣僚に異動があった。福建観察使が更迭したのもこの年である。吐蕃王が死んで、秘書監（王室図書館長）の張薦《ちょうせん》がチベットへ弔祭使《ちょうさいし》として派遣されたのは、この年の五月のことであった。

日本の使節のことは書かなくても、右の諸項はかなり重要だとおもわれるのに、あっさりと省略されている。『新唐書』が書きたかったのは、個々の天変ではなく、その天変が予言であったということである。

翌年の正月に徳宗は六十四歳の生涯をとじた。

天子の死は「崩《ほう》」の字が用いられる。崩には前兆がなければならない。

雹や木冰はその前兆として記録するに価したのだ。

じつはこの年の九月に、皇太子が脳溢血《のういっけつ》でたおれた。秘密にしていたが、外部にもれていたのである。

――そういえば、天子も高齢でおわすが。……

人びとは不安をかんじた。

そんな年の末に、日本の遣唐使が入京したのである。

「おそろしいことがおこりそうな。……」

と、人びとは言い合った。

雹や木冰そのものはおそろしくない。おそろしいのは、それが予言している人間世界の異変であった。

どんな天災も、大いなる人災にくらべると、ものの数ではない。

「六十いくつにおなりだからな。……」

天子の年齢が話題になるときは、声がひそめられる。

天子の死は政権の交替を意味する。

新しい政権に、平和に移りうるのかどうか。――

旧政権の人が、力によってその譲渡を拒めばどうなるのか。――戦争がおこりかねない。

もうひとつ複雑な事情があった。

つぎの政権の担当者は、とうぜん皇太子だが、なにやら重い病気にかかったようである。

「戦さにならねばええが」

「そうじゃのう。……戦さはつらいものなあ」

話がそこへ行くと、声はますます低くなる。

「口もきけぬそうじゃ。……たしかな筋から耳にしたのじゃが……」

「わしもきいた。手もうごけぬとか」

「中風じゃな」

皇太子の病状は、かなり正確に民間に伝わっていたのである。

政権の交替に、利害得失をもつ人が多く、彼らはけんめいに情報を集めようとする。そのため、情報量が膨脹して、あまり関係のなさそうな庶民の耳に届くのだった。

関係がないとはいえ、政争が武力闘争になれば、最も迷惑を受けるのは庶民にほかならない。

遣唐使一行だけが、この世界の外の人として、そのような人心の不安をかんじないで、ただ先を急いだだけである。

空海だけが、その気配をかんじていた。ことばができるからだけではない。できるだけ船から降りて歩き、人びとに接したからである。

見知らぬ人にたいして、人びとは警戒するものなのだ。ことに小心な庶民は、よけいなことにかかわりたくなかった。この世界の外の人は、いつまでたっても、外の人である。だが、空海にはふしぎな才能があった。それは天賦《てんぷ》といえるだろう。どの世界のなかにも、しぜんにはいりこむのである。

なぜか空海にたいしては、警戒心をゆるめてしまう。寺の人も、村落の人もそうであった。ただ船の人だけは、その予言や、ふしぎな碁の打ち方で、奇異の念をもって空海を見ていた。そのなかには、とうぜん警戒心があった。なかでも、とくに王文強がそれを強くもっていたようである。

遣唐使一行は、十二月二十一日に長楽駅に到着した。

東から国都長安にはいるとき、長楽はその一つ手前の宿場となる。旅人たちは、ここで旅装を解き、正装して入京するのが常であった。ことに正式の外国使節などは、ここで唐の朝廷の沙汰《さた》を待たねばならない。

長安はすぐそこである。

五キロほどしかはなれていない。

ゆるやかな坂道になっていて、長楽坂《ちょうらくは》と呼ばれる。滻水《さんすい》という河の西岸にあり、もとは滻坂と呼ばれていたのを、隋《ずい》の文帝が改名したのである。

別名を「迎餞駅《げいせんえき》」という。長安に来る客をここまで迎えにくる。また長安をはなれる客を、ここまで見送りにくるのがしきたりだった。

二日後、朝廷の迎客使が長楽駅にやってきた。趙忠《ちょうちゅう》という人物で、内使というから宦官《かんがん》であった。

宦官など日本にないものである。書物を通じて、それがどのようなものであるか、およその想像を、日本の使節たちはそれぞれ持っていた。

たいていの人の想像ははずれていた。男であって男でない宦官を、日本人はなにかおぞましいものと考え、あまりよい先入観をもっていなかった。

はじめて見る宦官の趙忠は、威風堂々としていた。ひげこそないが、顔つきはいかにも男らしい。

空海だけはあたっていた。彼は玄宗の股肱《ここう》の臣であった高力士《こうりきし》を、頭において想像していたからである。

「ほう、やっぱり。……」

迎客使趙忠のもたらしたしらせに、遣唐使の面々はほとんど同時に空海のほうに目をむけた。

空海は女が消えることを予言して、同船の唐人たちを驚かせた。彼は遣唐使の同僚先輩に、別の予言をしていた。

「菅原清公《すがわらのきよとも》一行は、無事に唐に着き、ひと足さきに長安にはいっているそうだ。総勢二十七人らしい」

揚州を出てまもなく、空海はそう言いだした。

「ほんとうか？」

みなは半信半疑であった。

あの暴風雨の海上を、無事に乗り越えるなど、とても信じられないことだった。

「おれたちだって、うまく漂着できたではないか。第二船だって、できないはずはなかろう」

いつものように橘逸勢《たちばなのはやなり》だけは空海の肩をもった。

この予言は奇跡でもなんでもない。唐語がわかって、好奇心の旺盛《おうせい》なこの僧侶《そうりょ》は、あちこちへ行って、いろんな話をきいてくる。相手の警戒心をゆるめさせる特技があったので、彼が耳にいれる情報は多い。

ほうぼうで、二十七人の日本人が通ったこと、その人相がどんなふうであったかを耳にした。

菅原清公にまちがいない。

人相をきいて、空海はそう断言した。唇の下の左右に黒子《ほくろ》があって、あごひげが三列にみえる。

――倭《わ》の国使
沿道で一行を目撃した人は、むかしの国名で言った。遣隋使が「日本」という国号を用いるまえは、倭であったが、一般にはまだこのほうが通りがよい。

倭の国使一行の引率者らしい人物の人相は、三列のあごひげという特長によって、空海はそれが菅原清公であることを疑わなかった。空海の関心は、最澄《さいちょう》がその一行に加わっているかどうかにあったが、どうやらいないようであった。

——還学生《げんがくしょう》の最澄は別行動をとったらしい。

空海はそう言った。最澄は空海よりずっと地位の高い人物であり、唐語ができないため義真という専属の通訳を連れていた。長安へむかった一行のなかに、その義真も加わっていない。土地の人と接触するときに、通訳はかならず表に出るのだから、加わっていたのであれば、義真のすがたがそこにあったはずだ。

沿道で空海のおこなった聞きこみでは、義真らしい人物も浮かんでこなかった。ほぼ確かな推測として語ったのに、遣唐使の仲間はそれを予言とうけとった。

迎客使のもたらした長安の情報によって、

——菅原清公以下第二船の人たちは、大使の来京を一ヶ月も待ちつづけていた。

——還学生最澄は義真とともに天台山へむかうことにして、一行のなかに加わらなかった。

といったことがわかった。

おなじように遭難したが、第二船のほうがひどかったのである。海上に漂うこと五十四日で明州にたどりついた。第一船の漂流は三十四日だから、それより二十日もよけい苦しい目に遭ったことになる。

ただ第二船は漂着地にめぐまれていた。明州といえば現在の寧波《ニンポ》で、遣唐使船が常に発着する土地だったのである。江戸時代の長崎貿易にいたるまで、この地は伝統的に日本往来の基地であったのだ。

日本の使節をどう扱えばよいか、彼らは熟知していた。だから、すぐに所定の手続をとって、一行を長安に送ったのである。

第一船は漂流日数は短かったが、福建海岸に流れ着いたので、その地でてまどった。遣唐使船などが来たことのない土地で、そのうえ長官が更迭のために不在であったので、長いあいだひきとめられた。

漂着が遅れた第二船の人たちが、かえって長安で第一船の一行を待つことになったのだ。彼らは待ちくたびれているという。大使の藤原葛野麻呂《ふじわらのかどのまろ》が来ないことには、どうにもならなかったのである。

大使の来京を待って、はじめて公式の行事がはじまることになるのである。

趙忠は長楽駅に二十三匹の馬を連れてきた。遣唐使の一行二十三人が、それぞれ乗るためのものだった。

いずれも名馬である。

安禄山の乱後、唐は長安大明宮《だいめいきゅう》の玄武門外に宿衛基地を設け、そこに飛龍厩《ひりゅうきゅう》と呼ばれる厩舎を置いた。天下の名馬は、そこに集められている。

趙忠が用意してきた馬は、すべて飛龍厩の名馬だったのである。

ただし、鞍《くら》の飾りには等級があった。大使の乗馬の鞍は螺鈿《らでん》で飾ったもので、ところどころにきらと光るものがみられた。当時、珍重された西方の瑠璃《るり》（ガラス）なのだ。

副使の鞍にはこの瑠璃がない。あとは銀箔《ぎんぱく》を塗っただけのものだった。

「銀鞍《ぎんあん》白馬ですね」

空海はその鞍を撫《な》でて言った。

遣唐使にえらばれるほどの人たちは、みな李白《りはく》の『少年行』と題する詩を知っている。

五陵の年少　金市の東
銀鞍白馬　春風を度《わた》る
落花踏み尽し何処《いずこ》に遊ぶ
笑って入る胡姫《こき》酒肆《しゆし》の中《なか》

落花の季節でもないのに、遣唐使一行の誰もが、心のなかに春風をかんじた。文明の中心に吸いこまれるおもいがしたのだ。

長楽駅で、使節団に酒肴《しゆこう》が届けられた。かしこきあたりから下賜されたもの、と趙忠は言った。

「遠路はるばる苦労であった。大使をねぎらうようにと、陛下からとくにおことばを賜わっておる」

その日に、一行は長安にはいった。

「見世物だな、これは」

道の両がわにならんだおびただしい見物人を見て、馬上の橘逸勢は空海をふりかえって言った。日本からの正式の使節は、久しぶりのことだった。娯楽のすくない当時の庶民にとって、めずらしいものは見逃がすことができない。そのあたりの住民が、ぜんぶ出てきたかとおもわれるほどだった。

翌十二月二十五日、謁見《えつけん》式がおこなわれた。

徳宗は大明宮の麟徳殿《りんとく》で、日本の使節に拝謁を賜わった。

麟徳殿は大明宮のなかでも最大の宮殿で、おもに宴会と外国使節接見に用いられたのである。

一行はそこへ行く前に、宣政殿《せんせい》で皇太子と挨拶《あいさつ》した。

「唐の皇帝も皇太子もあまりものを言わぬのだな」

退出したあと、橘逸勢はそんな感想をもらした。謁見のとき、鴻臚寺《こうろじ》（外務省に相当する）の役人が、日本大使のことばを取次いだが、皇帝は深くうなずいただけであった。

大使一行は、役目をはたして帰国するが、留学生の橘逸勢と僧空海、および還学生最澄を残して行くので、そのことを頼んだのである。

「請願《せいがん》の件はみな允《ゆる》すとおおせられた」

鴻臚寺の役人のことばを、通事はそう訳した。だが、皇帝は声を出していなかったのである。

皇帝がものを言わないのは、老いて疲れていたからであり、皇太子は病気のため、口がきけなかったのである。

遣唐使の一行は、長安に圧倒されていた。福州から長安への四十八日の旅で、すこしずつ唐という国になじんできたものの、やはり長安のまち、宮殿や邸宅、伽藍《がらん》の巨大さには呆然《ぼうぜん》としてしまった。

巨大な建物であれば、大仏をおさめた東大寺など、日本にないこともないが、それが集合していることに、一行の人たちは呼吸《いき》をのんだのである。

長安で待っていた第二船組の連中は、さすがにすこしは慣れていた。彼らは大使より先に着いたため、正式の国使の宿泊する鴻臚客館ではなく、宣陽坊《せんようぼう》というところにある宿舎に収容されていた。

「第二船の者たちが与えられた宿舎はひろく、まだゆとりもございますので、私たちも宣陽坊のおなじところに宿泊させていただきたい」

大使がそう申し入れて、朝廷から許された。

本来なら、鴻臚客館に泊らねばならない。だが、そこは朱雀門《すざくもん》内の皇城地域にあって、外部から隔離されている。国賓用の建物であり、出入りもなにかと不便であった。

第二船組の人たちはそれを知っているので、宣陽坊の宿舎をすすめたのである。「坊」は「里」ともいい、一つのブロックにほかならない。長安には百十の坊があった。

中心の朱雀門街の東は万年県に属して左街と称され、西は長安県に属して右街と称される。皇城のほうから南面して左右と称したのである。左右街それぞれに、大きなマーケットがあり、東市、西市と呼ばれた。その場所以外では商品の売買は禁じられていた。だから、東西の両市は、商店街であり、繁華街であり、芝居小屋などのならぶ盛り場でもあったのだ。

左街にある宣陽坊はすぐ東が東市であり、すぐ北が色里として有名な平康坊であった。

「こんないいところはありませんよ。ここを出て、皇城内の客館にはいるなんて、ばかげていますす」

菅原清公はそう言ってすすめたが、まさに正解というべきであった。なおこの菅原清公は、菅原道真《みちざね》の祖父にあたる。

泉州別駕《べつが》の馬摠《ばそう》は、福建観察使閻済美《えんさいび》の依頼によって、日本の遣唐使一行を長安まで送ったのである。長楽駅で迎客使の趙忠が迎えにきたところで、馬摠の任務は終わった。

陸功造、杜知遠をはじめ、友琴のような雑役の者たちにいたるまで、福建当局、すなわち馬摠に属している。だが、馬摠は彼らを連れて福建に帰るつもりはない。

馬摠にこの役目を託した閻済美も、そんなことは望んでいなかった。馬摠を長安へ送り、そこでチャンスをつかませるために、この臨時の仕事を利用したのである。

馬摠は扶風《ふふう》の出身であった。扶風は長安の西、約八十キロほどのところにあった。どこにでももぐりこむことができる。

「さて、どうするか」

長楽駅に着いたとき、馬摠は腕組みをした。

「あわてることはないでしょう」

と、空海はいつものように、のどかな口調で言った。

「たしかにそうだ。あわてることはない。いや、あわて\nてはいかんのだ」

馬摠は苦笑した。

揚州から来た王文強もおなじおもいであった。政権の帰趨《きすう》がまだはっきりしていないのである。

皇帝の健康状態については、とかくの噂《うわさ》があった。

脳溢血でたおれた皇太子は、一命はとりとめたようだが、はたして政権を担当することができるのだろうか？

下手にうごいて、違った筋に足を踏みいれてはならない。

（いまは観望するだけでよいのか？）

王文強は自分にそう訊いて、首を横に振った。

なにもしないで、ただじっとしていると、遅れをとるおそれがあった。

違った筋に足を踏みこみすぎてはいけないが、どの筋にも、すぐに踏みこめる状態にしておかねばならない。

王文強は迎客使を待つ必要がなかったので、さきに長安城にはいった。行く先が王鍔《おうがく》邸であったのはいうまでもない。

その身は揚州の任地にあるが、王鍔は長安の永寧坊に大邸宅を構えていた。

永寧坊は、宣陽坊とおなじならびにあり、親仁坊をへだてて南二つ目のブロックである。

このあたりの坊は、大邸宅が多いことで知られていた。五十年前に反乱を起こした安禄山は、親仁坊に住んでいたが、のちに永寧坊にもっと広い邸宅を下賜されている。

司天監（天文台）の役所があるほか、ほとんどが顕門富室の邸宅で、このあたりに庶民のにおいは薄い。

拝謁式を終えて、大使の藤原葛野麻呂は、肩のあたりが軽くなったかんじがした。五日を剰《あま》して、かつかつに年賀の式にも参列できることになった。年賀は団体参加なので、それほど気をつかわないですむ。大任は半ば以上はたされたといってよい。

「早く帰りたいのう」

大使は副使の石川道益に言った。

「私とておなじ気持でありますが、せっかく大唐まで来たのですから、帰りはゆっくりといたしましょう」

と、石川道益は答えた。

「急いだからのう。なにも見るひまはなかった」

「福州から長安まで、ふつう二ヶ月はかかるそうです」

「四十八日。……急ぎに急いだからのう」

「帰りは遊覧も兼ねて、寄り道をしてもよろしいね」

「船の連中は、明州で待ちくたびれておるぞ」

「それもそうですが、最澄《さいちょう》法師はいかがでしょうか？」

「わしにもよくわからぬわ」

「われわれが遅れたほうが、法師には都合がよいのではありませんか」

「船の連中と、最澄との板挟《いたばさ》みであるな」

と、大使は笑った。

第二船に乗った還学生の最澄は、明州で過労のために病床についたが、回復すれば、すぐに天台山へ行くと言っていた。

天台で経典を集めるだけなのか、師について研鑽《けんさん》をつづけるのか、最澄の心づもりが、大使にもわからなかった。いや、最澄自身も出発のときでさえ、

――朝廷はできるだけ早く帰るように望まれるが、行ってみないことには。

と、ことばを濁していた。

空海は二十年の留学生だが、最澄は短期の視察者なのだ。早く帰ることを期待されているとはいえ、成果がなければ帰れない。そのためにも、最澄は時間がすこしでも欲しいであろう。

唐の朝廷には、一応、最澄の残留許可も願い出て許されている。だが、できるなら、おなじ船で帰りたいのだ。

「ゆっくり行くことにしよう」

大使は結論をくだすようにそう言って、

「ここへ来るまでに、ほうぼう飛びまわって、いろんなところを見たのは、空海法師ただ一人であったからのう。……」

と、つけ加えた。

「ただ者ではありませんな、あのからだは」

石川道益は空海の体力に敬意を表した。

もちろん体力だけの問題ではない。胸中に燃えるものが、彼をうごかしていた。だが、彼の屈託のない言動が、その熱を外にもれるのを防いでいた。

その空海が顔を見せて、

「みなさんはのんびりなさっておられますが、外はたいへんですよ」

と言った。

外はたいへんだというのは、年の瀬で、人びとが忙しくうごきまわっていることなのだ。

「法師はまた外に出られたのか？」

と、石川道益は訊いた。

「え、すこし」

「疲れを知らぬ人じゃな」

石川道益はひどく疲れていた。彼は空海の体力を羨《うらやま》しがっていたのである。

宣陽坊の東南に万年県の庁舎があり、日本の使節団はそのなかに宿泊していた。県の役所といっても、みごとな庭園もあり、建物も大きく、そしてその数も多い。かつて唐の高宗と武則天とのあいだに生まれた内親王の太平公主《こうしゅ》が、薛紹《せつしょう》に降嫁したとき、この万年県署が婚礼の宴席に用いられたことがある。

役所といっても、皇城内にある国家機関とちがって、それほど堅苦しいことはなかった。王文強も、

「永寧坊の王節度使のところから来た」

と、守衛にひとこと告げただけで、なかにはいりこんだ。

永寧坊の王節度使の名は、それほど通りがよかった。誰もがその名に敬意を表したものである。文名でも武名でもない。政治家として業績をあげたのでもない。強いていえば「財名」であろう。

広州節度使時代に、王鍔は交易に税を課して、大いに財をなした。現物による徴税もあり、南海の珍奇な物産の数多くを、彼は長安の貴顕に上納していたのである。

朝廷でちょっとした地位にいる人なら、その種のおこぼれに与《あず》かっている。王節度使の名は、それによって一層、通りがよくなった。王文強は胸をはって、あるじの名を口にすることができたのだ。

「和尚、ここにおられたか」

県署の庭の亭《あずま》にいた空海をみつけて、王文強は近づいてきた。

「ああ、これは王司馬、県になにかご用でも？」

空海はにこやかに訊いた。

「いや、和尚に用があって参ったのだ」

「ほう、この私に？」

「さよう」

「どのようなご用でしょうか？」

「たいしたことではない。和尚に相手になってもらいたいお方がいてな。……」

王文強は、宙にむかって、碁を打つ身ぶりをした。

「いつでございますか？」

「いまから」

「それはまた急な……」

「忙しうござるか？」

「いまのところ、なにをすることもございませんが」

「それならばよいではないか。遠くはない。輿《かご》も用意している」

「大使にそのことを申し上げねばなりません。場所をお教えいただきとうございます」

「場所？　永寧坊の王節度使邸といえば、誰知らぬ者はない」

王文強のことばのなかで、王節度使の名が、とくべつきらめくようにききとれた。

「われらの身柄は、すでにこの国の人に頂けている」

大使はそんな表現で、空海の外出を許した。王文強がどのような勢力を代表する人物であるか、大使も長い船旅で知っていたのだ。

王鍔の邸《やしき》は、遣唐使一行五十人をらくらくと収容する万年県署よりも、ひとまわり大きいかんじであった。

輿は庵室《あんしつ》じみた小さな平屋のまえにとめられた。

建物が小さく見えるのは、まわりに巨木がならんでいるためかもしれない。

「このなかに賓客《ひんきゃく》がおられる。碁の相手をしていただきたい」

王文強はそう言って立ち去った。

空海は庵室のなかにはいった。

方卓があり、そのうえに碁盤が置かれてあった。両眼が吊《つ》りあがり、細いひげをはやした、瘦《や》せた男がそこにいた。

「あなたは奇妙な碁を打たれるときいたが」

と、その男は訊いた。

「お耳にはいりましたか」

「諸方の人が集まった船内で、すこし変わったことをすれば、すぐに話の種になります。それはよくご存知であろうが、なにが目的でしたか？」

「貧道（僧の自称）は、密教をできるだけ早く日本に持ち帰らねばなりません。そのためには、ほうぼうに知己を得て、便宜をはかってもらうのがよろしいかと存じまして」

「たいそう正直な人でありますね」

「あなたが、ひとに正直にものを言わせる才能をもっているのです」

「なるほど、おなじことですな。あなたはひとに、自分の思いどおりのところに石を打たせる才能があるときいたが。……」

「たしかに似ています」

空海は目のまえにいる人物の才能を、すぐに見抜いてしまった。空海もおなじものをもっていたからである。一種の念力といおうか、他人に暗示をかける術が使われているようだ。

相手の放射するその力を、空海はすんなりとうけいれたのである。彼はそれに逆らう術も知っていた。だが、それはいまのところ、用いないでもよいようだった。

「私は越州というところで生まれました」

と、その男は言った。発音に南方訛《なまり》がある。越州は現在の浙江省紹興《しょうこう》県にあたり、名酒の産地として、むかしから有名であった。

「王叔文《おうしゅくぶん》さんですね」

空海は相手の姓名を言いあてた。王鍔の賓客で、碁の名人であり、越州出身といえば、王叔文のほかにいない。

王叔文は名前を言いあてられたことに、驚きの色はみせなかった。

「私は貧しい家に生まれました。幸い教育を受けることはできましたが、顕門の人たちからは、小人《しょうじん》とみられる階層でね」

「私の出身は、まあまあというところです」

と、空海は答えた。

空海は、讃岐《さぬき》国多度郡の佐伯《さえき》氏の出身であった。佐伯氏は、大伴《おおとも》氏とその出身をおなじくするといわれていた。母方の阿刀氏は渡来人系で、母の兄弟の阿刀大足《あとのおおたり》は、儒者としてすぐれた人物だった。

佐伯氏の本流ではなく、顕貴の名門とはいえないが、他人から軽く見られる家柄でもなかった。空海はそれを、まあまあ、と表現したのである。

「そうですか。……ま、私のほうは、寒門というのがぴったりでしてな」

南北朝以来、中国は門閥によって官僚を登用する制度になっていた。隋から科挙《かきょ》がはじまり、ひろく人材を採用するようになったが、唐代の科挙及第者は、その数がいたってすくなかった。及第して進士になっても、家柄がよくなければ、寒門といって蔑視《べっし》されたのである。

さむざむした家門というほどの意味なのだ。

「学問に精を出して、進士にでもなればよいが」と、王叔文はことばをつづけた。――「私にはそれは無理でしてな。それでも、なんとかして、天下の庶民の役に立ちたいと願いましたよ。そのためには、高位の役人になって、実権をもたねばならんのです。進士になるほどの学力がないとすれば、特技を生かすほかないでしょう。ほら、これです」

王叔文は目のまえの碁盤を、顎《あご》でしゃくった。

「私は出家の道をえらびました」

「そうでしょう。私も出家のことを考えましたな。……しかし、これも私にはむいていない。人なみすぐれているのは碁だけです。……自分が高い地位に昇れないのなら、せめて高位の人の身辺にいて、その人を通じて、自分の考えを、この世に反映させたいとおもいましたよ」

「よく考えましたね。特技は目立ちますから」

「いまのところ、ほぼ私の考えどおりになっている」

碁の名手であることが世間に伝わり、皇太子の相手役にえらばれたのである。皇太子はつぎの皇帝だから、王叔文の理想を実現するには、現在以上の地位はないといえるだろう。

「よろしうございましたね」

「いや、それがよろしくないのだ。……皇太子が病気でたおれられた。皇太子だけにすがっていた私など、いまにもふりおとされそうですよ」

「世の中は難しいものですね」

と、空海は言った。

「口ではそう申されるが、あなたはまだ世の中の難しさがわかっておられない」

王叔文は、唇をすこし歪《ゆが》めて言った。

「そういうことがわかりますか？　はじめてお会いしたのですが」

「お会いするのははじめてだが、この数日のあいだ、あなたにかんするいろんな話が、いちどに私の耳にとびこんできましたね。いろんな方向から」

「お恥ずかしいことです」

空海は頭を下げた。

留学期間をできるだけ短縮するために、密教に有効に接近しなければならない。その戦術として、空海は自分を目立たせ、便宜を得る手がかりをつかもうとした。それを王叔文は見とおしていたのだ。

いちどに、いろんな方向から、情報がとびこんでくるのは異常である。王叔文はそこに作為を認め、

(世の中を甘くみている)

と、おもったのであろう。

「急いでおられるのですな？」

と、王叔文は訊いた。

「はい。……できるだけ早く国に帰りたいのです」

「わかります。あなたの気持は、この世の中で、私が一ばんよくわかるのですよ。というのは、私も急いでいる男だから。……ほんとに急いでいる」

「なにを急いでいなさるのですか？」

「命があまり残っていないのでね」

と、王叔文は答えた。

「命が？　あなたのお命ですか？……それとも……」

「二つの命はおなじです」

「わかりました」

空海はすべてを了解した。

脳溢血でたおれた皇太子の命は、それほど長くはもたない。皇太子の側近は、あるじの死とともに、その力を失う。失われるのは権力だけではなく、肉体の生命も含まれるのであるらしい。

「ことにわれわれ小人には、あまり同情が集まらないのですよ」

王叔文は補足するように言った。そのあと、二人のあいだに、しばらく沈黙がつづいた。

おなじ急ぐといっても、王叔文のほうが、ずっとさし迫ったかんじがある。皇太子存命中に、王叔文は自分が理想としているすがたに、この世の中を近づける工作をほどこさねばならないのだ。

「は、は、は……」王叔文は笑い声で沈黙を破って言った。──「こちらのやったことを、相手は消そうとするでしょうから、やったことを見せてはならんのですよ。……あなたは、すくなくともそんなことをする必要はない。うらやましいね。急いでるといったって……」

あなたの場合は、私ほどではない。——王叔文は声に出さなかったことばを、発言の打ち切りによって、かえって強めたのである。

唐に着いてから、空海は陸功造や杜知遠たちから、この国の政情をいろいろときいていた。皇太子の李誦《りしょう》は、小人を近づけているというので、とかく士大夫階層の人たちから、危惧《きぐ》の目でみられていた。政治は上層の士大夫がおこなうもので、下層の人たちは、たとい知識人でも政治の末端の雑務ていどを越えて、政治の場に近づいてはならない。——これが、当時の常識であった。

書道の王伾《おうひ》と碁の王叔文は、お稽古《けいこ》ごとの指南役として皇太子に召し抱えられたのだ。そして、しだいに皇太子に影響を及ぼした。

——間《ひま》に乗じて常に太子《たいし》の為《ため》に民間の疾苦《しつく》を言う。

と、史書は王叔文の行為を述べている。民間がいかに苦しんでいるか、それをいつも皇太子に訴えていたのだ。

空海は杜知遠からつぎのような話をきいた。——

あるとき、皇太子は側近たちと宮市のことを論じた。

宮市とは、もと宮中に遊びとして設けられた模擬店のことだった。宮女《きゅうじょ》に店を出させ、後漢の霊帝が商人のすがたで、宴飲したのは有名な話である。

だが、唐代の宮市はそんな遊びではない。内侍者の宦官が、宮市使に任命され、宮中で必要な物品を、長安の東西の市で買わせたことを指す。

宮市は白望とも呼ばれた。

市内を探望して、めぼしいものがあると、そこへかけつけ、ただ同然の値段で買いあげる。中国語で「無料」をあらわすことばは「白」なのだ。

貞元十三年（七九七）、徳宗は両市に数百人の白望を置いて、宮中の日用品を購入させることにした。

——名は宮市なれど、其《そ》の実《じつ》は之《これ》を奪うなり。

と、史書も評しているように、略奪そのものといってよい。

余裕のある商人は、良い品物は深くかくして店頭に置かない。宮市使にみつかって、商品を取りあげられるのは、たいてい小商人だったのである。

空海入唐の七年前からはじまった悪政なのだ。

徐州節度使の張封建《ちょうほうけん》が、いちど徳宗を諫《いさ》めたが、下問された戸部侍郎（大蔵次官）の蘇弁《そべん》が、

——長安では万余の失業者が宮市のおかげで食べています。

と答えたため、廃止されずにつづけられた。

白居易《はくきょい》の新楽府《しんがくふ》（詩歌の形式）に炭焼きの老人が、千余斤の木炭を半匹の紅綃《こうしょう》（紅《あか》い生絹《すずし》）と

一丈の綾絹《あやぎぬ》で取りあげられる情景をうたったものがある。

その詩のなかに、

——黄衣の使者と白衫《はくさん》の児《じ》
とあるが、宮市使の宦官は黄色い衣服を身につけていたのである。白衫（白いうわぎ）を着た青年というのは、宮市使の下働きをして、取りあげた物品を運搬する者のことなのだ。蘇弁は宮市をやめると、こんな人たちが失業すると、その廃止に反対したのだった。

皇太子の側近が宮市を論じたのは、もちろんその反対論である。

——あのようなことをしていては、人民の怨《うら》みを買うばかりではないか。

——人びとの怨みが積もれば、おそろしいことになりかねない。

——首都の近辺の住民は、いまや働く意欲を失っている。これは国力の衰微につながりかねない。……

皇太子の側近には、改革派が多かったようである。もともとほかのこと、たとえば碁や書の稽古ごとの先生として雇われた人たちが、政治を論じたのだ。彼らの出身は下層であったので、宮市には泣かされたほうであった。

——張封建の諫め方は、なまぬるかったのだ。私がもっときつくお諫め申し上げよう。

皇太子がいささか興奮してそう言うと、革新派の側近たちは口ぐちに、

——そうです。ぜひそうなさいませ。

――殿下のほかに、陛下をうごかせる人はいません。

――民百姓のためです。大いにやってください。

と言った。

期待をになって、皇太子は気持よくなったのであろう。自分のことばにたいする反応を、ゆっくりと吟味しようとした。

大きな期待をかけるほど、皇太子は機嫌よくなるのを知っているので、側近たちは過剰気味に反応したのだ。

ただ一人、興奮もせず、ひとことも口にしない人物がいた。それが碁の名人の王叔文であったという。

――叔文だけ残れ。

みなが帰るとき、皇太子はそう言って彼だけをひきとめて、

――おまえはずっと黙っていたが、ほかに意見でもあるのかな?

と、訊いた。それにたいして、王叔文はつぎのように答えたといわれている。

――殿下、太子の職は、「視膳問安《しぜんもんあん》」に限られ、それ以外のことは言わないほうがよろしいのです。陛下は在位久しく、もし殿下が人心を収攬《しゅうらん》しようと疑われたなら、一大事でございます。なにとぞご自重の程を。……

皇太子は皇帝の食事のまえに、毒味役をつとめる。それが視膳である。また朝夕、皇帝の寝室

の門外にいて、当番の宦官に、「陛下はお元気ですか？」とたずねる。これが問安なのだ。

在位久しく、というのは年老いた、という意味にほかならない。権力の座に長くいて年をとると、とかく疑い深くなるものなのだ。

皇太子と皇帝とのあいだには、大きな差がある。その差を認識しないと、痛い目に遭うおそれがあった。皇太子の廃立などは、それほど難しいことではない。

政治をおこなうのは、あくまでも皇帝であり、皇太子は「視膳問安」して、ひたすら仕える身分にすぎないのだ。

いま下手に口を出して疑われ、皇太子の地位を失ってしまえば元も子もない。王叔文はそのことを言ったのである。

皇太子は翻然と悟り、涙を流して、

――よく申してくれた。先生なればこその忠告であったぞ。

と喜んだ。ただの碁打ちが、皇太子の無二の側近となったのは、このときからであったそうだ。

二人だけの話が、民間に伝わるのはおかしいことである。杜知遠がこの話をしたとき、空海は首をかしげた。

――王叔文は、このようなことは、ぜったいに他言しませんが、皇太子のほうは、警戒心が薄いようですね。皇太子のほうからもれるのでしょう。

杜知遠は、空海の疑問にそう答えた。

――皇太子が誰かにしゃべるわけですか？

――そうです。腹心なら大丈夫とおもってね。……育ちが育ちですから、ひとを信じやすいのは仕方ありませんよ。

――皇太子の腹心とは？

――まず翰林《かんりん》学士の韋執誼《いしつぎ》でしょう。ほかに陸淳《りくじゅん》、呂温《りょおん》、李景倹《りけいけん》、柳宗元《りゅうそうげん》、劉禹錫《りゅううしゃく》……

杜知遠は空海の知らない人名をかぞえあげた。

そうした人たちの元締めが、この下層出身の王叔文であるという。

たいした特長もないその顔を、空海はじっとみつめていた。

「ことしも、あと数日しか残されていない。けれども、それは確実にかぞえられる時間ですな。ところが、私にはそんな確かな時間はないのです。明日かもしれない、いや今日かもしれない。……」

王叔文は淡々と語った。

今日、明日、というのは、皇太子の命のことにほかならない。

空海は黙ったままだった。

「いかがかな？　あなたは大そう急ぎなさるが、私にくらべて、なんとたっぷり、ぜいたくな時間をもっていなさることか。……それがおわかりかな？」

「よくわかりました。おことばは忘れません」

「ところで、私はあなたと碁を打つために来たのではない」

と、王叔文は言った。

たしかに碁を打つような雰囲気ではなかった。命が旦夕《たんせき》に迫っているとか、のこされた時間がどれほどかといった話題が出たあとである。

では、なんのためにここへ来たのか？　空海の質問の気配をすぐに読みとって、王叔文はそれに答えた。

「あなたの顔を見たかった。そして、そんなに急ぐことはないと、ひとこと言いたかった。……それから、あなたに役に立つ人を一人、つけてあげようと思いましてな。もっとも、これは顔を見たうえで、きめようとおもったことですが」

そう言ったときの顔が、なんともいえず柔和にみえた。

杜知遠も人相を見ることを看板にしていたが、この時代の人物判定は、それが第一だったのである。

空海は王叔文の判定に及第したわけだ。

「私の身柄はまだきまっておりませんが」

と、空海は言った。人をつけるといっても、いまのところ、団体で県署に住んでいる。

「日本からの留学生は西明寺《さいみょうじ》にきまっています。ただ私があなたにつけてあげようとする人は女性《にょしょう》なので、寺にはいるわけにはいきませんのでね」

「女性？」

空海の軽い驚きを無視して、王叔文はことばをつづけた。――

「西明寺の近くに、筆をつくるところがあります。そこに一人の女性を住まわせることにしました。窓口と心得ていただきたい。時間を縮めるには、ずいぶん役に立つでしょうな。衆生のためですぞ。ためらうことはありません」

「はい、ご厚意に感謝いたします」

「なぜこのようなことをするかと申すと……私に近づいては危ないからです。あなたの力になってあげたいが、あまり頻繁に往来しては、累を及ぼすことになる。いま私は心に親しいとおもう人たちを、できるだけ遠ざけようとしています。その人たちのためですからね。筆づくりの工房の女性も、じつはその一人ですが」

空海はうなずいた。

王叔文という人物は、残された時間ぎりぎりまで、この現世に布石をしておくつもりなのだ。

（それも一つの曼陀羅《まんだら》ではあるまいか。……）

空海はそうおもった。

打たれた石の一つ一つが、なにかを象徴している。全体図を知りたいとおもいながら、空海は苦笑を抑えた。急いではならぬと、さとされたばかりなのだ。

「その女性、あなたも姿だけは見たことがあろう」

「どんなお方でしょうか？」

「揚州から来三名花の一人よ。名は尚翠《しょうすい》と申したが。……」

貞元二十一年正月

唐代の元正朝賀（元旦《がんたん》の祝賀式）は、もちろん重要な行事であったが、その前の冬至におなじ規模の儀式がおこなわれるので、二番煎《せん》じのかんじがしたという。

貞元二十年の冬至は十一月十二日であったから、一ヶ月半ほどしかたっていない。二十一年元旦が太陽暦では二月三日にあたる。

この日、徳宗は含元《がんげん》殿で朝賀を受けた。大臣が進み出て跪《ひざまず》き、

「元正首祚《しゅそ》（はじめのさいわい）、景福惟《けいふくこ》れ新《あら》た。伏して惟《おも》うに皇帝陛下は天と休《やすらぎ》を同じうしたまう」

と、述べる。

毎年おなじことばである。一字一句異ならない。冬至のときは、「元正首祚」のところが「天正長至」――天は正しく長《とこし》えに至る、となるだけだった。

祝いのことばを述べた代表の大臣が、御前から降り、解いた剣を再び佩《は》き、もとの席に戻ると、

群臣は再び拝礼をおこなう。

皇帝が群臣に賜わることばも、唐がはじまって百九十年近く、一字一句ちがわない。

「履新《りしん》の慶《よろこ》びを、公《こう》等と之《これ》を同じうせん」

口をもぐもぐさせて、徳宗は言った。一ヶ月半前の冬至では、「履新」(新しきを履《ふ》む)のところが、「履長」(長きを履む)となるだけで、あとはまったくおなじである。

ことばを賜わると、群臣は再拝し、「万歳!」を三唱し、そのあとまた拝礼をおこない、公式の行事を終えるのだ。

形式的なこの行事のあと、麟徳殿《りんとく》で皇族だけの祝いの会がひらかれる。

「やはり誦《しょう》はすがたを見せなかったのう。……」

徳宗はため息をついて言った。

脳溢血《のういっけつ》でたおれた皇太子の李誦《りしょう》は、数日前、日本の遣唐大使が参内《さんだい》したときは、宣政殿に顔をみせた。

口こそきけなかったが、椅子《いす》に坐《すわ》って背筋をのばし、健在であることを示した。

(無理をしている。……)

誰《だれ》もがそうかんじたが、病気が快方にむかっている印象を与えたのである。

だが、元旦の儀式や会合には、ついに皇太子はあらわれなかった。

「大事をとってのことでございましょう」

と、皇族たちは口ぐちに言った。しかし、彼らの胸のなかは、後継者問題のことで一杯だったのだ。

（もし皇太子万一のときは？）

と、皇帝に訊《き》きたかった。もちろんそれは口にすることは許されない。

徳宗の両眼から、はらはらと涙がこぼれおちた。

（皇太子殿下に、よほど期待をおかけになっておられる。……）

皇帝の悲歎《ひたん》に暮れるようすを見て、皇族たちはそう察した。

すべてが皇帝の意思によって決定される。後継者問題もそうであった。

権勢欲の圏内にある人たちは、皇帝の心を読み取ろうと心を砕いている。

高齢の徳宗の長男李誦が皇太子であり、意欲的で有能な人物なので、本来なら後継者問題はおこりえない。だが、去年の九月、とつぜん脳溢血でたおれ、新年の朝賀まで欠席している。

皇太子李誦は、たしかに徳宗の長男である。だが、徳宗は自分のすぐつぎの弟で、英邁《えいまい》の誉れが高かったが早く死んだ鄭《てい》王李邈《りばく》の遺児李誼《りぎ》を、養子としていた。年からいえば、この李誼が皇太子李誦よりも上である。

鄭王李邈は、皇太子であった兄徳宗に代わって、天下兵馬元帥となり、元帥府までひらいた。長生きしておれば、徳宗と皇位を争ったかもしれない。

その遺児の李誼を、徳宗は愛していたし、信頼もしていた。朱泚《しゅし》などの節度使が反乱をおこしたとき、舒《じょ》王に封ぜられていた李誼は、兵を率いてその平定にあたった。

皇太子が再起不能であれば、舒王李誼が後継の皇帝に指名される可能性もあったのだ。

――いや、我が子としているが、自分の実子ではないから、舒王は即位できないだろう。皇太子に万一のことがあっても、皇太子の子もおおぜいいて、もうりっぱな大人になっている。皇太子の長男はいくつだったかな？

――もう三十に近いのではないか。

――それなら皇太孫として、広陵王の即位だな。

このような皇室についての噂《うわさ》は、声をひそめなければならない。

皇太子の長男の広陵王李淳《りじゅん》は、すでに二十八歳になっている。

皇太子は四十五歳であるが、すでに二十七男十一女を儲《もう》けていた。

じっさいには、皇位の継承は、常識どおり、徳宗から皇太子（順宗）、皇太孫（憲宗）という順序になった。だが、常識どおりというのは、結果としてそうなったのであって、当時としては一寸先は闇《やみ》であったといえる。

日本の遣唐使が長安にはいったころ、ちょうどこのような状況であった。人びとは、さまざまな思惑でうごいていた。たしかなことは、誰にもわからない。

徳宗は老衰していたとはいえ、余命がどれほどなのか、はっきりとはいえない。あんがい、十年も二十年も生きのびるかもしれない。そうすれば、皇太子の目はなく、皇太孫がつぐことになるだろう。

そんなとき、皇太子の側近の王叔文たちはどうなるのか？　問題は複雑すぎたのである。この宮廷事情を、局外者は興味本位で傍観できるが、渦中の人たちには、それは命にかかわる重大問題だったのである。

遣唐使は外国人なので、唐の皇位継承問題には、直接の利害関係をもたない。だが、影響はあった。接待の責任者が、宮廷の状況の変化に心を奪われて、遣唐使一行のことにかまけておれなかったのである。

「かえって、いいではないですか」

と、空海などはそれをよろこんでいた。きめのこまかい接待ができないということは、一面からみれば、使節の一行の自由を束縛しない結果になったのだ。

皇帝の発病は、元旦の行事の直後のことであった。

――皇太子のことを悲しむあまり、心が疲れられたのだ。

と、人びとは言い合った。

皇族の集まりのとき、皇帝がとめどなく涙を流したことは、その日のうちに巷間《こうかん》に伝わった。皇族が邸《やしき》に帰って、宮中のもようを家の人たちに語る。それは使用人の耳にもはいる。市場での買い物のとき、皇族の邸の使用人たちが、そのことをもらす。ときにはそれが大袈裟《おおげさ》に伝わることもある。

朝賀の式のあと、徳宗は朝廷に出なくなった。病床についたことは、市井の庶民さえ知っていた。

──凡《およ》そ二十余日、中外通ぜず。両宮の安否を知る莫《な》し。


と、史書にみえる。両宮とは、皇帝と皇太子のことを意味する。

朝廷にすがたをあらわさないのだから、その安否がわからない。

消息不明という状態は、さまざまな流言蜚語《りゅうげんひご》を生むものである。

空海は長安のまちのなかを歩きまわった。一人で歩くこともあれば、橘 逸勢《たちばなのはやなり》を誘うこともあった。

遣唐大使の藤原 葛野麻呂《ふじわらのかどのまろ》は、任務を終えて、一日も早く帰りたいのだが、どんな申し入れをしても、まるで返事がないので、いらいらしていた。

「いまはそれどころではないようです」

と、副使の石川道益がなだめ役にまわった。

朝政は停止している。役人たちは登庁しているが、きまった行政事務以外は、手をつけようとしない。

たとえば、日本の使節が帰国の途につきたいと願い出ても、それは処理できなかった。

出発の日、見送りのこと、随行する人員、各地との連絡、雑役の雇傭《こよう》など、誰も責任をもって決定しようとしない。

かといって、高官たちはけっしてひまではない。渦の中の人たちは、常識の線はわかっているが、可能性のある線までさがして、それとのつながりを、なんとなくつけておかねばならない。

「めったにない時期に来たね。これでことばがわかれば、おもしろくて仕方がないだろう」

橘逸勢は空海と連れ立って歩き、空海にしきりに通訳をせがんだ。

「いま、なんと言ったのかな、あの男は？」

なにかあると、すぐにそう訊いた。

「羊の肉の相場ですよ。このごろ高くなったと、愚痴をこぼしているのです」

と、空海は説明する。

「なんだ、つまらないことを申しておる」

橘逸勢は、宮廷関係以外のことを話題にする男女を、つまらない人間であると考えるようになった。

長安といっても広い。最近の長安城址《じょうし》の実測調査によれば、東西九・七二キロ、南北八・六五キロであったという。歩きまわるといっても、しぜん宣陽坊の近くに限られる。

北隣りの平康坊には、毎日のように行った。

「出家のすがたで、このようなところを歩いてもいいのかね？」

と、橘逸勢はひやかした。

平康坊は妓館《ぎかん》のならんでいる色里でもある。だが、それは坊のなかの一部にすぎない。

「さきほどから、何人もの僧に出会ったではありませんか。平康坊に色里があると、すぐにそうおもうからいけないのです」

「だって、あるのだから仕方がないのではないか」

「私は平康坊といえば、菩提寺《ぼだいじ》のあるところと、そうおもっているのですよ」

「理屈だ。は、は、は」

橘逸勢は、愉快そうに笑った。

平康坊の南門の東に、菩提寺という大きな寺院がある。隋《ずい》の開皇《かいこう》二年（五八二）創建なので、すでに二百二十余年の歴史をもつ。

「王維《おうい》が幽閉されていたのはここだな」

文学にくわしい橘逸勢は、安禄山の乱のとき、詩人の王維が賊のために、ここにとじこめられたことを知っていた。

　万戸傷心《しょうしん》　野煙《やえん》生ず
　百官何《いず》れの日か再び天に朝《ちょう》せん

秋槐《しゅうかい》　葉は落つ空宮《くうきゅう》の裏《うち》
凝碧池頭《ぎょうへきちとう》　管絃《かんげん》を奏す

この有名な王維の詩は、菩提寺に監禁されていたとき、友人の裴廸《はいてき》に口づてに示したものである。唐王朝の再起を願う気持が人の心をうち、人びとに愛誦《あいしょう》されるようになった。

菩提寺の門前で、橘逸勢は、この詩をくちずさんだ。

「この詩が、彼を救うことになりました」

橘逸勢が吟じ終えるのを待って、空海はそう言った。

仏教では縁というものを重んじる。縁は偶然のものではなく、かならず因があるとする。

安禄山の乱のとき、王維は逃げ遅れ、賊の手によって禁錮《きんこ》され、そして官職を与えられた。

高名な文人の支持を得ていることが、安禄山の政権の正統性をいくらか補強するとおもわれたのであろう。

やがて長安は唐によって奪回されたが、そのあと、「賊軍」に士官した者にたいする処罰がおこなわれた。ほとんどが強制され、心ならずも官職を受けたのであるが、それを証明することができない。

ところが、王維にはその証明があった。安禄山政権の官職を与えられはしたが、彼は自分の心を詩によんでいた。

それが「万戸傷心……」の詩であり、王維の作として、ひろく愛誦されていた。あきらかにその詩は、唐が天下を回復することを願う内容である。

——このような詩をつくった人間は、賊に心まで売るはずはない。

そう認定されて、王維は世間から葬られずにすんだのである。

心に因があり、それが詩に表現され、その詩が彼を救う縁になりえた。……

空海はそんなことを考えながら、菩提寺の門をくぐった。

因と縁とが織りなす宇宙像。——ことばではあらわすことができず。象徴的に図で示すほかないのである。その曼陀羅《まんだら》の図は、心の迷路の要所に立てられた道しるべなのだ。

（道しるべの読み方を、はるばるとここまで学びに来たのだな。……）

境内を歩きながら、空海は自分にうなずいた。

大きな槐樹《えんじゅ》の下で、黄衣の人物が、十数人の人に囲まれていた。

「あれは宦官《かんがん》だな」

入唐してまもないのに、橘逸勢は、宦官を見分けることができた。のっぺりして、肩に力がかんじられない。

黄衣の宦官は、自分を囲んだ人たちに、

「まだなんにもきまっていませんよ。……あれこれと無責任な噂が立っているらしいが、言語道断です。禁中のことは、憶測するのもおそれ多いことですぞ」

と言っていた。

宦官は、宮廷事情の重要な情報源だったのである。

空海と橘逸勢は、菩提寺を出てから、妓館のならぶ一角へ足をむけた。

人の波であった。

「いつもこんなふうなのかね？」

橘逸勢は、あまりの人出にあきれてそう訊いた。訊いた相手の空海も、長安に来たばかりであることを彼は忘れていた。

だが、空海は答えることができた。

「いや、このごろはとくべつらしい」

さきほどから、空海は雑踏のなかの人びとのやりとりを耳にしていた。

——どの店も繁昌《はんじょう》しているね。

——前もって予約しておかないと、部屋がとれないそうだ。

——正月は客の多い月だが、ことしは正月のせいだけではないね。

——そんなに景気がいいのかい？

——まさか、とりいれはよくなかったし。……

——やっぱりあれか。

——それにきまっているよ。遊び慣れた連中は、遊び溜《だ》めというのを考えるとみえてね。……

空海は彼らの会話から、皇帝あるいは皇太子の病状が、極端に悪化していることを読み取った。

皇帝が死ねば、

——諒闇《りょうあん》
となる。新帝が先帝の喪に服する期間をそういう。民間においても、歌舞音曲が禁止されるのはいうまでもない。

色里の平康坊からは管絃のしらべは消える。諒闇のあいだは、色里での遊びはもちろんできない。

（しばらく遊べないのだから、いまのうちに、存分に遊んでおこう）

これが遊び人の心理とみえる。人出が多いのはそのためなのだ。やはり「因」があってのことだった。

「空海よ、遊びたくはないか？」

橘逸勢は、にやりと笑って言った。

「その問題は、私の心ではもう解決ずみのことだ」

空海はそう答えた。遊びたいとも、遊びたくないとも言わない。

——今日にもお触《ふ》れが出るかもしれんのだぞ。

すれちがった男が、連れにそう言うのが空海の耳にはいった。

廷臣やそれにつながる政商たちは、宮廷情報をあつめるのに熱中している。そして、民間ではやがて訪れる諒闇で禁止されるもろもろのことを、いまのうちにたのしんでおこうとしているのだ。

——あさましい。

と評し去るのはたやすい。

だが、仏が包摂《ほうせつ》しようとしているのは、そのようなあさましさを含めた世界である。

空海は平康坊遊里の賑《にぎ》わいを、まともにみつめた。

徳宗が死んだのは貞元二十一年正月癸巳《みずのとみ》の日であった。

元旦は辛未《かのとひつじ》の日であったから、徳宗の死は正月二十三日にあたる。

病床の皇帝をとりまくのは、宦官だけであった。皇族といえども、病床へはべることはできない。そのかわり、宦官はこのころ、まだ遺詔《いしょう》を草稿することはできなかった。

遺詔草稿は翰林《かんりん》学士の役目である。

翰林学士の鄭絪《ていいん》と衛次公《えいじこう》とが急のお召しを受けて、金鑾《きんらん》殿の病室におもむいた。

このとき、徳宗はすでに死んでいたという説と、瀕死《ひんし》ながらも、まだ生きていたという説とがある。雲の上のことは、一般の人にはわからない。一般の人どころか、大臣たちさえわからなかったのである。

——禁中では、どなたをお立てするか、いまだ定まっていない。

ある宦官がそう言った。遺詔にそう書けというのである。後継者がきまらない状態は、宦官たちにとって有利なのだ。

数人の候補者が、帝位をめざして競争するようになれば、彼らは宦官勢力の支援を得ようとして、さまざまな優待条件を出すだろう。かきいれどきとなる。

右の発言をした宦官は、全宦官の意思を代表したといえよう。

このとき翰林学士の衛次公が立ちあがって、

――なにを申されるのか。皇太子はすでに立太子の儀を、とっくにすまされておられる。病中の陛下が、依然として天子であられるように、病中の皇太子も皇太子であらせられることはいうまでもない。嫡男の地位にあり、中外が心を寄せているのだ。病気により、やむをえないのであれば、皇太子の嫡男であられる広陵王を立てるべきであり、それ以外のことは考えられない。もしそれ以外の継承がおこなわれたなら、かならずや天下大乱となるでありましょう。諸公は天下大乱に責任をもたれるのか?

と、堂々と述べた。

――そのとおりであります。それ以外の遺詔は考えられない。

鄭絪も、衛次公の意見に賛成した。

常識であり、正論でもあるので宦官たちは沈黙せざるをえなかった。

天下大乱となれば、最も影響を受けるのは宦官である。宮廷あっての宦官であった。三国志の幕あけの後漢末期、宮廷のすべての宦官が董卓《とうたく》に殺されたという動乱の史実を、彼らは忘れていない。

――では、遺詔を草します。よろしいかな？

衛次公がそう言うと、宦官たちはみなうなずいた。彼はおもむろに筆をとりあげた。

皇太子は宜《よろ》しく柩前《きゅうぜん》にて即位せよ。

これが徳宗の遺詔の内容であった。

在京の重臣たちに、宣政殿に集まるようにという緊急の連絡がなされた。この日のあることを予期して、重臣たちはできるだけ大明宮に近いところに、待機していたのである。

瀕死の徳宗は、宣政殿に出御した。

大明宮のなかには二十四の宮殿があった。そのなかで、最も重要なのは含元殿《がんげん》だが、宣政殿、紫宸殿《ししん》をあわせた三殿が、大明宮の正殿と呼ばれた。日本の遣唐使一行が、皇太子に会ったのが宣政殿であった。

宣政殿のなかはうす暗い。

玉座があり、そこに徳宗が坐っていた。左右から宦官が跪《ひざまず》いて、皇帝の腕を支えている。玉座の背後にも、宦官がひかえている気配があった。

死に瀕している皇帝は、身じろぎひとつしない。あとで廷臣たちが、心を許した仲間に、

――あのとき陛下は、ひょっとすると、すでに……

と、囁《ささや》いたものである。

殿内の照明はふだんよりも暗くしてあった。なぜそんなことをしたのか？　なぜ宦官が皇帝の身辺に、いつもより近くにいたのか？　なぜ皇帝は肩ひとつ揺すらなかったか？　徳宗はかなり頻繁に肩を揺する癖があったのに。……

遺詔は宦官によって、重々しく読みあげられ、群臣はそこに平伏し、すぐに退出するように命じられた。

宣政殿を退出したあとも、重臣たちは大明宮のなかにいた。つづいて重大な発表がある予感をもっていたからである。

はたして、三刻（四十五分）もたたぬうちに、

――主上はただいま会寧《かいねい》殿にて崩御された。

というしらせがはいった。

翌日、徳宗の神柩は太極《たいごく》殿に遷された。そして、遺詔によって、皇太子が柩前で即位したのである。

宣政殿のときの徳宗とおなじように、このときも、廷臣のあいだに、

（皇太子は、はたしてほんものであろうか？）

という疑いがあったのである。

だが、皇太子は喪服をつけ、太極殿にはいる前に、西苑《えん》の東北にある九仙門のところへ行った。そこには殿中にはいれない廷臣たちが、集まっていたのである。

輿《かご》からおりた皇太子は、左右から支えられながらも、足をうごかして、九仙門の門楼に立った。

「まことの太子だ！」

そこにいた人たちはどよめき、涙を流した。

皇太子の即位は、徳宗死後三日のことであり、その日に、天下に喪が発表されたのである。

送別

——時に順宗、音《おん》を失い、事を決することを能《あた》わず。

順宗というのは、即位した皇太子李誦《りしょう》のことである。脳溢血の後遺症で、ものを言うことはできないが、頭脳の働きは衰えていない。

右に引用したのは、『資治通鑑《しじつがん》』の文章で、宦官《かんがん》の李忠言と昭容（女官の位階）の牛氏の二人が身辺の世話をした、と続いている。

そして、事を決することのできない順宗にかわって、政治問題についての決裁をおこなったのは王伾《おうひ》と王叔文《おうしゆくぶん》であった、と記している。

人びとはこの二人を二王と呼んだ。

二王は独断専行したのではない。彼らは皇太子時代の順宗の側近であり、順宗がなにを欲しているかを熟知していた。

順宗は手も麻痺《まひ》しているので、うなずくことと目をしばらくとじることで、賛否の意思を表示した。だが、二王の決裁したことに、順宗が目をとじることはほとんどなかった。

滞《とどこお》っていた事務が、手際よくさばかれるようになったのである。

――庚戌《かのえいぬ》の日に長安を発《た》つことを許す。

かねて帰国願いを出していた日本の遣唐使一行に、そのような連絡があったのは、二月の癸卯《みずのと う》（三日）のことであった。

この日、順宗は紫宸《ししん》門に出て、群臣のまえにすがたを見せた。宮殿のなかではなく、門楼のうえなので、人びとは遠くから皇帝を仰ぎ見たのである。

遠くからといっても、顔かたちがわからないほどの遠さではない。

（皇帝陛下にまちがいはない。……ご健在でおわす）

と、群臣は仰ぎ見たあと、そこにひれ伏した。

紫宸門上では、順宗は輿《かご》に乗ったままで、簾《すだれ》をまきあげて、顔をゆっくりと右から左へうごかした。

門楼の下には、群臣が集められた。そのなかには、日本の遣唐使藤原葛野麻呂《ふじわらのかどのまろ》、副使石川道益もまじっていた。

順宗の輿は、やがて宦官が簾をおろし、紫宸殿内にかつぎこまれた。

殿内では玉伾と王叔文とが跪《ひざまず》いていた。

「お疲れでございましたでしょう。おそれ多いことと存じます」

と、王叔文は言った。

順宗は答えることができない。唇がかすかに歪《ゆが》んだ。涎《よだれ》が一筋、顎《あご》まで垂れていた。宦官が急いで、用意した布でそれを拭《ふ》いた。

王叔文は順宗がなにを言おうとしていたか、よくわかっていた。

——朕《ちん》のつとめは、みなにすがたを見せるだけである。それが役に立つなら、疲れるなどとは言っておれぬわ。……

順宗の声が、そう言っているのが、王叔文の胸にきこえた。

紫宸門の下から群臣が退去するとき、日本の遣唐大使と副使とがひきとめられ、通訳を通じて、帰国勅許のことをしらされたのである。

(またか。……)

大使の藤原葛野麻呂は、自分の足もとをみつめた。

昨日、空海が予言したとおりになったからである。

——帰国のお許しは、明日に出るでしょう。

空海は前夜、大使にそう言ったのだ。

——よくわかるのう。霊感とやらかな?

大使が訊《き》くと、空海は笑って、

――いえ、宮中に関係のある人から、そっと耳打ちされました。

と、答えた。

――貴僧はふだんから、よく縁ということを申されるが、たしかに縁は大切なものでありますな。

大使はそう言った。彼はもはや帰国勅許のことを疑わなかった。空海のことばは、過去の実績によって、信頼度が高くなっている。

五十人もいる遣唐使の一行のなかには、唐語のできる者が何人かいた。片言ていどであれば、全員の三分の一は、なんとかこの国の人と意思を通じることができたのである。

それなのに、空海以外に、一人として帰国勅許のことを、前もって探《さぐ》り得た者はいない。

(この男がもし僧でなければ……)

大使はふとそう思った。

彼が知っている宮廷人のなかで、空海よりすぐれた人物はいるだろうか？　霊感によるのか、縁によるのか、ともかくさまざまな情報をいちはやく耳にいれる才能をもっている。

この才能を武器にすれば、日本の宮廷では、思いどおりのことができるであろう。政客として、これ以上におそろしい人物はいない。

幸い出家であった。……

出家でも宮廷に影響力を及ぼせないことはない。安心はできないのである。

（ま、この国に二十年置いて行くのだから）

藤原葛野麻呂は、自分の足もとと石畳とを見ながら、宣政殿のほうにむかった。天子の便殿《べんでん》（ふだんの起居の場所）である紫宸殿は、宣政殿の北にあった。

足に力がこもっている。

帰国だ。――途中の航海が心配だが、彼の心は海をとび越えていた。

大唐には遠く及ばないが、日本こそ彼の故郷だったのである。そこに帰ることを考えると、心がはずみ、それが足に伝わっている。

「あと七日だ」

宣陽坊の宿舎に帰ると、葛野麻呂はそこに待っていた人たちに告げた。

勅許によって庚戌《かのえいぬ》の日に出発する。あと七日なのだ。

空海はいつもの笑みをたたえていた。予言的中を誇る色はまったくなかった。

勅許のことを、空海にしらせたのは杜知遠であった。耳打ちというのは、空海のことばの綾《あや》であり、杜知遠は心もち声を低めただけにすぎない。

杜知遠は長安に着いてから、けっこう忙しかった。福建の閻済美《えんさいび》の意向を受けて、宮廷の事情を調べていたのである。

道教関係で知り合った宦官や、宮廷出入りの商人などが情報源であった。数はまだ多くないが、閻済美の同志たちとも連絡を取っていた。

馬摠《ばそう》の任官運動もしなければならない。

そんな過程で、日本の大使帰国の勅許が出たことがわかった。事前にもれて困るほどの重要な問題ではない。杜知遠は道観《どうかん》（道教の寺院）参りの宦官からそれをきくと、さっそく空海の耳にいれておいたのである。

勅許のことは話のついでに出た。杜知遠は空海に愚痴をきいてほしかったのだ。

「困りました。まったく」

杜知遠を悩ましているのは、長安にいる閻済美の同志たちのあいだに、意見の対立があることだった。

この世の中をよくしよう。

庶民が生きて行くうえで、すこしでもらくな世の中にしたい。……

閻済美のこの願いは、空海の衆生済度の悲願に通じるものがある。空海が福建観察使の彼に親近感をもったのは、共鳴するものがあったからなのだ。

具体的には、閻済美たちは、民衆を直接に苦しめている宮市などの制度の廃止を、第一段階の目標としていた。

地方よりも長安の市民が、宮市に苦しめられている。いつただ同然で物を取りあげられるかわからない。

宮廷を背景にもつことで、鷹匠《たかじょう》や掃除人たちでさえ庶民を苦しめたのである。

鷹匠は鷹を使うだけではなく、網を用いて鳥を捉《とら》えるのも仕事であった。悪質な鷹匠は民家の戸口や井戸のうえに網を張った。

「おそれ多くも、かしこきあたりに献上するための網である。取り除けばどのようなことになるか、存じておるであろうな」

戸口に網を張られると、出入りができない。井戸が使えなければ、生活できないのである。鷹匠がなにを欲しているか、誰にでもわかっていた。それは金である。

そっと金をさし出し、その額が満足できるものであれば、鷹匠は網をはずしてくれたのだ。貧しい庶民は、網を張られたら、借金をしてでも金を工面しなければならない。

飲食店では、宮廷の雑役の者たちが、とうぜんのように無銭飲食をしていた。代金を請求しようものなら、どんな目に遭うかしれない。

このようなことは、下が上に倣《なら》っていたのである。

ときの京兆尹《けいちょういん》（長安の都知事）の李実《りじつ》は、まれみにる虐政をおこなった。

李実は宗室の一員であった。広い意味の皇族で、高祖の二十二人の皇子の一人であった道王李《り》元慶《げんけい》の玄孫にあたる。李元慶は唐の二代皇帝太宗李世民《りせいみん》の弟であった。

そんな関係で、李実は宮廷とのつながりが深く、それを恃《たの》んで横暴な振舞いが多かったのである。

おなじ宗室の李皐《りこう》が山南東道の節度使をしていたとき、李実はその下で勤務していた。李皐が在任中に病死し、後任の節度使がまだ着任しない期間、李実はこの時とばかり汚職にはげんだのである。

節度使は軍隊をもっているので、将兵の衣食や月給を出さねばならない。李実はそれを自分の懐にいれたのである。

これまでの給与と大差があったので、将兵たちは疑いはじめ、元凶が李実であることをつきとめた。

「殺《や》ってしまえ！」

節度使の軍隊は気が荒い。李実は殺されそうになり、やっとのことで脱出できたのである『旧《く》唐書《とうじょ》』の彼の伝に、

――軍士の衣食を刻薄《こくはく》（搾取すること）し、軍士怨《うら》み叛《そむ》き、之《これ》を殺さんと謀《はか》る。実《じつ》（李実のこと）夜、城に縋《すが》りて出《い》でたり。

とある。

こんな男が、司農少卿から司農卿に昇進した。これは金銭と穀物をつかさどる経済閣僚にほかならない。俗なことばでいえば、猫に鰹節《かつおぶし》である。この時期にもせっせと私腹を肥やした。そして京兆尹という要職についたのだ。国都長安の行政長官である。

前述した鷹匠たちのゆすりやたかりは、このような人物が上にいたから横行したといえよう。

人民の苦しみは、寒門出身の者が最もよく知っている。貴族や豪族出身者が、政府の上層を占

めているので、庶民の痛みが政治の場に届かない。

順宗の側近には、王伾や王叔文のような寒門出身者がいた。順宗即位と同時に、数人の鷹匠や宮廷雑役の者たちが、笞打《むち》ちの刑に処せられ、追放された。ゆすりたかりの罪によってである。

——あの庭番も……

——あの宦官も……

と、庶民からの訴えが相ついだ。

訴えられた者たちは、査問を受け、有罪と認められると処罰されたのである。

これまでは、いくら訴えても、最上層にまでは届かない仕組みになっていたのだ。

——名君あらわる。……

人びとは物言わぬ新帝に拍手を送った。

闇済美の同志たちも、拍手を送るべきであった。彼らが望んでいたように、庶民の疾苦が除かれはじめていたのだから。

だが、一部の人たちは、拍手を送るどころか、現状に不満をもったのである。

なぜなら、彼らの理想が、寒門出身の二王たちによって実現されつつあったからだった。

「いいではないか、寒門出身でも、庶民がそれで救われているのだから」

と、肯定する者もいたが、

「小人《しょうじん》が政治をつかさどるのは、望ましくないことである」

と、反対する者もいた。

社会の上層にある者たちは、寒門出身者のことを、小人と呼んだ。政治は士大夫のものであるという考え方があった。

「そうだ、いまのようなことでは、世の中がひっくり返ってしまう」

「長い目で見なければならない。宦官ならまだよいが、小人輩のでは……」

「碁打ちなどが朝政を壟断《ろうだん》するのはけしからぬ。身の程知らずじゃ」

「そのような者を重用する陛下も陛下ではないか」

「いや、陛下も東宮（皇太子）のときは、世の中を勉強するために、彼らを近づけられた。即位したあとは、彼らを退けようとお考えになったにちがいない。……それがあのような病気にかかられたので、意思の表示がおできにならないのだ」

「残念である」

現状肯定派よりも、不満派のほうが多かった。

彼らのあいだを奔走している杜知遠が、この対立に悩んでいたのだ。

空海は杜知遠の話をきいて、それを故国日本に重ね合わせてみた。

（日本の門閥観は、あるいはこの国以上かもしれない）

たとえば、橘逸勢《たちばなのはやなり》も名族出身なのに、それ以上の格式をもつ藤原氏を越えて、官界で昇進することは難しい。

空海も佐伯《さえき》氏出身だが、その支族であり、あのまま大学を出ても、おそらく儒官どまりであろう。

（私が出家したのも……）

空海は杜知遠の愚痴をききながら、当時のことを思い出していた。

『三教指帰《さんごうしいき》』に述べたとおり、空海は解脱《げだつ》を得る最上の道として、出家をえらんだのである。

解脱のみであったか？

そう自問すると、即答はできなかった。

意欲に燃えた八年前の若い自分に、家系によって地位が定められる社会に、満足できなかった気持はなかっただろうか？　その不満が、出家の動機の、いくばくかの部分を占めたかもしれない。

（たしかにその不満はあった。……）

空海はすなおに肯定した。

日本の遣唐大使一行が長安を発つ前日、残留する空海と橘逸勢は、留学生宿舎である西明寺《さいみようじ》に、身のまわりの品を移した。

西明寺は宣陽坊と反対の右街にあり、西市の東南にあたる延康坊《えんこうぼう》の西南隅を占める大伽藍《がらん》であった。

ここはもと隋の叛臣《はんしん》である楊玄感《ようげんかん》の邸宅であった。楊玄感の父の楊素は宰相であり、隋では名族だったのである。

隋の煬帝《ようだい》の高句麗《こうくり》出兵によって、民心が不穏になったのに乗じ、楊玄感は暴君煬帝を廃しようとして兵を挙げたが失敗した。隋の大業九年（六一三）のことである。

楊玄感が誅殺《ちゅうさつ》されたあと、邸宅は官に没入されたが、唐の建国後、高祖の娘の万春公主に与えられた。彼女は豆盧寛《とうろかん》に降嫁し、のちに長沙公主《ちょうさ》となった。

太宗の時代に、この邸のあるじは太宗の息子の濮《ぼく》王李泰《りたい》に代わった。李泰の死後、政府がこれを買いあげたという。

高宗の顕慶《けんけい》元年（六五六）に、皇太子の病気回復を仏に謝するため、この邸の敷地に寺を建立した。したがって、空海がここにはいったとき、創建すでに百五十年たっていたのである。

「みごとな字だな」

橘逸勢は寺門の額を仰いで、ため息をついた。

西明寺、の三字は、玄宗期の南薫《なんくん》殿学士の劉子皋《りゅうしこう》の筆になるものだった。

「ここは文人がよく集まったところだ」

と、空海は言った。彼はこの寺の沿革を知っていたのである。

隋の楊玄感は、文学を好み、ここは一種の文学サロンとなっていた。

唐の濮王李泰は、太宗の皇子たちのなかでも、とくにすぐれた人物であった。太宗はもともと李泰を後継者にしたいとおもっていたようだ。だが、皇室内での同意が得られなかったので、立太子を断念したという。

李泰は士を好み、文を善《よ》くしたので、太宗は詔《みことのり》して府に文学館を置かせ、学士を召し抱えることができるようにした。その府とは、後年の西明寺にほかならない。

「ここにおおぜいの文人を集め、『括地志《かっちし》』という著作を完成して、父帝に献上している」

と、空海は解説した。

「そんな人物が帝位に即《つ》けばよかったのだ」

橘逸勢は残念そうに言った。

「彼は、帝位を狙《ねら》っていると疑われることを、ひたすらおそれたようですな。文人や貴族の子弟が集まり、門前市《いち》のようになったので、『括地志』五百五十篇《ぺん》の編集を大急ぎでやり終えたということ」

「いつの時代でも、生きるのに頭を使わねばならんのだな」

と、橘逸勢は首を振った。

「日本でもさようでございますかな?」

とつぜん日本語がきこえてきた。

門内に一人の僧が立っていた。

「あなたは?」

と、橘逸勢は訊いた。

「永忠《えいちゅう》と申す」

六十前後かとおもわれるその僧は、額に深い皺《しわ》が刻まれていた。

「この寺に止宿されておられたのですか」

と、空海は言った。仏教界に身を置いているだけあって、彼には永忠についての予備知識がある。

「そうです。この国に来て、ずっとこの寺に住んでいます」

と、永忠は言った。

「三十年になりますね」

空海は僧永忠が、光仁天皇の宝亀《ほうき》初年の留学僧であることを知っていた。かぞえてみると、もう三十年になるのだ。

「そのとおり」

と、永忠はうなずいた。

「三十年も。……」

橘逸勢は目をみはった。

「驚かれることはない。あなたも二十年の留学ではありませんか。遣使のことが絶えたなら、三十年でも四十年でも、この国にいなければなりませんぞ」

「それは……」

覚悟のうえである、と橘逸勢は言おうとした。日本を出るとき、友人たちにはそう言った。だが、げんに三十年も滞在している永忠を前にすると、そのことばは出なかったのである。

「和尚は大使とともにお帰りですか?」

と、空海は訊いた。

三十年も長安の空気を吸っていたのである。永忠が日本を出たときは、まだ奈良が国都であった。平安京のことは知らない。いずれにしても、長安になじんでしまった永忠にとって、日本のみやこも鄙《ひな》びた土地であったはずだ。

「いろいろ考えましたが、やはり帰ることにしました。帰るために来たのですから」

と、永忠は答えた。

額の皺が、永忠の悩みの深さを物語っていた。

唐では、おおぜいの友人ができたであろう。かえって日本のほうが、知己がすくないはずである。

いまさら帰って……という気持も強かったであろう。だが、永忠は初志を思い、それに従おうとしているのだ。

「声明《しょうみょう》は大切な学問でございます。あなたの学生《がくしょう》が、和尚の帰りを待ち望んでいるでしょう」

と、空海は言った。彼は永忠が唐でなにを学んだか知っていた。

声明。——音声や言語にかんする学問である。仏典を学ぶうえで、それは基本的なものといわねばならない。それなのに、日本ではその学問に精通している人がすくない。

仏教人として、永忠は帰らねばならないのである。「空海さん」と、永忠は空海の名を呼んだ。

——「私が唐に来たのは、あなたが生まれたころでした。そして、あなたのご一族の佐伯今毛人《さえきのいまえみし》が、遣唐大使に任命されたのです。……もう遠いむかしになりました」

佐伯今毛人は、空海の父である佐伯田公《さえきのたきみ》のいとこにあたる。大使に任命されたけれども、じっさいには渡唐できなかった。

空海は幼時、渡航の風濤《ふうとう》の物語をよくきかされた。佐伯今毛人がその物語の主人公であったのはいうまでもない。

一族の希望の星であった佐伯今毛人が、遣唐大使に任命されたのは、空海が生まれた翌年のことだった。永忠の乗った船は、そのとき唐にたどりつくことができたのである。

「むかしですねえ」

と、空海はうなずいた。

「私が入唐するすこし前に、不空三蔵《ふくうさんぞう》が入滅されたのですよ」

「不空菩薩《ぼさつ》入滅の日に、私が生まれました」

「ほう。……」

永忠は空海のおよその年齢を知っていたが、生年月日までは知らなかった。

「私が入唐して、あなたが唐を去って帰国なされる。……縁でございますな」

「浅からぬ縁です。今日まで私が住んでいた部屋に、明日から空海さんがおはいりになる。……橘さんはその隣りの部屋です。ご案内しましょう」

「お願いいたします」

空海と橘逸勢とは、永忠のうしろについて境内を歩いた。

「みごとな伽藍でありますなあ。……」

橘逸勢はあたりを見まわして言った。

「天竺《てんじく》の祇園精舎《ぎおんしょうじゃ》を模した配置ですが、どうもきらびやかすぎるのではないかという気がします。たとえばあれなども……」

永忠は南のほうの壁を指さした。

「なるほど、色がねえ……」

と、空海は言った。

釈尊と脇侍菩薩《わきじぼさつ》が一対《いっつい》えがかれているが、色彩があざやかすぎて、仏寺の壁画にしては深味がない。

唐末の美術評論家の張彦遠《ちょうげんえん》も、この西門南壁の楊延光えがく壁画については、

——色を成して損ず。

と、評している。彩色のために、雰囲気をこわしているというのだ。

「大安寺を思い出しました」

回廊にはいったところで、空海はふり返ってそう言った。

奈良の大安寺は、もとの百済《くだら》大寺が天武《てんむ》天皇のとき大官大寺となったが、天平時代に南都へ移されるとき、唐から帰った道慈《どうじ》が造営をつかさどった。そのとき、長安のこの西明寺の図面に従ったといわれている。

永忠は空海と橘逸勢に、唐での生活のこまごました心得を教えた。

「あまりこまかすぎると、ご不満かもしれないが、こまかいことの積み重ねが大切です。なによりも初志をお忘れにならないように」

と、永忠は言った。

彼はさらに長安の四季について語った――。

「長安の人士は牡丹《ぼたん》を好みますが、とりわけこの寺の牡丹はみごとです。ほかの花の名所より、すこし遅れて咲くので、ここの満開のときはたいへんな人出になります」

「俗っぽくなるのですな、おおぜいがおしかけると」

橘逸勢は、そんな想像を口にした。

「それは仕方がありません。人出になると、どうしても埃《ほこり》が立ちますからね。……それがいやだと言えば、西明寺の牡丹は鑑賞できません。どんな人出でも、文人たちがやって来て、詩を作ったりします」

永忠は西明寺の牡丹のために弁護した。

「むかしから、この土地は文人と縁が深いですね」

空海は楊玄感邸時代からの歴史を知っていた。

「毎年やって来る文人もいます。前の年、連れ立って花見に来たのに、今年は独りで来ると、友を懐《おも》う詩を花にかこつけて作るのですな。去年、そんな詩を作った男がいましたよ。白《はく》という三十いくつかの若手の役人ですが、なかなか平明で良い詩なので、写しておきました。……詩人たちの作品を写すのも、ここに住むたのしみの一つです。詩を写しているうちに、心まで写してしまいますからな」

永忠はそう言って、棚から詩を写した紙片を取り出した。


――西明寺牡丹の花の時、元九を憶《おも》う。


という題がかかれ、その下に白楽天《はくらくてん》作とあった。

楽天は白居易《はくきょい》のあざなである。彼の作品が『白氏文集《はくしもんじゅう》』として日本に伝えられ、平安の知識人の必読書となるのは、これよりすこしのちのことだった。

まだ一介の秘書省の校書郎（官名）にすぎない白居易の名を、空海はもちろん知らない。

「友情がすなおにことばになっています。いい詩ですねえ」

空海はその詩を読んでそう評した。

前年、名を題する処《ところ》
今日《こんにち》、花を看《み》来たる
一たび芸香《うんこう》（秘書省）の吏《り》と作《な》り
三たび牡丹の開《ひら》くを見る
豈《あ》に独り花の惜しむに堪《た》うるのみならんや
方《まさ》に老《おい》の暗《ひそ》かに催《もよ》おすを知る
何ぞ況《いわ》んや花を尋《たず》ねる伴《とも》
東都（洛陽《らくよう》）に去りて未《いま》だ廻《かえ》らざるをや
詎《なん》ぞ知らん紅芳の側《かたわら》
春尽きて思い悠《ゆう》なる哉《かな》

名を題するとは、姓名をしるすことだから、寺の参詣《さんけい》者名簿に記帳したのだろうか。あるいは壁や柱にらく書きしたことを意味するかもしれない。

元九という友人と、前年、連れ立って、名前を書きつけたのに、ことしは一人できて友を偲《しの》んでいる。その友は東都に去ったらしい。のこされた白楽天は、この長安で秘書省の役人をして、老いがしのびやかに近づいてくるのをなげいている。

「若手の役人とおっしゃいましたね？」

と、空海は念を押した。

「ええ、三十をすぎてまもないでしょう」

「それなら、私とあまり変わらない。老いのことを口にするのは早すぎます」

「老いには、からだの老いと心の老いがあり、どちらも人によって大きくちがいますからね」

「心が老いた人でしょうか？」

「さあ、私にはそこまではわかりません」

永忠は笑いながら答えた。

じっさいには、大暦七年（七七二）生まれの白楽天は、空海より二歳年長にすぎなかった。

友人の元九は元稹《げんじん》のことである。九は排行《はいこう》といって、一族の同輩のなかの生まれた順序を意味する。

元稹は白楽天よりさらに七歳年少であるが、無二の親友であった。文学についても、詩文による民衆救済を考えることで共通していた。いわば二人とも当時の社会派で、意識して平明な表現を用いたので、

——元（稹）は、軽《けい》、白（楽天）は俗。

という批判もあった。

二人の友情はこまやかで、唱和の詩も多い。

空海が無名の二十代の元稹を知らなかったのは、いうまでもない。

宣陽坊の宿舎から、空海と橘逸勢が、車にのせて西明寺にはこびこんだ荷物は、それほど多くなかった。車の荷台はがらがらだったのである。

空《から》になった帰りの車に、遣唐使一行と合流する永忠が、帰国の荷物を積むことになった。

「棄《す》てがたいものまで、思い切って棄てましたが、それでもずいぶんあります。なにしろ三十年ですからね」

永忠は荷物について、そう言った。

三十年も生活したのだから、あれこれと生活のしみこんだ品物が身辺にあり、思い出につながって、棄てるに忍びないものもすくなくなかったはずだ。

「なによりも仏典です」

と、永忠は言った。

まだ日本にはいっていない仏典を、優先的に持って帰ることにするという。

永忠の部屋には、それが山と積まれていた。棚から取り出されて、床のうえに積みあげられた書籍は、意外にかさばるのである。

「やはり声明関係のものが多うございますね。たいへんだったでしょう」

渡された目録を見て、空海はそう言った。

声明、すなわち仏典についての語法や音律にかんする書籍が多かったのである。印刷術が普及するのは、つぎの宋《そう》代にはいってからなので、この時代はもっぱら筆写によって、文章が伝えられたのだ。

たいへんだったでしょう、と空海が言ったのは、永忠がみずから筆写したにちがいないとおもったからである。

「声明以外にまでは、手がまわりかねました。時間に限りがありましたからね」

と、永忠は答えた。

ほとんどが声明関係の典籍であることにたいする、彼の言訳だったのである。

「時間に限りがあるとおっしゃるのですか。……」

橘逸勢は口をすぼめた。

限りがある、と永忠が歎《なげ》いた時間は、三十年のことだったのだ。

「そうです。三十年のあいだ、筆をとらぬ日はなかったでしょう。……それで、これだけです。多いでしょうか、それとも、すくないでしょうか？」

永忠のこの問いのことばには、悲しげな響きがあった。

空海も橘逸勢も、永忠の問いに答えることができなかった。

三十年という歳月――二人のこれまでの生涯と、ほぼひとしい量の歳月が、彼らの心にのしかかっている。それが重いか、軽いか、口にすべきではない、という気がしたのだ。

二人は顔を見合わせた。「三十年も唐にいて」と、永忠はつづけた。――「この身、この心で、感じ、味わった悔恨《かいこん》があります。あなた方にくり返してもらいたくないので、それを申し上げましょう」

「うけたまわります」

目録を机の上に戻して、空海は居ずまいを正した。橘逸勢はそれに倣《なら》った。

「三十年は長すぎます。おわかりでしょうな。あなた方が朝廷から命じられた留学の期間――二十年だって長すぎます」

「それはそうです」

橘逸勢はすぐに反応した。二十年の留学期間を考えるたびに、彼はうんざりしてしまう。

――もっと早く帰ろう。

彼は空海とそう言い合っていた。

空海も早く帰国するつもりであった。

――日本の衆生が待っているのだから。

と、彼は言って、

――おみやげが出来次第。

と、つけ加えた。

おみやげとは、密教の仏典と、密教の体系を身心につけることであった。日本にいるとき、すでに密教にふれている空海は、後者については自信をもっている。

「どんなにすぐれた人でも、筆をうごかす速さが、ふつうの人の三倍というわけには参らぬでしょう。倍の速さというのも、なかなか難しいものです」

と、永忠は言った。彼は自分の体験を語っていたのである。

「速く書けば、疲れも早くきます」

と、空海は相槌《あいづち》をうった。

「留学生の生活、とくに留学僧の場合、研鑽《けんさん》は半ばで、あとの半ばは筆写です。研鑽といっても、それはなにを筆写して、日本に持ち帰るか、その判断をするためのものです。……字ばかり書いて、なにか肝腎《かんじん》なものを学び忘れた気がします。これが三十年の唐での生活で、私が悔んでいることです。……自分でもわかっています。声明学だけでは仕方がないではないかと、なんど自分を叱《しか》りつけたことか。……わかってはいるのに時間がありません。どうか私とおなじことをくり返さないでください」

「どうすればよいのでしょうか?」

「私は愚かにも、だいぶたってから、方法があることに気づきました。空海さん、あなたは賢明なようだから、すでに考えつかれていると思いますが」

「賢明なとは……はじめてお会いしたのに」

「いや、はじめてお会いしたが、あなたの名は、だいぶ前からこの耳にはいっておりましたぞ」

永忠は自分の耳たぶを、指でひっぱった。

「長安に着いて、まだひと月半しかたっていませんし」

「なあに、長安に着くまえから、空海の名はこちらにとんできましたわ。羽でもはえたように。

……運河の船はのろのろしすぎています。船でのことは、船よりも速く長安に届きますのじゃ。

……」

「はあ。……」

船でのことといわれると、身におぼえはあった。

「あなたの噂《うわさ》をきいて、私はあなたがいろんなことを考えてきたな、と直感しましたわ」

永忠は笑った。言わないでもわかっているだろう、といわんばかりであった。だが、橘逸勢はわからない。

「どんな直感ですか?」

と、たずねた。

「朝廷からいただいた二十年分の滞在費を、数年でつかってしまうつもりではないかと……」

永忠はそう言って、空海のほうを見た。空海はそれにたいしてうなずいた。

金《かね》さえ出せば、写経生は雇うことができる。写経は誤字脱字がないように、気をつけるだけでよい。文章の内容を、いちいち吟味する必要はない。それが理想ではあるが、そんなことをしておれば、筆はほとんど進まないだろう。

本人でなくてもよい仕事なら、金で雇った人にまかせればよいのだ。それに滞在費を割《さ》いても、それだけ早く帰国できるのだから、問題はない。

機械的な仕事をまかせると、本人はより本質的な仕事に取組むことができる。いわば、うまく時間を浮かしたことになるのだ。

「船での噂をきいたとき、私はこれはえらいやつがやって来たとおもいましたな。名前をさきに走りまわらせるなんて、思いもつきませせなんだ。いまになって、ああすればよかったと、やっと気づいたことを、あなたははじめからなさろうとしておられる」

永忠のことばをききながら、空海はすこし首をかしげるようにして笑っていた。

「私が入唐した当座」と、永忠は間を置いて、ことばをついだ。——「経典を写したいとおもっても、寺のほうでは、なかなか貸してくれませんでしたな。……とうぜんです。借りたいと申し出たのが何者なのか、わからんのですから。……いま空海の名を出せば、どの寺でもよろこんで、なんでも望みをきいてくれるでしょう」

「この国の事情を、私はよく存じませんが」

と、空海はいった。

「おそらくあなたの想像したとおりでしょう。考えてこられたとおり、思い切ってやりなされ。二十年の滞在費など二年ほどで使ってしまいなされ。それが日本のためでもあり、衆生のためでもあります。……青龍寺では、惟上《いしょう》がもうあなたの名をひろめていますよ」

さすがに永忠は、空海が密教の最高峰である青龍寺の恵果《けいか》に教えを乞《こ》いたいということを、見抜いていたのである。

「大阿闍梨《だいあじゃり》の耳に、私の名がはいったでしょうか？」

空海はすこし遠慮気味に訊《き》いた。

「はいってはいるが、それをあてにして、のこのこと訪ねて行ってはなりませんぞ。のちのちのために、相手から声がかかるまで、辛抱強く待つことですじゃ。この国ではそれが大切でね」

「待つのですか？」

「訪ねて行くのと、請われて行くのとでは、大きなちがいがありますのじゃ。けっきょく、待ったほうが、かえって早くなりますよ」

「わかりました」

空海は永忠の言うことがよくわかったのである。

「では、私はこれから荷物をまとめます。宣陽坊までご一緒しますが、しばらく寺内でも歩いていただきましょうか。これから住まれるのだから、寺のようすを早く頭にいれなされ。……そう、東廊に伝法者の壁画がありますが、その讃《さん》は褚遂良《ちょすいりょう》の筆でしてな。西明寺で見るべきものの随一でしょうが」

永忠が荷物の整理にとりかかっているあいだ、空海と橘逸勢は、広い境内を散策した。

「ここに住むのか。……二十年、いや二年でよいと申しておったが。……」

橘逸勢は、すぐに感傷にひたることのできる人間であった。あたりを見まわして、ため息をつく。

空海はそんな逸勢を一人にさせておき、伽藍をひとめぐりすることにした。鐘楼《しょうろう》をぐるりとまわり、経蔵《きょうぞう》の裏に来たとき、

「空海よ」

と、唐語で自分の名を呼ぶ声を耳にした。ふりかえると、色の黒い長身の僧が立っていた。あまりにも色が黒いので、年齢の見当さえつかない。

「なにかご用ですか？」

空海がそう訊くと、相手の男は、細く巻いた紙を、摑《つか》むようにしてさし出した。さし出すというよりは、つきつけるような勢いであった。

「これをやろう」

と、相手は言った。

「はい。いただきます」

受取らざるをえない空気であった。

空海は受取って、それをひろげた。

「おう、これは……」

「玄宗皇帝の宸筆《しんぴつ》（天子の筆跡）であるぞ」

不空三蔵とならんで、玄宗期の中国密教界の巨人であった一行《いちぎょう》禅師の碑誌の拓本である。

善無畏《ぜんむい》や金剛智《こんごうち》の高弟であり、玄宗皇帝に信頼された一行は開元十五年（七二七）に入寂《にゅうじゃく》した。そのとき、玄宗はみずから筆をとって碑誌をしるし、内庫から五十万銭を支出して、銅人原《どうじんげん》というところに碑を立てた。ふつうの碑ならともかく、御製《ぎょせい》宸筆の碑誌なので、よほどのことでないと拓本が取れない。

入唐まもない空海でも、密教についての予備知識をもっていたので、そのていどのことはわかった。

「いただいてもよろしいのでございますか？」

と、空海は訊いた。

「これは永忠が欲しがっていたものだ。持ち帰って、日本の天子に献上したいからと、しきりにわしにねだっておった。わしはべつにこれを吝《おし》むのではないが、永忠にやるのはいやだ」

黒い顔のなかで、二つの目の白いところが、異様にぎらついた。

三十年にわたる永忠の在唐生活にも、さまざまなことがあったのだ。永忠も東海の国から来て、この長安西明寺のなかで、愛憎の渦をつくっている。出家であろうと在家であろうと、人間の営みのあるところ、それはとうぜんのことかもしれない。

「では、これをいかがするのでございましょうか？」

と、空海はたずねた。

「日本の遣唐大使一行は、明日、長安を発《た》つときく。貴僧は見送りに行かれるのであろうな？」

と、黒い僧は訊いた。

「はい、長楽坡《は》まで参ることになっています」

「そのとき、その拓本を大使に贈るがよい。日本の天子に献上するものとして」

「そのとおりいたします」

ひろげたといっても、大きな碑面の拓本であり、両手を高くさしあげても、地面に届きそうであった。

空海はそれをていねいに巻き直した。

黒い僧は黙ったままである。

（そのときの永忠の顔が見たいわ）

出家の身として、そこまで露骨に口にしないが、黒い僧が腹のなかでそう言っているのを、空海はかんじ取った。相手から放射されるものが、きわめて強烈だったのである。

「では、わしは去る」

黒い僧はそう言うと、空海に背をむけて、大股《おおまた》で歩いて行った。いちどもふりかえらなかった。

（だが、なぜ一行禅師なのだろうか？）

いまの黒い僧が、八十年近く前に世を去った一行の弟子であるわけはない。孫弟子なのか、あるいは熱烈な崇拝者なのかもしれない。

名を呼んだのだから、空海のことを耳にしていたのだろう。永忠の言うように、空海は自分の名を、長安に先まわりさせていたのだ。

日本から密を学びに来た僧。——

不空三蔵の死んだ日に生まれ、みずからをその再来と感じていると称する日本の僧。——

先まわりした彼の名とともに、そんな噂が伝わっていたはずである。青龍寺の惟上と旅をしているので、おそらく恵果に入門するだろうという予想もされていたにちがいない。

そんな空海にたいして、

——密教は恵果だけではない。

と、教えようとしたのであろうか。

密教には二つの流れがある。経典からいえば、精神の原理を説く『金剛頂経《こんごうちょうぎょう》』と、物質の原理を説く『大日経』である。前者によって図示されたのが金剛界曼陀羅《まんだら》であり、後者によるのが胎蔵界《たいぞうかい》曼陀羅なのだ。

密教をきわめるには、この二つの体系をあわせて、それに通じなければならない。いまの唐では、それは恵果ただ一人といわれている。『金剛頂経』は不空によって訳され、『大日経』は善無畏《ぜんむい》によって訳された。

恵果は不空の弟子である。金剛界密教の嫡流《ちゃくりゅう》といわねばならない。

だが胎蔵界密教については、恵果は善無畏の弟子である玄超から学んだ。孫弟子にあたる。しかも、善無畏の最高の弟子は一行であった。

密教のなかから、一行がはみ出しているかんじもあった。そのことは、空海も気づいていた。

——一行を忘れてはならぬぞ。

御製碑誌の拓本を贈った黒い僧は、そのことを伝えようとしたのかもしれない。

空海は巻いた拓本を、両手で捧《ささ》げるようにして歩いた。

中国の密教の世界も、けっして単純ではなさそうだった。

著作からみれば、不空は実践的な宗教人で、一行は書斎派だったようである。なぜなら不空の著作は、

——経《きょう》に云《い》う……

——釈《しゃく》に云《い》う……

という引用に満ちている。これにたいして、一行の著作には、

——私は謂《い》う……

——是《これ》は私の釈である。

といった箇所《かしょ》が多い。ひきうつしの引用だけではなく、自分の意見を多くまじえたのである。

——梵本《ぼんほん》（サンスクリット原典）にはこうある。だが、更に他の梵本を勘《かんが》える（つき合わせる）と……

と、科学的な考証もおこなっている。

一行は、ときには師の善無畏の説にたいしても、批判を加えた。

不空は仏教以外の学問に、ほとんど関心を示さなかったが、一行は俗界の学問にも力をそそいだ。とくに彼は天文暦学にすぐれていたのである。

一行はインドの九報暦を基礎に改正を加え、大衍《だいえん》暦を作った。これは日本にも伝えられ、空海時代の日本の暦はこれによっている。

パリのサント・ゼニネーブ図書館には、世界じゅうの学術の進歩に貢献した人の名が刻まれている。

明治時代にパリに留学した日本人が、そのなかに日本人の名が一つも見えないのをさびしくおもい、同時にI-HSING（イ・シン。一行）の名を見出し、

――天涯万里の外に、一人の故旧と遇った心地がした。

と、述懐した。

ふしぎなことに、一行はこのような俗界の学問に熱心であったのに、俗界との交わりをきらった。当時、唐政界の最高実力者であった武三思《ぶさんし》が、一行の名声を慕って交際しようとしたが、彼はそれを避けつづけた。

反対に、俗界の学問に関心のなかった不空は、俗界とのつながりを積極的にもとめた。仏教者として救済すべき衆生が俗界の人であってみれば、不空の態度はとうぜんであったといえるだろう。

在唐三十年の永忠は、不空的な姿勢で、俗界とのつながりをもったにちがいない。いまあらわ

れた黒い僧は、それにたいする批判者であろう。

——一行の姿勢を忘れてはならぬ。

拓本は警告らしかった。

日本の遣唐使を送るしきたりは、それを迎えるのとほぼおなじであった。迎えるときは迎客使が長楽駅まで出かけたが、送るときも送客使がそこまで派遣された。

黒い僧は不満であったかもしれないが、空海は例の玄宗宸筆の一行碑誌拓本を、永忠のいないときに大使に手渡した。

「貴僧にはいろいろなことをしていただいた。国に帰れば、みかどに申し上げておきましょう」

藤原葛野麻呂は、長楽駅のゆるやかな坂道で、空海に別れるときそう言った。福建漂着の最も困難なときに、空海に助けられたことを、彼は忘れていなかった。

長安に着いてからも、国際的な社交のための文書は、すべて空海に頼んだのである。

「ありがとうございます」

空海は頭を下げた。

大使とともに帰国する永忠は、昨日言い足りなかったことを、みちみち補足した。三十年の経験は、いちどに語り尽せるものではない。あとで、つぎつぎと思い出したのであろう。

「空海さんは、ほんとうによい時に来られた。まちが見ちがえるほど明るくなった。私もあと二年か三年とどまっていたい気がするほどですよ」

と、永忠は言った。

宮廷での勢力を恃《たの》んで、庶民をいじめた連中が罰を受けたので、まちの表情が明るくなったのだ。

「くれぐれも早く帰るように。使者のことは、私からもできるだけ朝廷にお願いしておきますから」

永忠は別れぎわにそう言った。

早く帰れと言っても、便がなければできないのである。永忠は帰国後、朝廷にむかって、

――唐では新帝が即位された。先帝の在位が長かったので、各国はこれを機会に、即位の祝賀使を出そうとしている。日本も賀使を出されてはいかがですか。一隻でよろしうございます。

と、進言するつもりだという。

在位期間の長い皇帝とは関係も深いので、本来なら各国とも大喪に弔問使を出すべきところであった。けれども大喪は期日があるので、それは難しかった。

新帝即位を祝う賀使なら、べつに定まった期日があるわけではない。即位後二年ほどのあいだは、いつ来ても不都合はないのである。

正式遣唐使のように、四隻仕立ての必要もない。

日本の朝廷がこの二年ほどのあいだに賀使を派遣すれば、その帰国に便乗すればよいのだ。

――

唐の送客使は、長楽駅から長安に引き返し、あとは監送使にまかせた。監送使は日本使節団を明州（寧波《ニンポ》）まで送らねばならない。

毫筆工房《ごうひつこうぼう》

「筆は要らんかね？」

戸口で女の声がした。

空海が戸をあけようとすると、隣りの部屋からも、戸の軋《きし》りがきこえた。

橘 逸勢《たちばなのはやなり》と空海とは、ほとんど同時に戸をあけたのである。

「筆売りか。……」

逸勢は日本語で呟《つぶや》いた。

左腕に竹籠《たけかご》をさげた女が、そこに立っていた。さきのとがった、つばの広い菅《すげ》の帽子をかぶっている。つばは広いが、深くない帽子であった。

眉《まゆ》から下は、顔がぜんぶ見えた。

（尚翠《しょうすい》。……）

白粉《おしろい》気がないどころか、頬《ほお》のあたりに煤《すす》でもつけているのか、汚れたかんじがする。だが、空海はひと目で、それが三名花の一人であることを見抜いた。

揚州《ようしゅう》以来、おなじように見ているはずなのに、橘逸勢はそれに気づいていないようだった。

王叔文《おうしゅくぶん》からきいていたので、いつか彼女と会うだろうと予想はしていた。だが、このような出会いは、やはり意外であった。

「筆ならいまのところ間に合っている」

筆売りの女にはわからない日本語で言って、橘逸勢はのぞかせていた顔を、部屋のなかにすっこめ、また戸をしめてしまった。その戸の軋りが消えるのを待つようにして、女は口をひらいた。


「筆をつくるところを見に来ない？」

「近いそうだね」

「ほんのすぐそこよ」

「では案内してもらおうか」

「あたしのあとに尾《つ》いておいで。だけど、五尺ほどはなれてね」

そう言うと、彼女はもう歩き出した。境内でも、門を出てからも、彼女はいちどもふりむかない。筆をいれている竹籠が、のんびりと揺れている。

西明寺《さいみようじ》は延康坊《えんこうぼう》の西南にあり、反対の東南隅には静法寺があった。そこは西魏《さいぎ》の大統寺だったのが、北周武帝の廃仏で破壊され、隋《ずい》代には左武侯大将軍竇抗《とうこう》の邸宅となった。それを再び寺院に戻したのである。

延康坊の南面の両端は、それぞれ大きな寺院に占められていることになる。

尚翠は路地にはいった。空海は言われたように、五尺ほどはなれて、そのあとについて行った。

売買は東西の両市でおこなうのが原則で、尚翠のような行商は、寺院、官庁、宮殿などに限って許されていたのである。

製紙工房があり、表具師の工房らしいものもあった。働いているところは、表からは見えないが、門にかかげている額の文字で、およその察しがついた。

女がその前で足をとめた建物には、「毫筆工房《ごうひつ》」としるした額がかかげられていた。

尚翠が立ちどまったので、空海も足をとめた。だが、彼女はやはりふりむきはしない。しばらくして、左腕の竹籠を右腕にかけ直し、それをすこし揺すると、門のなかにはいった。

門はひらかれたままである。内部はしずまりかえっていた。筆をつくるのは、それほど騒々しい仕事ではないのだ。

竹籠を揺すったのは、なかにはいれ、という合図であろう。空海は勝手にそうきめこんで、門をくぐった。ちょっとした庭があって、雑草がまばらにはえていた。夏になれば、もっと草深いかんじになるのだろう。

粗末な建物がそこにならんでいる。

最初の建物を曲がったところで、尚翠はやっと歩きながらふり返って、

「いちばん奥の建物が、材料をいれておくところで、あたしはそこにいるのよ」

と、言った。

「もう一人は？　たしか尚珠《しょうじゅ》さんでしたが」

空海は訊《き》いた。

「まだわからないの」

と、尚翠は答えた。

「では、いっしょじゃなかったのですか」

「もちろんよ。三人そろえば、いっしょにしたかもしれないけれど、一人欠けたのだから、あとは切り売りよ」

「ほう。……切り売りですか。……」

「こんなさいですから、あちこちに縁をつないでいないと、危ないでしょ。そうじゃありませんか？」

「縁ねえ。……」

奇妙なところで、仏教の用語がとび出したので、空海はとまどった。

「誰《だれ》と結んでおけば得《とく》なのか、まだわからないでしょ。それなら、贈りものは分けておけばよいのよね」

「なるほど、どこにもひっかかるようにね。……わかりますよ」

歩きながら、そんなやりとりをしているあいだに、いちばん奥の建物の前に来た。いかにも倉庫らしいかんじである。

「尚珠がどこにまわされたか、およその見当はつくんだけど……きっと探し出してみせるわ」

建物の戸に手をかけて、尚翠は言った。

「仲が好《よ》かったのですね？」

「もちろんよ、あたしたち、どこで生まれたのか、両親が誰なのか、みんな知らないの。……おなじような境遇だわ。だから、姉妹以上に親しいあいだです」

「船で消えた人は？」

「ああ、尚玉《しょうぎょく》ね。尚玉ならわかっています。消えるのを、あたしたち手伝ったんだもの」

「そうですか。……それでうまく行ったのですね」

あざやかに消えたが、それはたしかに、そばにいる人たちの助けをかりなければできないことだろう。

「尚玉はいちばんしあわせだったわ、あたしたち三人のなかで」

と、尚翠は言った。

「消えたことがしあわせですか？」

「尚玉を連れ去るのは、命がけの仕事です。尚玉には、彼女を命がけで愛する男がいました。……あたしたちにはいなかったけど」

語尾が悲しみで、やや揺れた。

「いままでいなかったかもしれないけれど、これからあらわれないともかぎりませんよ」

「慰めてくれるのね」

「できないことを言って、慰めているのではありませんよ」

「わかるわ。ことばの調子で、いい加減なことを言ってるのか、それとも心からそう思っているのかが」

「えらい人ですね、あなたは」

「えらい人?」尚翠は首をかしげ、しばらくしてから弾《はじ》けるように笑った。――「ほ、ほ、ほ、えらい人なんて、生まれてはじめてそう言われたわ。ほ、ほ、ほ……いくらなんでもえらい人なんて……」

「ほんとうですから仕方がありませんよ。……ところで、私ははいっていいのですか?」

と、空海は訊いた。

尚翠は戸を推《お》して、内にはいっていた。戸はそのままひらかれている。

「どうぞ、そのためにお連れしてきたのですから」

と、尚翠は答えた。

外見は粗末な建物だが、内部は板張りの床になっている。床は五十センチほど高くなっていて、戸口からはいって、大きく跨《また》がねばならない。

戸口のあたりは、机と椅子《いす》だけでほかはなにも置いていない。うしろはかんたんな枠がつくられていて、そこに竹が積まれていた。筆桿《ひっかん》の材料であろう。まん中に狭い通路があり、枠は左右に分れている。左がわの枠に「小」、右に「中、大」と書かれてあった。材料の竹は太さによって、分けられているのであろう。

「あたしはこのつきあたりにいます。ここから声をかけるときこえますから」

彼女は通路を指さした。

空海は通路の先をのぞいた。つきあたりに、もう一つ戸がみえる。

「わかりました」

と、空海はうなずいた。

「あのね、和尚さん」尚翠は心もち眉をしかめ、誰もいないのに声をひそめて言った。――「あたし、なにをするのか、すこしも知らないのよ。お邸《やしき》の先生が、なにをするかは、和尚さんが教えてくれる、とおっしゃいましたが。……なにをなさるのですか？」

「そうですね。……まず筆つくりを教えてもらいましょうか」

「筆つくり？」

尚翠は目をみはった。

「いま、そうきめたところです」

「あたしにできることは？」

「筆つくりを教えてくれる人……上手な筆工を紹介してください」

「さあ。……」

尚翠の目には、当惑の色がうかんでいた。どうやら彼女もこの毫筆工房のことを、まだよく知らないようだった。誰が上手で、誰が下手なのか、彼女には判断できないのであろう。

「上手な、というよりは、親切な人がいいですね」

と、空海は言った。

尚翠は表情を緩《ゆる》めた。ここへ来てまだ日は浅く、素人の彼女には仕事の巧拙《こうせつ》はわからない。だが、その人が親切であるかどうかなら、判断ができるのであろう。

「女の人でもいいかしら?」

と、尚翠は訊いた。

「男でも女でも。筆をつくる人ならいいよ」

「じゃ、魏媼《ぎばあ》さんがいいわ。とっても親切だから。上手かどうか知らないけど、もうこの仕事を三十年もしてるそうよ」

「三十年もやっているのならまちがいないでしょう。おなじことを三十年もやって、まだつづけているのは、なみの人間ではありませんね。それに、たしかむかし、筆つくりの名人に、女のひとがいましたよ。なにかで読みましたが」

中国については、空海は書物で得た知識が多い。唐に来て、新しく知ることよりも、書物で知ったことを確認することのほうが多いのである。

南朝のころ、名筆をつくる老婆がいたという。彼女は胎髪で筆をつくることで有名だった。胎内から出てきたばかりの赤ん坊の髪でなければならない。いちど剃《そ》ったあとは、髪の質が変わるそうだ。

尚翠はそんな話などきいたこともなかったようだ。彼女の反応は、きわめてすなおであった。知ったかぶりはしない。

「男に負けない女の筆工もいたのね。魏嫗さんだって、ほかの男の筆工より上手かもしれないわ。……だって、ここの男の筆工、秘書省の筆匠《ひつしよう》になれなかった連中ばかりだもの」

と、尚翠は言った。

禁中の図書を扱う秘書省は、かつて玄宗期に、日本から来た朝衡《ちようこう》すなわち阿倍仲麻呂《あべのなかまろ》が長官をつとめていた役所である。『唐書』百官志によれば、秘書省では筆匠の定員が六名ときめられていた。

秘書省の筆匠は男のみであった。筆つくりの工匠は、誰もが秘書省に採用されることを願った。最高の技術者がそこに採用されることになっていたからなのだ。民間の工房にいるのは、いわば落ちこぼれである。

それほどの力仕事ではないので、女でも筆工はできる。そして、秘書省筆匠のような栄誉職はないので、女の筆工には、落ちこぼれはいないのだ。

空海が毫筆工房を訪れたのは、帰国する大使を、長楽駅まで見送った日の三日後のことであった。

「だけど、魏媼さんは、昨日からしばらく休むといってたわ。……またここへ出てきたら、あたし、お寺へ筆売りに行って、しらせてあげる」

と、尚翠は約束した。

西明寺に戻ると、長楽駅に同行して以来、すがたを見せなかった杜知遠《とちえん》が、部屋のまえで待っていた。

「すこしはよくなったの?」

と、空海は声をかけた。彼は杜知遠がしばらく来なかった理由を知っていた。友琴《ゆうきん》が熱を出していたのである。

「やっと熱がひきました」

と、杜知遠は答えた。

「よかったですね。……あなたの顔を見ただけでわかりましたがね」

空海の頬は綻《ほころ》んでいた。

「熱心に看護してくれる友人がいたので、ほんとに助かりました」

杜知遠は心からほっとしているようであった。顔を見せなかったのは、友琴を看護するためだけであろうか。すぐ近くに住んでいるのだから、ちょっと西明寺をのぞく時間ぐらいは捻出《ねんしゅつ》できたはずだ。

（心労している自分のすがたを、私に見せたくなかったのかもしれない）

空海はそんな気がした。

「頼りになるのは友人です。おなじ命の根から生えていると、たがいに感じ合うことができる人、それが友人だとおもいます」

と、空海は言った。

「あの二人の女は、たがいにそう感じ合っているようです。なにしろ、友琴は相手のやっている仕事をやりたいと、藪《やぶ》から棒に言い出しましてね。無理ですよ。いくら気が合うといったって、相手はその道三十年ですからね」

「三十年？　どんな仕事ですか？」

「筆つくりですよ。近くにある工房で仕事をしているんですがね」

と、杜知遠は答えた。

「魏嫗さんでしょう」

「えっ、どうして名前を知っているのですか？」

杜知遠は、右手で左の袖《そで》をつかんで、それをひっぱりながら訊いた。

偶然である。尚翠から魏嫗さんの話をきいたばかりなのだ。空海もこの偶然に、いささかあきれている。杜知遠が驚いたのは無理もなかった。

空海はすぐにこの偶然のいきさつを語った。

三名花の一人が、筆売りとなって、偶然、西明寺にやって来た。——話はここからはじまる。そのまえに、王叔文に会ったくだりは省略した。省略というよりは、伏せておいたのである。だから、偶然性はいっそう強められたのだ。

「世の中にはふしぎなことがありますなあ。……私が道士になって、最初にはいった道観《どうかん》（道教寺院）のあるじが、西郊で粉を碾《ひ》いていましたからねえ。これには驚きましたよ。……蘇州《そしゅう》の道観です。それが長安の郊外で……で、相手はもう道士ではなく、粉屋として成功していて、それを自慢しているんだから、いやになりましたな」

杜知遠は肩で大きく呼吸《いき》をして、偶然についての経験を語った。

彼は士大夫の代表である閻済美《えんさいび》の耳目となって、世の中をよくするために、努力しているつもりであった。王叔文はおなじ目的をもっていたが、寒門の筋であった。いわば筋がちがっていたのである。

おなじ方向にむかいながら、人間の努力はもつれ合っている。——それがたがいの足に絡《から》まって、どちらをも苦しめている。

空海の目のまえに、そのような矛盾が、はっきりとくりひろげられていた。よく見えた。——だが、それは空海にはどうしようもないことだったのである。

「ともかく私は、そんないきさつで、魏嫗さんに弟子入りすることになりました。話をきくと、友琴さんもそうらしいですね。……ねぇ、知遠さん、あなたも思い切って、いっしょに筆つくりを学ぼうではありませんか。おもしろそうですよ」

と、空海は言った。

「私が？」

「そうですよ、友琴さんもいっしょですから、きっとたのしいでしょうな」

「だけど……友琴がどう言うか。……」

杜知遠はあまり自信がなさそうであった。

福建《ふくけん》から長安までの長い旅のあいだに、杜知遠と友琴とは、心が近づいていたのである。

――長安に着いたらね。

二人がそんな約束をしていたことを、空海は知っていた。

夫婦になっているはずだが、二人のあいだは、まだぎこちないものがある。

「よろこびますよ、きっと。……やりましょう」

空海は遊戯をする前の子供のように、肩を上下させた。

尚翠がすすめただけあって、魏媼さんは親切な人であった。口のきき方はぞんざいだが、気性はさっぱりしている。

筆つくりの巧拙については、尚翠は保証しなかったが、なかなかどうして毫筆工房の名匠だったのである。

「仕事ってたのしいね。こんなにたのしいものだってこと、はじめて知ったわ」

いっしょに筆つくりをはじめた友琴は、しみじみとそう言った。

この時代の筆は、現在のものとはちがって、いわゆる「巻筆《まきふで》」が主流であった。筆の穂には芯《しん》があり、それに紙を巻きつける。そして、そのまわりに獣毛を植えつけるのだ。芯があるので、字を書くとき、穂の先だけに墨をつける。

奈良の正倉院《しょうそういん》に現存する十七本の唐筆は、すべてこの巻筆型のもので、その形状から「椎《しい》の実《み》筆」などと呼ばれる。ずんぐりしていて、現在の毛筆よりは、むしろ鉛筆に近い。正倉院の唐筆はみなこのタイプだが、巻筆でも穂先の長い「長鋒《ちょうほう》」もつくられた。

空海が在唐していたころ、ようやく長鋒を使う人がふえはじめた。柳公権《りゅうこうけん》は空海が帰国したあと、書家として名を成した人物だが、長鋒をみごとに使いこなしたといわれる。

書にたいする知識人の美意識に微妙な変化がおこり、筆匠がそれを敏感に感じとったにちがいない。

筆匠のなかにも、保守派と進歩派とがあり、筆つくりは一つの曲がり角にきていた。

そこに緊張があった。

筆つくりには、分業の部門もすくなくない。筆桿にむいた竹をえらぶ人も専門家であった。どこの山のどの斜面に生えている竹、といったふうに筆桿の材料の分布図が、頭のなかにできている人もいる。じっさいに竹を採りに行くのは、別の人なのだ。

獣毛についてもおなじである。おなじ土地のおなじ獣でも、季節によってその状態が異なるのはいうまでもない。

最後の仕上げが穂先のところで、筆匠と呼ばれるのは、この仕上げをする人なのだ。ここでは個人の作業である。仕事場で、二人あるいは三人がならんで、作業をすることがあっても、それは外見だけで、本質はただ一人の孤独な手仕事であった。

「隣りの人じゃなくて、この筆を使う人よ、あたしたちがいつも考えているのは」

魏媼さんはそうくり返した。

隣りで仕事をしている人からは影響は受けることはない、というのである。その筆で字を書くであろう人と、心のなかでつながるべきだという。緊張はそこからうまれている。

「おもしろいものですねえ」

空海は植える手をそろえながら言った。

友琴がたのしいと言ったのは、魏媼さんから技《わざ》を教わる過程で、心が通い合うことにほかならない。

空海がおもしろいと表現したのは、筆つくりの仕事が、筆を使う人の心に結びついていることだった。

角度は異なるけれども、どちらも心にかかわることである。

「おもしろいでしょう」と、魏媼さんは言った。――「毛をそろえているとき、ふと紫毫《しごう》が話しかけてきたり、お月さんが頭のなかにとびこんできたりするのよ」

紫毫というのは、ウサギの毛のことである。筆に用いるウサギの毛は、仲秋のころが最もよいとされている。仲秋から名月が連想され、それが魏嫗さんの頭にはいりこんでくるのだ。

素朴で、しかも、なまなましい体験である。

空海は目をとじて、自分の体験を思い出した。

場所は忘れもしない土佐の室戸《むろと》岬であった。『三教指帰《さんごうしいき》』を書いて出家宣言をしたあとの、山岳修行の時代である。出家といっても、朝廷から得度を許されたのではない。勝手に出家した、世にいう私度僧《しどそう》であった。そもそも出家という、脱世俗の行為を、世俗の朝廷から認めてもらうなど、矛盾することではないか。――若き空海はそう思っていた。それは律令《りつりょう》の体制に反する思想である。

反体制派ともいうべき若き空海は、苦行による解脱をもとめて、各地をさまよい歩いた。ぼろを身にまとい、蔓《つる》を帯のかわりにして巻いていた。そんないでたちで、激浪が岩を嚙《か》む室戸の浜で、結跏趺坐《けっかふざ》して何日も瞑想《めいそう》にふけったことがある。

（浪《なみ》も岩も、一切が消え去り、わが心に静寂世界が現出したときこそ、解脱の瞬間であろう。……）

頭の隅にそのような期待があった。

数日のあいだ、飲食を断っているので、肉体は極度に衰弱していた。

ふと浪の音が消えたとおもう瞬間があった。だが、「ああ、ついに……」とおもった瞬間、彼の頭上に浪の音が万雷のようにかぶさってきた。

（まだ修行が足りないのだ。……まだまだ……）

空海はさらに坐《すわ》りつづけた。全身が心になったかのようである。

（心が大きくなった。ひろくなった。ぜんぶ心だ）

そうおもったとたん、空の彼方《かなた》が一点、赤くなった。時刻から超越していたが、それは明け方であった。

空の赤い点は明けの明星だったのである。

明星はすさまじい速さで飛んできて、彼の口のなかにはいった。——目をとじていたはずなのに、なぜ見えたのであろうか？

からだぜんたいが心になったという慢心を、仏が叱《しか》ったのかもしれない。すべてが心になったとかんじること自体、まだその状態になっていないのである。

（いま一歩であるぞ！）

という仏の励ましかもしれない。

明星が口中にとびこみ、空海は目をあけて、まだほの暗い夜明けの空をみつめていた。

しばらくして、彼はゆっくりと立ちあがった。彼の伝記にはこのことを、……土左《とさ》の室戸崎《むろとさき》に於《おい》て目を閉《と》じて之《これ》を観《かん》ずれば、明星、口に入って仏力の奇異を現《げん》ず。……

と、しるしている。

叱咤《しった》であろうと、激励であろうと、それは仏の奇跡にほかならない。

……厳冬の深雪には藤衣《とうい》を被《き》て精進の道を顕《あら》わし、炎夏《えんか》の極熱には穀奨《こくしょう》を断絶して、朝暮に懺悔《ざんげ》する……

空海は『御遺告《ごゆいごう》』のなかで、苦行時代のことを右のように述べている。

律令国家の保護を受けない、反体制私度僧の苦行は、筆舌に尽しがたいものであった。それなのに、その苦行の歳月のなかで、仏の奇跡を体験したのは、二度ほどにすぎない。

それなのに、職業として筆つくりをしている魏嫗さんは、ウサギの毛をならべていると、満月がとびこんでくるという。

「頭のなかにとびこんでくるのですか?」

空海にそう訊かれると、魏嫗さんはすこし首をひねって、

「さあ、頭のなかとおもうんだけど、とにかくとびこんでくるのよ」

と、答えた。

からだぜんたいが心となっているのであれば、天体がとびこんでくるのが、頭であれ口であれ、おなじことになる。

とびこんでくる。――

これは一体となることではあるまいか？

月も明星も、ウサギもウサギの毛も、みなおなじ生命の根からうまれたものである。――空海は『大日経』の内容を、自分なりにそう理解しようとした。

あらゆるものを、自分と血のつながったはらからとかんじること。――空海はそこまでたどりつき、それから先へは進めないでいる。

鍵《かぎ》は、魏嫗さんにあるような気がした。だが、彼女は筆つくりを教えることばのなかでしか、自分のことを表現できない。

（素朴であること。これが強いのだ。……）

先へ進むのではなく、素朴な原点に戻るのが、正道であるような気もする。

「筆つくりで、いちばん苦労することは？」

と、友琴は訊いた。空海もおなじ質問をしたいとおもっていたところである。

「苦労？　なんたって、白望だよ、白望ににらまれちゃ、なにもかもおしまいでしたからね。……みんなで良い筆はつくらないでおこうって、そんな申し合わせをしたほどよ」

と、魏嫗さんは答えた。

白望つまり宮市は、宮中で必要である、というひとことで、どんな物でもただ同然に召しあげる権限をもっていた。

「取りあげられるのも癪《しゃく》にさわるけど、それ以上に癪にさわるのは、秘書省の手柄にされることよ」

彼女はそうつけ加えて、こめかみのあたりを顫《ふる》わせた。よほど恨みが深いようであった。

宮中の秘書省の筆匠は、定員六名とされている。天下の名匠をそこに集めるのが原則であった。とはいえ、実状はそうとも限らない。情実によって秘書省に筆匠としてもぐりこむ者もいた。もちろん宦官《かんがん》筋にたっぷり賄賂《わいろ》を贈って運動した結果である。

実力の伴わない秘書省の筆匠は、民間から名筆を取りあげて、それを自分の作品として納めようとした。この毫筆工房の人たちは、ついこのあいだまで、あまり良い筆をつくらなかった。つくれないのではなく、わざとつくらないのである。

「では、いまは誰に遠慮もなしに、良い筆をつくることができるのですね？」

と、空海は訊いた。

「ええ、そうですよ。こんな気持のいいことありませんよ。あたしたちだけじゃありません。市場の人たちだってそうよ。食べものや飲みものの店なんか、もう蛇を置かれなくてすむんですからね」

と、魏媼さんは言った。

宮廷の威光を背にした木っ端《こっぱ》役人やその手下たちは、無銭飲食の常習犯だったのである。飲み食いして代金を請求されると、

——よし、では代金のカタに、この蛇を置いて行く。

と、蛇をいれた籠を店に置き、

——この蛇はかしこくも宮中にて催される狩猟の鳥雀《ちょうじゃく》の餌《え》である。飢渇《きかつ》させてはならぬぞ。つぎに来たとき、異常があれば、ただではすまぬぞ。

と、すごんでみせる。

どの店でも、代金の請求を撤回するどころか、かえっていくばくかの金をつかませたものだった。

徳宗の死、皇太子の即位によって、そんなことはぴたりとなくなった。

「それというのも王大人のおかげだよ」

彼女の言う王大人とは、王叔文のことであった。

空海は宗教的な思索から、現実世界にひき戻された。

栄辱の日々

思索の世界と、現実の世界とを区別することが、そもそもまちがっているのだ。空海はそのことをよく知っていた。

だが、感覚的には、やはり一方の世界ともう一方の世界とのあいだには、はっきりした境界がある。

現実の世界は現実の世界で、皇帝の死によって、大きく変わりつつあった。庶民にとって、あの横暴な宮市が横行しなくなっただけで、まったくちがった世の中になったかんじがしたのである。

日本の遣唐大使が帰国した二月十日のあと、西明寺に移った空海は、毫筆《ごうひつ》工房で筆つくりの見習いをはじめた。

「わしはそのようなことはしない」

と、橘逸勢《たちばなのはやなり》だけは首を横に振ったが、杜知遠《とちえん》と友琴が加わり、工房内にいた尚翠《しょうすい》も自然に筆つくりの仲間になった。

それは愉快な遊びにも似た仕事であった。

友琴や尚翠が、あまりにもたのしそうにしていると、人の好い魏媼《ぎばあ》さんが、むっとした表情になって、

「あんたたち、わたしらがいままでこんなにたのしく仕事をしていたと思ってるの？　そんなふうに思われると、口惜《くや》しいわ。……やっとこうなれたのに。ついこのあいだなったところよ」

と、言った。

徳宗の治世は、それほど暗かったのである。

毫筆工房で、たのしい共同の仕事がはじまって、数日たったころのことだった。

「おーい、きまったぞ、ほんとにきまったぞ！」

そう叫びながら、工房の敷地を走りまわる男がいた。声に活気があった。それはよろこびに溢《あふ》れているかのようだった。

「なにがきまったのですか？」

と、空海は魏媼さんに訊《き》いた。彼女以外は、ついこのあいだ長安に来た者ばかりである。きまった、と叫ぶのをきいても、なにがきまったのかわからない。

「みんなが待っていたことよ。誰もがね。……あそこまで行かないと、安心できないと思っていたことが、きまったのよ」

と、魏媼さんは答えた。

「よくわかりませんが」

空海は肩をすくめた。土地の人の常識も、よそ者には通じないのである。

「あたしたちは、あの声をきけば、すぐにわかるのよ。それ以外にないでしょ。京兆尹《けいちょういん》（都知事）の李実《りじつ》が罰を受けることがきまったのにちがいありません」

「ほう。そんなに……」

空海はよく出歩いて、このまちの雰囲気を知っているつもりであった。しかし、国都の長官にたいする恨みが、これほど深かったとは知らなかった。

宮市が横行し、庶民の生活がおびやかされていたのは、皇帝の責任である。とはいえ、封建社会では、とかく君主の無謬性《むびゅうせい》が尊重される。

（皇帝はそこまで知らなかったであろう。悪いのは、そのつぎのやつだ）

と、人びとは考えたのである。

つぎのやつ——京兆尹の李実は、遠縁ながら皇帝とつながる人物であり、道王に封ぜられている。長安市民の怨嗟《えんさ》の的《まと》となっているのはこの人物にほかならない。

ふれまわる声に応じて、おおぜいの人が、工房の庭——というよりは空地——に出てきた。この工房にこんなに多くの人がいたのかと、驚かされるほどの人数だった。

子供たちまでが、手をふりまわして、なにか叫んでいる。喜びの表情であることだけはわかった。

「いったい、どんなにきまったんだい？」

人びとは口ぐちにそう訊いた。

ふれまわっていた男が、空地のなかに置かれた、長方形のテーブル状の台のうえに跳《と》びあがった。台の隅には筆桿《ひっかん》用の竹が乾《ほ》してあった。材料をよく乾かすための台であろう。

「京兆尹李実は、通州の長史に左遷にきまった」

台上でその男は言った。

「わあーっ！」

まわりを囲んでいた人たちのあいだから声がおこった。歓声のようにもきこえたし、不満の表明もまじっているようにもかんじられた。

「なんだ、誅殺《ちゅうさつ》じゃねえのか」

不満の声を代表するように、そう言った人がいた。

宮市や五坊小児のなかで、あまりにもあくどいことをした者は誅殺されている。下級の者が殺されて、上級の責任者が左遷だけでは不公平ではないか。――これはとうぜんの感想であろう。

「五坊の小児とちがって、身分のある人は、それ相応の手続が必要なのだ」

台上の男は、解説ふうの口調で言った。

五坊というのは、禁中で飼っている動物の世話をするところである。馬は別に飛龍廐《きゅう》があり、五坊とは鵰《ちょう》（鷲《わし》の一種）坊、鶻《こつ》（はやぶさ）坊、鷂《よう》（鷹《たか》の一種）坊、鷹《よう》坊、狗《く》（犬）坊のことだった。人家の戸口に「お上の鳥網」を張って困らせたのは、この五坊の連中である。五坊で動物の世話をしている下役人は小児と呼ばれた。役名であって、けっして子供ではない。ふつうの大人なのだ。

「左遷はその第一段階にすぎん。宮中では、こんなことは常識なのじゃ。いままでも例は多い」

台上の男は解説をつづけた。

京兆尹の李実が左遷された通州は、漢の宕渠《とくきょ》県で、現在の四川省の東北、通江の流れているところである。

州の長官は刺史《しし》で、次官は別駕《べつが》であり、長史はさらにその下の官であった。位階は正六品とされていた。

首都の長官である京兆尹は、九卿（閣僚級）とおなじ従三品であったから、はなはだしい降格の左遷といわねばならない。

しかも、降格左遷は、ただの左遷と、さらにきびしい処分の一段階である場合とがあった。中国では古くから、

――礼は庶民に下《くだ》らず、刑は大夫に上《のぼ》らず。

という思想がある。これは『礼記《らいき》』にみえることばで、難しい礼儀作法は一般庶民に強制すべきではなく、刑罰は誇り高い大夫に科すべきではないという考え方である。

では、大夫（高官）が罪を犯したときはどうするかといえば、みずから生命を断つのがしきたりであった。宮廷の会議で高官の有罪がきまると、それを通知に行く使者が、毒薬をたずさえて行くのが漢代の作法だったのである。

——死を賜う。

という表現は、知識人の名誉を考慮したものである。誅殺よりもことばの響きは、やわらかなのだ。

落差のはげしい左遷も、「死を賜う」に類することで、往々にして、それへの段階であった。中唐期の大臣の失脚は、たいてい地方への左遷、ついでさらに遠い地方への降格左遷、そして最後に「死を賜う」ことが多かったのである。

道王李実は、動揺していたにちがいない。

（ただの左遷であれかし）

と、祈っていたのはいうまでもない。

（そのうちに復活してみせるぞ）

と、心のなかで思って、唇をかんでいたかもしれない。

新皇帝の即位によって、王伾《おうひ》や王叔文《おうしゃくぶん》といった寒門出身の人たちが政権の座につき、彼らが人事や賞罰をおこなった。

（新帝は口もきけない重症の病人だ。命もそんなに長くあるまい。そのうちに、また政権が交替し、わしの復活の機会が訪れる。……）

これが李実の希望的観測だったのである。

毫筆工房の庭では、台上の男に、

「なまぬるいぞ！」

という声がかかった。

「なまぬるいといったって、おれがきめたんじゃない。おえら方がとりきめたのだぞ。そんなことを言ってもらっちゃ困る」

と、口をとがらした。

「やつをただで長安から出してたまるか！」

この憤激の叫びに、

「そうだ、そうだ！」

と、おおぜいの人の声が応じた。

「激昂《げきこう》していますね。……俗界もたいへんだとおもうでしょう」

杜知遠は空海の耳もとでそう囁《ささや》いた。

「俗界ですか。……」

空海は苦笑した。境界をつくるまいと、そのことばかり考えてきた彼である。

「目に見える世界です」

空海のかすかな反応に気づいたのか、杜知遠は言い方を変えた。

「わかりました。……だからあなたは、この長安の俗界の人ではないのです。目に見ていないので、激昂できません」

と、空海は言った。

宮市や五坊の小児に痛めつけられている長安の人たちは、彼らの横暴さの一つ一つを、その目で見ていた。だから激昂できる。

杜知遠も友琴も尚翠も、南方からつい二た月ほど前に、長安に来たばかりである。空海にいたっては、もっと遠い異国からやってきた。目に見たことのないものに激昂できない。

「やつをすんなりと長安から出しちゃ、長安っ子の恥だぞ！」

拳《こぶし》をふりあげてそう叫ぶ者がいた。

「待ってもらおう」台上の男は群衆を制した。――「この左遷は、さきも言ったように、なみのものではない。今上陛下は李実の罪……残暴《ざんぼう》（残忍暴虐）掊斂《ほうれん》（きびしい搾取）の罪を、詔《みことのり》のなかでかぞえあげられたのだ。……追っての処分があるだろう」

拳をふりあげた男は、いったんそれをおろしたが、

「それでは気がすまんなあ、やっぱり……」

と、ひとりごちた。そして、しばらく首をひねっていたが、やがて、群衆のなかからとび出した。

「あれは報復に行くつもりのようですな」

杜知遠はそう言った。空海はうなずいて、

「これは毫筆工房だけのことではありませんね。長安のいたるところで、これとおなじ場面が見られるはずです。そして、どこの人だかりでも、あんなふうにして、抜け出して行く人がいるでしょう」

「抜け出してなにをしに行くつもりかな？」

「さあ、石でもぶつけに行くつもりじゃないでしょうか。……京兆尹の官署のあたりは、もう殺気立っているかもしれませんよ」

俗界の人ではないのに、空海にはそれがはっきりとわかった。

転任の命令を受けたなら、できるだけ早く任地に出発するのが、中国官界でのしきたりである。ことに左遷の場合はそうであった。二日も三日も出発を遅らせると、

——心に不満を抱き、不軌《ふき》を謀《はか》っている。……

と、疑われるおそれがあった。

その嫌疑は、生命の危険につながっている。

京兆尹である道王の李実が、その「残暴掊斂《ざんぼうほうれん》」の罪を詔書で批難され、通州の長史に貶《おと》しめられたのは、二月辛酉《かのととり》の日のことである。それは二月二十一日にあたる。日本の遣唐大使が長安をはなれて十一日後であった。

李実はできるだけ恭順の意をあらわして、最悪の事態——死を賜わること——を免れようとした。そのためにも、即日、赴地《ふち》の四川にむかう必要がある。

（口惜しいが、あとのことは、王叔文に頼まねばならぬ。……わしには筋はないが、どうしたものか？）

李実はごった返している邸のなかで、腹心をあつめてそのことを相談していた。皇室と関係のある彼は、とくに寒門の出身者を見下して、けっしてつながりをもとうとしなかった。

「淮南《わいなん》のほかありませんな」

と、腹心は答えた。

淮南節度使の王鍔《おうがく》のことである。太原の人と自称するが、当時の唐の政界にあっては、出自の定かでないめずらしい人物だった。

分類すれば、寒門にはいるだろう。寒門ぎらいの李実が、王鍔とつながりをもったのは、物質的な利益のためだったのである。

「抜け目のない淮南のことですから、王叔文とのつながりを、どこかでつけているかもしれません」

別の側近は言った。

「日本の遣唐使といっしょに長安に来た王文強という人物は、淮南の意向をうけているはずです」

と言う者もいた。

「王鍔の筋だな。……それにすがろう」

李実はうなずいた。

嶺南《れいなん》節度使として広東《カントン》にいたとき、王鍔は外国からはこばれた珍しい財宝を、長安の貴顕に、もれなく献上していた。

長安の貧乏公卿たちが、急に羽振りがよくなり、ぜいたくな暮しをするようになったのは、たいてい王鍔からの献上品を、商人に売って儲《もう》けたからである。

李実も王鍔から南海の珍宝類をもらっていた。礼状や時候の挨拶《あいさつ》をかわす関係にあった。

「よろしく頼んだぞ」

即日、出発しなければならない李実は、自分の助命運動を、長安に残留する腹心に依頼した。運動の方法はきまった。王鍔から派遣された王文強と、まず接触することからはじまる。

「もう一年ほどたてば……」

と、李実は言った。

重病の現皇帝が死ねば、王叔文など寒門の徒はけしとんでしまうはずなのだ。ただげんに、いま、彼らが政権を握っている。短命と誰もが予想している政権であった。

「王叔文本人も、自分が自由にできるのは一年ほどだとおもっているでしょう。それだけに、思いきったことをするおそれがあります」

一人の側近のことばに、李実は背筋に冷たいものが走った。

いまにみておれ。

と、こちらが思っていることを、相手も知っているはずなのだ。そして、急いでことをはこぶだろう。

「王文強はいまどこにいる？」

李実は急いで訊いた。

「王鍔の邸であろうとおもいます」

「なにをしているかわかるか？」

「耳の早い宦官《かんがん》の話では、王文強はもう王叔文のところへ行ったそうです」

「そうか。……さすがは淮南。……」

と、李実は唸《うな》った。

「女を連れて行ったという噂《うわさ》があります」

別の家臣が言った。

このところ、長安じゅうに、情報が氾濫《はんらん》していた。

「その女は王叔文のところから、どこかに出たという話をききました」

「なんでも、筆つくりの工房にいるとか。……」

流言蜚語《ひご》もすくなくないが、正しい情報も伝わっていたのである。

京兆尹の官署で、李実にたいして情報を提供する人たちは、できるだけ良質の情報をえらんでいる。

「ともかく淮南は王叔文とつながりをもとめた。……それに便乗しよう」

李実はそう言って、大きな息をついた。

自分の命がかかっているので、緊張し切っていたのである。

「手土産は？」

実務に従う者は、すぐにそのようなことを心配した。

（こまかいことを。……）

李実の顔にそんな表情があらわれた。

じつはそんなこまかいことが大切だったのである。

「皇太子の筋に、つよいつながりをもっていることを強調するのだ。いいか、強調するのだぞ」

と、李実は言った。

強調ということばを二度もくり返したのは、誇張せよということなのだ。

皇太子とは、いま病床にある新皇帝の長男である李純のことである。淳《じゅん》という字を純に改めた。短いであろう現政権の後継者なのだ。

皇室に近い李実は、皇太子とのつながりを、すこしぐらい誇張しても、あまり疑われない立場にある。

「淮南がなにを望むか……望むにまかせる、と伝えよ。……そうだ、文書にしておいたほうがよいだろう」

李実は、硯盆《すずりぼん》の蓋《ふた》をあけた。なにかしていないと、気ばかりが焦って、頭がおかしくなりそうだった。

文書を残すことは危険だが、そうしないと、相手は真剣に助命運動をしてくれない。……

李実が墨をすっているとき、門番のおやじがとんできた。

門番が主人の書斎にやってくるなど、めったにないことである。その顔にただならぬ色がうかんでいた。血相を変える、と表現してよいほどだった。

「どうしたのだ?」

と、李実は訊いた。

「門前に人だかりがしています」

「大道芸人でもきているのか? 諸芸人は東西の市でやれといわれておるのに」

大切な相談をしているときに、つまらないことを言いに来た、気のきかないやつめ。――李実は不機嫌な顔をした。

京兆尹の邸は、光徳坊にあった。空海たちのいる西明寺のある延康坊に北隣する区域である。

芝居小屋の多い西市は、光徳坊のすぐ西隣にあった。

「芸人ではございません。ふつうのまちの人でございます。閣下の出発をお待ちしておりますようで」

「なに、わしの出発を？」

善政を施した官吏が転勤するとき、住民がその人の徳を慕って、列をなして見送ることがよくあった。

李実はさすがに、自分にはそのような見送りはないはずだと知っていた。それでも、体裁をととのえるために、金で人を雇って、そんな行列をつくらせようかとも考えていたのである。左遷にたいする一つの抵抗にもなるだろう。

だが、考えているだけで、まだ手配はしていなかったのである。それなのに、人が集まっているという。

「へい」と、門番は頭を下げた。——「いつお出ましになるのかと……」

「なんのために集まっておるのだ？」

「棒切れや石を持って……」

「棒切れ……」

「へい、牛車もきております。石をいっぱい積んでおりまして」

残暴や搾取は、被害者の心には深く刻みつけられているが、加害者の心にはあまりとどまっていない。ことに李実などは、すべてを手先にやらせているので、民の怒りがこれほどのものだとは、思いも及ばなかったのである。

「その石は……」

李実は言いかけて、質問を途中でやめた。

何に用いる石であるか、あまりにもはっきりしている。彼は石もて追われるのだ。

（そんなすがたをさらしてはならない）

復活を早く実現するためにも、民衆の投げる石の雨を浴びて、長安を去ったことにはしたくなかった。

「金吾衛は……」

これも言いかけて、李実は口を噤《つぐ》んだ。

首都の治安維持にあたる金吾衛は、現代の日本の警視庁に相当する。

金吾衛の役人を呼んで群衆を解散させることを考えたが、それではことが公になる。

「どれほどの人が集まっているのか？」

と、李実は訊いた。

「かぞえきれないほどです。道路いっぱいで、通れないほどでして、へい」

門番はそう言って、口をすぼめた。

「門は大丈夫か？」

「曹士が一隊の兵でかためておりますので、破られることはないとおもいます。破られたらたいへんでございますが」

国家の役所の門を破るなど、死刑に相当する大罪なので、誰もそんなことはしないだろう。この京兆尹の役所に雪崩《なだ》れこむことは考えられない。

だが、出られないのである。一刻も早く任地にむかって、恭順の意をあらわさねばならないときなのだ。

「裏は？」

「裏門にも、人がおしかけています」

「執念深いやつら……」

「厨房《ちゅうぼう》の裏戸から路地に抜けることができます」

と、門番は低い声で言った。おそるおそるというかんじである。

「ほう、そんな戸があったのか？」

李実の側近の一人が、驚いたように言った。

「へい、この際だから申しますが、厨房の連中が、そっとつくっておいたのでございまして……その……慈悲寺の厨房につづいております。へい、両側が壁の細い路地でして、厨匠のほか誰も通りませんので、へい」

門番は小さくなっていた。

「なんのことだ？」

李実は首をかしげた。

それは京兆尹などの知らないことであった。知っては困ることといってよいだろう。

「とりあえず、そこから出ましょう。荷物などはあとにして。……事情はあとで説明しますから」

と、側近は言った。

長官は知らないが、その側近なら察しがついた。彼らも、おなじようなことをしていたのである。

京兆尹の官署の料理人が、裏にある慈悲寺の料理人と組んで、なにかしていたのだ。――自分もやっているだけに、側近たちの想像力はたしかであった。

官費で仕入れた料理の材料を、お寺に売りとばしたのか。お寺の料理人がお布施で手に入れた材料を、裏の役所の仲間に安く横流しをしたのか。――その場合、政府からもらった材料費のすくなくない部分が、役所の料理人の懐にはいるのだ。

あるいは、料理人が双方をかけもちして、給料の二重取りをしていたのかもしれない。

いまとなっては、そんなことを詮議《せんぎ》する必要はない。なんのためにつくった秘密の道であるかはわからないが、李実には脱出のための恰好《かっこう》の通路であった。

――二月辛酉《かのととり》、詔《みことのり》して京兆尹《けいちょういん》の道王実の残暴掊斂《ざんぼうほうれん》の罪をかぞえ、通州長史に貶《おと》しむ。市井、讙呼《かんこ》し、皆な瓦礫《がれき》を袖《そで》にして道を遮り、之《これ》を伺《うかが》う。実、間道に由りて免るるを獲《え》たり。……

史書は李実の失脚をそう述べている。よほど人気のない、ひどい人物であったのだ。間道というが、ふつうの通路ではない。壁と壁にはさまれた、狭くて長い溝に、板を渡したものだった。

それは慈悲寺の厨房に通じていた。

隋《ずい》の時代、光徳坊のこのあたりは広場であった。隋末、しきりに飢饉《ききん》がおこったとき、有志がここで焚出《たきだ》しをして、飢民に恵んだことがある。

唐初、高祖李淵《りえん》が沙門《さもん》の曇献《どんけん》のために一寺を建立したが、貧民救済の慈悲のおこなわれた故地なので、寺名に「慈悲」の文字をえらんだといわれる。

李実は頭巾《ずきん》で顔をかくして、抜け道から慈悲寺の厨房にはいった。京兆尹の料理人が案内したのである。寺の厨房には、二人しかいなかった。

あらかじめ連絡があったので、寺のほうでも事情を知っていた。

俎板《まないた》の前にいた肥《ふと》った男が、ふかぶかと頭を下げて、

「お待ちいたしておりました。むさくるしいところですが、車の用意ができるまで、ここでお待ちください」

と言った。

剃髪《ていはつ》していないので、俗人の料理人であろう。

もう一人は、背をむけて洗いものをしていた。

「うむ。……」

李実はそばにあった椅子《いす》に、とうぜんのように腰をおろした。

失脚したとはいえ、皇族の身分である彼は、どうしても横柄な雰囲気を、その身辺に漂わせている。

「殺しすぎましたな」

洗いものをしていたかにみえた男が、ふりかえってそう言った。

「あ。……」

李実の口から、短い声がもれた。

料理人とあまりかわらぬ服装をしていたが、それはまぎれもなく、新帝の腹心の王叔文だったのである。

王鍔の手の者を通じて、この男に助命運動を依頼することに、たったいまきめたばかりであった。もちろん、まだ王鍔の使者の王文強とさえ連絡がとれていないのである。

そんな面倒な手続なしに、相手は李実の前にすがたを見せた。ここに来ることを、はじめから知っていたかのようであった。

「おまえだな、このたびのことは……」

李実は王叔文に指をつきつけて言った。人差指のさきが、ぶるぶると顫《ふる》えている。

る。

「さきにお答えしました」

と、王叔文は言った。

——殺しすぎましたな。

彼はそう言ったが、李実の詰問を、あらかじめ予想して、その返答をさきにしておいたのである。

「法に従わぬ者には罰を加えなければならぬのだ」

李実は王叔文を指さしたままである。

税の取立てのきびしさでは、李実は定評があった。一銭一厘たりとも不足は許さなかった。規定の税を取立てなかった役人は、李実によって殺された。役人でもそうである。税を納めなかった人や、不足した人の運命は推して知るべしであった。

——専ら残忍を以《もつ》て政《まつりごと》を為《な》す。

と、『唐書』の李実伝にある。

「ひどすぎました」

と、王叔文は言った。

「ふン、なにがひどいのか。国家のために、法を守ろうとしてなんの罪がある。いつまでも権勢の座にあると思ってはならぬぞ」

しばらくは、この人にすがろうとしていたのに、顔をあわせると、怒りのことばが口をついて出た。

「存じております。そんなに長くないでしょう」

王叔文は淡々とした口調で言った。

「自分でわかっておればよい。あとでどんな目に遭うか。わしがこの目で見てやる。いや、わしがおまえを罰してやろう」

李実は自分を押えることができなかった。王叔文はひややかに、

「道王（李実）殿下が諒闇《りようあん》中に殺した人数は二十人を越えております。いまその書類を数通作成しておりますが、私が死にましても、それははっきりと残ります。おわかりですか？」

と、言った。

諒闇。――皇帝の喪中に、人を殺してはならないのである。

皇族の身分を以てすれば、たいていの規則は無視することができる。彼はそのようにして生きてきたのだった。

だが、諒闇中の行為については、最も厳守しなければならないのが皇族だったのである。

道王はそれを忘れていた。いや、忘れていたというよりは、そのようなことは、まったく念頭になかったのである。

諒闇中の不法行為――とくに殺人は、大罪であり、死を以て論じられる。

李実は、はじめて知ったことのように、その規則に驚いた。

「私が死ねば、その文書も証拠も、すべて公にされるのです」

王叔文は李実の目を見すえて言った。

(あなたは私が死なないように祈らねばならぬのです)

王叔文の目はそう言っていた。

(うぬ、この男に死命を制せられておるのか。……)

李実の目には、そのような呻《うめ》きがこめられていた。

「しばらく、ここにご休息ください。日が暮れてからお出かけになるように。……寺門に車を用意させます。通行証をお渡しいたします」

王叔文は懐から一通の文書をとり出して、李実に手渡した。李実は魂が抜けた人のように、うつろな目でそれを受取った。

唐の長安は、日没になると、太鼓が鳴り渡り、各坊の坊門が閉じられる。坊外へは、夜間の通行は禁止される。特別の許可証を所持する者は例外であった。

「長安じゅうの人が、あなたが去ったことを慶賀し合うでしょう」

そう言って、王叔文は李実に背をむけ、ゆっくりと厨房から立ち去った。

慈悲寺の境内には寒風が吹いていた。だが、王叔文は自分のからだが燃えているようにかんじた。

寺門のところに従者が待っていた。

「日没ごろ、車を二台寄越すように。……一台はこの寺門に、もう一台は毫筆工房の前に」

王叔文はそう命じて、従者を帰らせた。そして、南にむかって歩いた。寒いので、身を縮めるようにしていた。

このすがたを見て、この人物が、げんに唐の政治をうごかしているなど、誰も信じないであろう。

王叔文は、皇太子時代の皇帝の碁の相手にすぎない。その身分は蘇州《そしゅう》司功のままである。司功は府や州に置かれた庶務係で、卑官にすぎなかった。

彼が翰林《かんりん》学士、起居舎人《ききょしゃじん》となったのは、李実の失脚した翌日のことである。

背をまるめて毫筆工房へむかうとき、彼は朝廷で明日、その決定が発表されることを知っていた。知っていたどころではなく、彼自身がその決定に与《あず》かっていたのである。

おなじときに、翰林待詔であり殿中丞《じょう》であった書家の王伾が、左散騎常侍になるはずだった。

起居舎人は記録係である。それよりすこし高位の官に起居郎というのがいた。天子の言行を記録し、のちに実録に編集され、それが正史の材料になる。起居郎は「事」をしるし、起居舎人は「言」をしるすものとされた。

起居舎人は中書省に属する従六品官にすぎないが、皇帝のことばを記録する官なので、たえず皇帝のそばについていなければならない。それだけに、最も実権を握りやすい立場にある。

（明日からは、もっと忙しくなるぞ。……）

毫筆工房の前でたちどまって、王叔文は両手で顔をこすった。

空海も杜知遠も、尚翠と友琴も工房のなかにいた。魏媼さんが筆つくりの指導をしている。

「やってるね」

と、王叔文は声をかけた。

「やっていますよ」

別に驚くようすもなく空海は答えた。

「あら……」

尚翠は目をみはった。

空海と尚翠の二人だけが、王叔文の顔を知っていた。いまや誰知らぬ者のない名前だが、この時代では名前と顔とは別であった。

「うまくつくれますか?」

王叔文はそばに寄って訊いた。

「はじめたばかりで、そんなにうまく行きませんわ」

と、尚翠は答えた。

「どなたが一ばん上手ですか?」

王叔文は笑いながら、みんなの顔を見まわした。

「知遠さんよ。器用ですからね、このひと」

そう答えたのは、友琴であった。

「空海さんは？」

「このひとは見ているばかりよ。さっきから、あたしたちのやっていることを、じっと見ているだけ。……やってごらんよ」

友琴は空海のほうにむかって言った。

「王先生の忠告に従っているのですよ。急いではならないと言われましたから」

と、空海は言った。

「王先生って、このひと？」

友琴はすこし首をかしげて、王叔文のほうを見た。王という姓は多い。彼女は空海のちょっとした知り合いであろう、とおもったていどである。

（いつのまに知り合ったのかな？）

ふと友琴はそう思ったが、彼女は深く考えなかった。福建からこれまで、ほとんど一しょにいたのである。といって、ずっとそばにいたわけではないので、彼女の知らないところで、知り合いができてふしぎではないのである。げんに魏嫗さんにしても、空海は友琴の知らないうちに知り合ったのだ。

「空海さん、なにもしていないのなら、そのあたりをすこし歩いてみませんか。……ぶらぶら、と」

と、王叔文は言った。

「散歩ですか。よろしいですね」

空海はすぐに応じた。

毫筆工房の空地に出て、しばらく王叔文は空を見あげていた。

「これから忙しくなって、あまりお会いできないのでしょう。そうじゃありませんか？」

と、空海は言った。

王叔文はうなずいて、

「あなたは、なんでもわかる人ですね」

「京兆尹がやめて、いよいよ王先生が本格的に忙しくなるでしょう。誰にもわかることではありませんか」

「私はね。……」王叔文はしばらくためらってから、思い切ったようにことばをついだ。――「もう、死ぬ覚悟はできています。……生きるなんてことは、すこしも考えていません。うまく行けば、生きのびるかもしれないなんて……そう考えると、私という人間はだめになってしまいますよ、まちがいなく」

「羊《ひつじ》のにおいがしますね」

空海はまったく別のことを口にした。筆の穂にする羊毛から、けだものの羊のにおいがしてくる。

「死ぬことはきまっているという前提で、これからの私は、しっかりと生きて行くつもりです」

王叔文は王叔文で自分の話をつづけた。

「においませんか？」

と、空海は訊いた。

「においますよ。私の血が。……外からにおってくるのではありません。はらわたのなかからです」

「なぜ私のような人間に、自分の血のことなどを話されるのですか？　私はこの国の人間でもありませんのに。……」

「なぜ？　そんなことが説明できるのなら、私は話相手に、あなたをえらびはしませんよ」

「私の口から、急いではいけない、と言ってほしいのですね？」

「あなたはなんでもご存知《ぞんじ》だ。気持のよいほど、なにもかもご存知だ。そうです。私はあなたに、それを言ってほしかったのです。言ってほしいことを、あなたに先に言ったのですよ」

「では、申しあげましょう。急がねばならないことはわかります。……けれども、急ぎすぎると、かえってだめになります。急ぎすぎないでください」

「は、は、は……」

王叔文は大声で笑った。軒の下でねころんでいた犬が、その笑い声に驚いて、とびあがり、けたたましく吠《ほ》えた。

「私が一日に百遍くり返すことばを、あなたは言ってくださった。私の千遍、万遍よりも、ずっと胸にこたえましたよ」

王叔文はいかにもうれしそうに言った。

「私だって、自分に言いきかせていることを、他人からききたいことがありますよ。ずっしりと胸におさまりますからね」

空地の槐《えんじゅ》の幹に手をふれて、空海は言った。

「この世の中、あなたのような人ばかりだったら、百年でも千年でも生きたいですよ。……これ以上、言うのがいやになりましたな」

「私にきかせたいために、呼び出したのでしょう。……遠慮なくおっしゃってください。それをきかなければ、私のほうが、かえっておちつきませんからね。……助けるとおもって、おっしゃってください」

「はじめてですよ、あなたのような人に会ったのは。これは私の人生の最大のしあわせでした」

王叔文は空海により添って、おなじ槐の幹を、軽くたたきながら、そう言ってため息をついた。

明日、正式に翰林学士となって、名実ともに政権を掌握することになる。それは皇帝の信任を得ているからなのだ。

その皇帝が重病で、いつ死ぬかわからない。だから、王叔文が政権の座にある期間は、はじめから短いものと覚悟しなければならない。

しかも、寒門出身の彼は、おなじ階層の人たちのために、いろんなことをしたいと願っている。宮市の廃止、京兆尹李実の罷免。……すでに手がけたこともあるが、まだまだ多くのことをやりたい。時間がほしいのに、その時間はすくない。

政権の座からひきずりおろされると、そこに待っているのは死である。そして、彼が執権中におこなったことが、つぎつぎとくつがえされるであろう。

（十のうち八がくつがえされ、二だけが残ればよい）

王叔文はそうおもっている。もちろん、その保証はない。けれども、その可能性に頼って、できるだけ多くのことをしたい。それも急いで……。

「ゆっくりとやれば、十のうち三が残るかもしれません。急いで二十もやれば、一つか二つしか残らないでしょう。だったら、急いでは損ですね」

と、空海は言った。

「あなたは、人の心を読む天才ですなあ」

王叔文は曇った空を仰いで、苦笑をもらした。

なんでもわかってくれるのはありがたいが、ときには気味が悪くなるものである。

「これからどんな噂が流れようと、私は王先生を信じます。……王先生を信じるのは、なにも私一人ではないでしょうが」

空海のことばをきいて、王叔文は目がしらが熱くなるのをおぼえた。いま空海が言ったことも、ていた。

王叔文の心を悩ましていたのである。寒門出身の執権者にたいして、悪意のこもった噂が流され

事実を大袈裟《おおげさ》に伝えたのもあれば、根も葉もないことが、まことしやかに伝えられることもあった。そのいくつかが、すでに王叔文の耳にはいっていた。

（生きているうちから、この調子だ。死んだあとは、どうなることやら。……）

そう考えると、情けなくなり、なにもかもうちすてて、南へ帰ってしまいたくなる。

王叔文は、それをじっと辛抱していた。辛抱するのがつらいこともあった。だが、空海にめぐり会って、彼はどんなことにも耐えうる自信をもった。

口さがない宦官《かんがん》たちが、所用でまちに出て、いろんなことをしゃべり散らす。まちに出て買い物などするような宦官は、下っ端であるのはいうまでもない。ほんとうは、自分の目で見ていないことを、伝聞をもとに、自分のいい加減な推測をまじえて、おもしろおかしく話した。

当時の士大夫の平均的な感情は、宮廷で栄進し、権力を握る人間について、

――宦官なら仕方がないが、小人のやつばらは……

と、王叔文たちにたいして、悪意に満ちたものがあった。

宦官は権力を握ってはいるが、その代償として、去勢され、男性の機能を失っている。人生の大きな悦楽を犠牲にしているのだから、それを許せるという考え方があった。

それにたいして小人――寒門出身の人たち――は、五体満足なからだでありながら、書や碁が

上手であるだけで出世している、と嫉《ねた》まれる。

書や碁は、本人も自分のたのしみでやっていることで、それによって出世するのは、あまり虫が好すぎるではないか。……

人間の感情は微妙に屈折する。

書の名人である王伾は、その醜男《ぶおとこ》ぶりと、訛《なまり》の強さを笑いものにされた。

――伾は寝陋《しんろう》にして呉語なり。

と、史書にもしるされている。

寝陋とは、背が低くて醜いことで、呉語とは南方の方言で、いまでいえば上海《シャンハイ》語である。

「ちょうどいいや。皇帝陛下はものが言えないし、王伾はものを言っても通じない。前から筆談だったから、陛下がご病気になられても、おなじことだよ」

そんな、いささか不謹慎な話を、宦官たちがひろめていた。

士大夫と宦官とは、対立関係にあるとおもわれがちだが、寒門という新しい敵があらわれると、両者は結びつくのである。双方とも既得の権益を侵害されたとかんじている。

「空海さん、私について、なにかおもしろい話をききましたか？」

と、王叔文は訊いた。

「どうせ王先生の耳にはいっていることでしょうが、陛下の信任は、もう一人の王伾先生のほうが上だといったことをききますね」

「龍《りゅう》と虎《とら》と、どちらが強いか、といったたぐいの話ですな。は、は、は……」

王叔文は笑いにまぎらして、否定も肯定もしなかった。

——叔文は頗《すこぶ》る事に任じて自ら許す（自信家であるということ）。微《いささ》か文義を知り、事を言うを好む。上《しょう》（皇帝）、故を以《もっ》て稍《や》や之《これ》を敬すれど、伓の如《ごと》く出入りするに阻《はば》む無きは得ず。

右は『資治通鑑《しじつがん》』からの引用だが、王伓は皇帝のところに、自由に出入りできるが、王叔文はそうではなかったということなのだ。

士大夫からも宦官からも、あまりこころよくおもわれなかった寒門グループのなかにも、皇帝にとっては親疎の差があったという。

「われわれの仲が悪くなればなるほど、彼らはよろこぶでしょう」

と、王叔文は言った。

無責任な噂話のほかに、政敵が意識的にひろめた流言もあった。流言は、やがてその対象者の耳にはいる。たいして不仲ではなかったのに、不和の流言の波に乗せられ、ほんとうに不和になってしまうこともある。

政敵はそのような効果を狙《ねら》った流言工作もおこなっていた。

「王叔文先生の上に王伓先生がいて、その王伓先生の上に宦官の李忠言さんがいて、さらにその上に牛昭容がいらっしゃるそうですね。巷《ちまた》のもっぱらの噂では」

と、空海は言った。

「噂のとおりです。それは流言ではなく、事実そのものといえますね」

と、王叔文は答えた。

「では、王叔文先生、あなたが一ばん偉いではありませんか」

「すぐそう思いつくのは、あなただけです。あなたは、特別な人ですな」

「べつに特別とはおもいません。誰が考えても、そうなるでしょう」

「ところが、そうではありません。誰が考えてもとうぜんのことを、すぐに思いつくのが天才です」

「天才なんて……それは大袈裟すぎますよ」

空海はにこやかな顔をしていたが、べつに照れているふうではなかった。

詔勅などを出して、じっさいの政治をうごかすのは中書省である。そこの実力者は、ついこのあいだまで郎中（局長クラス）にすぎなかった韋執誼《いしつぎ》であった。韋執誼は政策を決定するとき、事前に翰林院に相談する。

明日から翰林学士になる王叔文は、政策の可否をきめる。正式には明日からだが、じっさいには徳宗が死んだ直後から、そのようなルールがつくられていたのだ。

だいたいの可否をきめて、王叔文が王伾にそのことを伝える。

王伾は筆談の名手で、新帝の身辺に自由に出入りができる。だが、それも皇帝が朝廷に出たときに限られる。いったん、私生活の場である後宮に、皇帝がはいりこんでしまえば、男性である王伾はそこに一歩も踏みいれることができない。

そこで、宦官の李忠言に伝言を頼む。皇帝の寝室にたえずついているのは牛という姓の昭容（女官の官名）であった。李忠言は牛昭容にさらに伝言を依頼するのである。

ふつうの人は、皇帝に近い順序からかぞえて、牛昭容——李忠言——王伾——王叔文、という序列をつくっていた。

だが、現実には、王叔文がすべての決定者だったのである。

王叔文から話をきいた王伾が、それを皇帝に伝えるのに、どれほど自分の意見をいれたかは不明である。

王伾はどうやら政策の立案などよりも、それを要領よく文書で表現する才能をもっていたようだ。皇帝にたいする説明は、彼のほうが王叔文より適当とおもわれたらしい。つまりは、伝達技術者であろう。

それよりも上位とされていた李忠言や牛昭容は、あきらかにただの取次ぎにすぎない。

よくよく考えてみれば、いま政治によってこの世の中をうごかしているのは、王叔文であることがわかる。ところが、宮廷にはさまざまなしきたりや、飾りものがついているので、本筋がわかりにくい。

空海はひと目で本筋を見抜いた。

それを、あたりまえのこと、という。

だが、ひらひらした飾りものを、取り除いて真相をすぐに見て取るのは、たやすいことではない。そのような人があまりにもすくないので、王叔文は空海を、

――天才

と呼んだのである。

「お宅の坊のなかの酒屋や餅屋《もち》さんは、宿屋も兼ねて、繁昌《はんじょう》しているそうですね」

と、空海は言った。

中国語で餅《ピン》というのは、日本でいうモチではなく、菓子やパンに近いものである。唐代では物品の売買は東西の両市でおこなう、と定められたが、日常の飲食にかかわる餅や酒を売る店は、一般の坊内で商売が許された。

坊内の営業所といえば、餅と酒の店であり、そこが宿屋がわりになった。

日没の鼓声で坊門が閉じられるので、それまでに帰れなくなった人は、親戚《しんせき》の家か、そうでなければ、そんな店に泊めてもらう。宿泊料はきわめて安いものであった。百銭か、せいぜい二百銭が相場である。

「千銭取っているそうですよ。……困りましたが、どうしようもありません」

王叔文は首を横に振った。

格式などにこだわらず、ひろく人材を集める。――

これが新政権の政策であった。

どのような抱負をもち、どのような才能をもっているか。それを判定するのは王叔文や王伾であった。だからこそ二王に面会をもとめて、彼らの門前はたいそう賑《にぎ》わった。その坊の兼業旅館が儲《もう》かったのはいうまでもない。

「本人も儲かっているという話がありますね。面会希望者からお金を取って」

空海の発言は、さわやかであった。批難がましい響きはすこしもない。言い方によれば、相手を激怒させかねない。

王叔文は笑った。

「考試料は取っています。それでなければきりがありませんからね。紙代と閲読の手間賃。……これはとうぜんのことでしょう。けれども、それで儲けるなど、とんでもない」

面接希望者を集めて、まず筆記試験をおこなった。毎日、出題が異なっている。古典が三分、政策論が七分の割であるという。

筆記試験で合格するのは一割に満たない。この一次試験の合格者にたいして、面接試験をおこなうのである。

おなじことを、王伾のほうでもやっていた。王叔文のほうで落第して、王伾のほうで及第することもあれば、その反対のケースもあった。

「王伾先生は大金を儲けて、でかい金庫をつくり、それを寝台のかわりにして寝ているという話がありますね。泥棒がこわいので、……」

空海の語調には、相かわらずトゲはない。

「は、は、は」王叔文は大声で笑った。——「寝台ほどの金庫といえば、たいへんなものですな。……あちらの試験料のほうが、すこし高いので、そんなことを言われるのでしょうな。じつは、むこうのほうが良質の紙を使っているので、儲けるなんて。……」

「人材は？」

「これはという人材はないものですな」

王叔文は即答した。

「使い方にもよるでしょう」

「私たちが集めるよりも、地方から戻ってきた連中に人材がいますよ」

徳宗末期の十年は、左遷された官僚にたいする赦令が出なかった。彼らは左遷されたままだった。

左遷された者のなかには、ほんとうに過失があったり、汚職行政のあったものもいるが、権勢に媚《こ》びずに、自分の信念をつらぬいたため、懲罰的に中央から追放された気骨の士もいた。

王叔文は政権を握ると、左遷理由を調べて、後者に属する人たちを中央に呼び戻した。

「いつ帰国なさるか知りませんが」王叔文は槐の樹からはなれながら、話題を変えた。——「貴国の天子をしっかりとつかまえておきなさい。それでなければ、なにもできません。私もいままで、なにもできなかったのです。……いろんなことを言われても、おおぜいの人のためになることを、どれだけ多くできたか、それが政客の値打ちをきめることですね。それしかありません。僧侶《そうりよ》だってそうでしょう。天子に密着する方法……それを学びなさい。私からも」

浄罪世界

祆祠《けんし》。――

ゾロアスター教の寺院のことをそう呼ぶ。

長安にいくつかの祆祠があり、西域胡《こ》人がそこで礼拝していることは、空海も入唐前から知っていた。

――善神と悪神とがいて、たえず戦っておりますのじゃ。ついには善神の勝利に終わるのですが、この教えが仏法と異なるのは、戦さを主《おも》にみていることでしょうな。……

唐招提寺《とうしょうだいじ》の老僧如宝《にょほう》は、その碧《あお》い目をしばたたきながら、若い空海にそう教えてくれた。

「祆教をみなされ。私はそこの薩宝《さつぽう》にきいたことがあります。この教えが、胡国の教えとして、多くの生霊《せいれい》を救ったのも、教祖が良い道をえらんだからです」

王叔文《おうしゅくぶん》は、毫筆《ごうひつ》工房から立ち去るとき、別れを告げたあとで、右のことばをつけ加えた。

仏教の僧侶《そうりょ》である空海にたいして、王叔文は仏教のことはなにも言わなかった。ただ僧侶も自分とおなじように、天子に密着すべきである、と説いただけである。

工房の門前に、従者が待っていた。すこしさきの十字街（辻《つじ》）のところに、馬車がいる。王叔文の身なりは、ふつうの人間のそれとおなじである。一陣の風が吹いて、砂煙があがり、王叔文はからだを縮めた。

こんな人間が、唐という国の政治をうごかすなど、信じられないほどである。そのうしろ姿を見送って、空海はいますぐ祆祠へ行ってみるつもりになった。

西明寺《さいみようじ》や毫筆工房のある延康坊から西へ、懐遠坊をへだてたむこうの崇化坊に祆祠があった。だが、延康坊から、光徳、延寿の両坊をへだてた北の布政坊にも祆祠があり、そちらのほうが規模も大きい。

空海は行ったことはないが、他人の話をきいて、そんな地図が頭のなかにつくられていた。小耳にはさんだことをいつまでも忘れないのが、空海の才能といえば才能であったが、彼にとっては悩みでもある。

忘れたいことも忘れられない。

馬車が十字街から消えると、空海は歩きだした。

「どこかへ行くの？」

と、うしろから尚翠《しょうすい》が声をかけた。

「布政坊の祆祠へ行きます」

「え、知ってたの？」

尚翠は目をまるくして、一歩まえに出た。

「なにをですか？」

と、空海は訊《き》いた。

「王先生にきいたのでしょう。尚珠《しょうじゅ》のことを？」

「いいえ」空海は首を横に振った。――「尚珠さんがどうかしたのですか？」

けげんな顔をしてみせたが、空海は三名花の一人の尚珠が布政坊の祆祠にいるらしいことを察した。

「そう？」尚翠はまだ首をかしげていた。――「王先生が空海さんと、二人きりで歩いているのをみて、あたし、尚珠さんのことを教えたのかしらとおもって」

「尚珠さんは布政坊の祆祠におられるのですか？」

「ええ……」尚翠は言い淀《よど》んだ。――「あたしも、ついこのあいだ知ったばかりだけど。……」

いつのまにか、尚翠は空海と肩をならべて歩いていた。

「祆祠へ行けば、会えるのですか？」

と、空海は訊いた。

「会いたいの。……会えるかどうかわからないけど、あそこにいることだけはたしかです」

「とにかく行ってみましょう。……私は祆教のことをききたいだけですが」

「ほ、ほ、ほ……」尚翠は急に笑いだした。――「空海さんの頭のなかには、信仰のことしかないのね。あたしの頭のなかに、尚珠や尚玉のことしかないのとおなじね。――あたしって馬鹿《ばか》ね。誰《だれ》でも尚珠や尚玉のことを気にかけてるって、勝手にきめてるんですから。ほ、ほ、ほ……ほんとにおかしいわ」

「誰だって自分の世界がありますよ……いや、自分の世界しかないのです」

「そうね。……自分の世界だけ。なんとなく悲しくなるわね」

「その世界をひろげるのですよ。誰でもはいれるように。そんな工夫をするために生まれてきたのじゃありませんか」

「考えさせられるわ。……」

尚翠はそう言ったあと、黙りこくってしまった。

布政坊の祆祠のまえにやってきた。門はひらかれたままだった。

斜めむかいが、賑《にぎ》やかな西市である。布政坊ぜんたいの西南隅を占めていた。

ササン王朝のイランの国教はゾロアスター教であった。唐にやってきた西域の商人で、イラン系の人たちは、かつてはみなゾロアスター教徒、すなわち祆教信者だったのである。

そんなわけで、イラン系西域胡人の多い長安には、祆祠はいくつかあったが、布政坊のここが最も古く、そして最も大きい。

唐の政府は、在留西域胡人をまとめて管理するために、「薩宝《さつぼう》」という官を置いている。西域胡人の有力者がそれに任命されたのである。

薩宝はウイグル語の「サルトパウ」を漢字にあてはめたものといわれる。隋の時代には、「薩保」とも書かれていた。

ゾロアスター教が中国に伝えられたのは、北魏《ほくぎ》の神亀《しんき》年間、すなわち六世紀の前半であったといわれている。

唐は布政坊の祆祠のなかに、薩宝府を置き、

――胡祝《こしゆく》を以《もつ》て其《そ》の職に充《あ》つ。

と、『長安志』にみえる。胡祝というのは、イラン系西域人の聖職者のことにほかならない。

空海が門のなかにはいると、正面の建物の扉がひらき、一人の老人がすがたをあらわした。扉のところから、五段の石の階段があるので、庭に立っている空海は、心もち見上げるかんじであった。

「私は安薩宝ですが、なにかご用かな？」

と、老人は言った。

そういえば、目がすこしくぼんで碧《あお》く、鼻がやや高い。服装はとくに変わったところはない。役人たちがかぶる冠をつけ、衣服も一般の役人とおなじである。薩宝府は唐の朝廷に所属する、一種の政府機関であった。異国の宗教であることにかけては、祆教も仏教もおなじである。中国に伝来したのは、仏教よりだいぶ遅れたとはいえ、もう三百年ほどたっていた。

「安先生ですね」

と、空海は言った。

安は姓であろう。安息国《あんそく》出身の胡人は、しばしば安を姓とする。鑑真《がんじん》和上の随員として渡日し、いま唐招提寺にいる如宝和尚も、俗姓は安であった。

空海は如宝のことを思い出していた。――容貌《ようぼう》も似ている。

薩宝ということばの使い方がわからないので、空海は無難な「先生」を用いたのだった。

薩宝府のなかには、四品官に相当する率府、五品官相当の府史をはじめ、祆正《けんせい》、祆祝《けんしゅく》といった官職がある。西明寺の僧のやりとりから、空海はそんな知識を得ていた。

相手はうなずいた。

「祆教の話をききに参りました。日本国から派遣された留学僧で、空海と申します」

空海は軽く頭を下げてから、左右に目をやった。いっしょについてきた尚翠のすがたが、いつのまにか見えなくなっている。

「おはいりなされ」

安薩宝は扉のほうにむきをかえた。

建物はふつうの家屋と形のうえでは、ほとんどおなじようであった。ただぜんたいに白っぽい。垂木《たるき》や格子に白い塗料が塗られ、壁にも白い部分が多い。

空海は安薩宝のうしろについて、扉のなかにはいった。

正面に祭壇らしいものが設けられ、灯架《とうか》に火がともっていた。ともっているというよりは、燃えているというべきであろう。

金属製の受皿があり、そのうえに、やはり鉄か銅かの籠《かご》状の容器がのせられていた。火はそこで燃えていたのである。

建物は表から見ると、白っぽいが、内部にはそんなかんじはなかった。

燃える火が、きわ立って見えるように、まわりをわざと暗くしているかのようだった。

安薩宝は、祭壇のむかって左側に空海を案内した。そこには別室があった。扉を推《お》してその部屋にはいると、そこには再び白色の天地があった。

天地というのは大袈裟《おおげさ》かもしれないが、空海はそうかんじた。天井が白く、まわりの壁も白い。卓上にかけられた布も、汚れのない純白である。

そばに置かれた椅子《いす》は朱塗りであり、その朱の色が、かえって、部屋じゅうの白を強調しているかのようだった。

「ま、このようなものだと思ってやっております」

いきなりそう言って、安薩宝は椅子をすすめた。

空海は安薩宝とむかい合って坐《すわ》った。

「このようなものだと？」

空海は相手のことばの意味をはかりかねた。

「教祖ゾロアスターが、この教えをはじめられて、もう千数百年たっています。ササンの王がファルスにうちたてた帝国は、ゾロアスターの教えを国の教えとして、長く保護を加えたものでした。ところが、そのササン帝国は大食《ター ジ》（アラブ）のためにほろぼされたのです。私たちは、その日から、歳月をかぞえつづけてきました。今年で百六十三年になります。大食は私たちの故国の人たちに、イスラムの教えを強要したため、彼《か》の地ではすでにゾロアスターの教えは絶えてしまいました。……私たち唐土にいる者は、父が子に伝え、子が孫に伝えて、今日にいたっておりま す。はたして、これでよいのかどうか、ときには問題もおこりますが、もはや故国にたずねるすべもありません。故国はすでにほろびたのですから」

安薩宝は、熱をこめて語った。まるで空海という聞き手を、長いあいだ待ちかねていたかのようだった。

「伝えて行くうちに、教えというものは変わるでしょうか？」

と、空海は訊いた。

「これまで考えられなかったような、新しいものが出てきたとき、教えをそれにどのようにあてはめるか、心もとなくかんじることがあるのですよ」

「仏の教えにもおなじ問題があります。……ともあれ、祆教の教えをおうかがいしたいと存じますが」

「教祖ゾロアスターは」

と、安薩宝は遠いむかしの教祖のことから説きはじめた。祆教はゾロアスターの教えであるから、教祖のことにふれないわけにはいかない。

ゾロアスターがいつごろの人であったか、はっきりしたことはわからない。安薩宝は漠然と千数百年前と言っている。

後世の学者の説では、キリスト誕生より六百五十年ほど前に、カスピ海西南のウルミエに、ゾロアスターは生まれたという。ギリシャの史家は、西暦前七千年としているが、それはありえないことであろう。

思想的な悩みから、若くして出家したことは釈迦《しゃか》に似ている。ゾロアスターが天啓を受けて、新しい宗教思想体系をつくったのは、三十歳のときであったという。そして、伝道生活にはいったが、それは苦難の連続であった。

「こうして、教祖の苦労は報いられたのです」

教祖がようやくその教えを、無明のなかにいた人類にひろめることができたきっかけを、安薩宝は自分で陶酔するように語り、結論としてそう言った。

（王叔文が言ったのはこのことだな。……）

空海は思いあたった。

ゾロアスターはダイティヤー河のほとりで、善神アフラ・マズダの天啓を受けてから十二年後に、はじめてバクトリア（安息）の首長ヴィシュタスパを帰依《きえ》させることに成功した。

ヴィシュタスパの宮廷には兄弟の宰相がいた。ゾロアスターは兄の宰相の娘を妻とした。またゾロアスターの娘は、弟の宰相の妻となったという。

この関係は、唐土では理解されにくい。儒学の倫理からいえば、これは人間関係をみだしたことになる。唐土に移住した祆教信者、とくに聖職者は、この言い伝えを、どのように説明するかに苦慮したのである。

——この言い伝えは、唐の人にはかくしておこう。

と、秘匿《ひとく》を上策とする考え方もあった。

——千数百年のあいだ伝えられたことを、なぜここでかくす必要があるのか?

という疑問をもつ者もすくなくなかった。

実際問題として、祆教は唐土に在留する西域胡人の信仰であって、それを唐の人に布教することには、それほど熱心ではなかった。仏教とのあいだに、この点で大きなちがいがある。

——説明をもとめられたなら、太古の物語として、そう伝えられていると、ありのままに述べる。けれども、こちらからこの伝説を持ち出す必要はない。

開元《かいげん》年間（七一三—七四一）に、祆教の長老会議でそうきめられたそうだ。

いかなる天啓も、この世では権力者の帰依を得なければ、人びとの胸に届かないのである。

当時のイランは迷信がはびこり、邪宗淫祠《いんし》がいたるところにあり、あやしげな呪術《じゆじゆつ》師が人びとの心を支配していた。呪術師はカリと呼ばれ、カリたちはゾロアスターの布教を、けんめいに妨害したものだった。

首長ヴィシュタスパの改宗に成功しなければ、ゾロアスターの苦難はまだ続いたにちがいない。最悪の想像をすれば、この教えは埋もれて、世に出なかったかもしれなかったのである。

——天子をしっかりとつかまえておきなさい。……

王叔文のことばはまだ耳朶《じだ》に残っている。

祆祠へ行って話をきけ、と言ったのは、このことを理解せよという意味であろう。

権力者に密着することは、布教のため、民衆の救済のためには、たしかに有利なことである。だが、それは堕落の危険性と隣り合わせているのだ。

「戦いですから、とうぜん力が必要です。そうでしょう、どうしても力が……」

安薩宝のことばは、はじめから熱がこもりすぎていた。戦いとか力といったはげしいことばが出ても、信仰の話のなかに、それは自然に溶けこんでいるかんじであった。

ゾロアスターによれば、この宇宙は光明と暗黒の対立の場であるという。善と悪にほかならない。光明の神であり善の神でもあるアフラ・マズダは、おおぜいの部下の将軍や軍隊を率いて、暗黒の神、悪の神であるアンラ・マイニュと戦う。もちろん相手にも将軍や兵隊がいたのだ。

この宗教では、霊魂が不滅であるのはいうまでもない。霊魂は死の三日後まで自分の遺骸《いがい》のそばにとどまり、そのあと、凪にはこばれてチンヴァト橋の裁判官のまえに出る。裁判官は三人で、その霊魂の善悪が秤《はかり》にかけられる。

善と認められた霊魂は、天上へみちびかれて行く。悪と認められた霊魂は地獄に堕《お》ちる。

「この世の人の霊魂は、善と悪とに、はっきりときめられるのはすくないのです。大部分の人は、善と悪との秤はおなじで、どちらにも傾きません」

と、安薩宝は言った。

「そんな霊魂はどうなるのですか?」

「ハメースタカーンというところで、最後の救世主があらわれるのを待たねばなりません」

「ハメースタカーン?」

奇妙な響きのことばを、空海は口にした。

「唐の文字に、浄罪世界と訳しています」

「浄罪世界ですね。そこで待つのですか」

(浄罪世界というのは、この世の中そのものではないのか?)

空海はそう思った。

善と悪とに、まぶされていて、自分でもその区別がよくわからない。善であると思ったことが悪であったり、その反対であったりすることがある。

他人に秤にかけてもらわねばならない。

チンヴァト橋に三人の裁判官がいるという。一人では、どこか見おとされるおそれがある。三人もいると、まずは安心できる。

浄罪世界で、人びとの霊魂は救世主の出現を待っている。

この世の中で生きている民衆は、やはり救われることを待っている。——空海は祆教の話をききながら、身のひきしまるおもいがした。

救世主といったことばを、自分にあてはめるのはおこがましい。

——待たれている人。

そう思えばよいだろう。またそう思わねばならない。

ゾロアスターが生きていたころの人類が、どのような状態であったか、想像することは難しい。空海の想像力は、それを彼があとにしてきた日本に、重ね合わせていた。

「人に憩いの木陰を与えてくれる樹木は善です。人の友である犬も善です。……」

安薩宝は、善なるものと、悪なるものとをかぞえあげた。

善でなければ悪である。中途半端なものがないので、そこに緊張がうまれる。たえず戦いがある。

そのような倫理思想の体系のなかにハメースタカーンがあるのは、せめてもの息抜きの場である。

「自然はすべて善でなければなりません、すべて。……火も水も土も……私たちは自然の象徴として火をあがめます」

「祭壇に火が燃えておりましたね」

「そう、あれが聖なるものです。……この国の人たちは、私たちの教えのことをときに拝火教と呼んでおります。火を拝むことにまちがいはありません。けれども、火だけではないのです。自然を汚すことを、私たちは最もおそれます。私たちは生きて行くのに、きわめて敬虔《けいけん》です。おそるおそる生きています。空気さえ汚してはならないと、慎重に生きているのです。……なぜこの教えに破局が来たのでしょうか？　いくら考えてもわかりません」

安薩宝のいう破局とは、ゾロアスター教の守護者であったササン王朝が、イスラム教徒のアラブにほろぼされ、人びとが改宗を強いられたことである。

「なぜでしょうか？」

安薩宝は重ねて訊いたが、もちろん空海には答えることができない。

陸功造《りくこうぞう》老人があらわれたときは、さすがの空海も驚いた。だが、陸老人のほうは、いささかも驚いていない。

「空海さん、来ていますね」

盆に三つの茶碗《ちゃわん》をのせて、部屋にはいってくると、日常の挨拶《あいさつ》のように、そう声をかけた。

盆を卓上に置いて、陸老人は空海の驚いた表情に、はじめて気づいたように、口をすぼめて笑った。

「私はしょっちゅう、ここにいるのですよ。不空菩薩《ふくうぼさつ》もここが好きでしてね。あのころの大薩宝とは仲好《なかよ》しでしたよ」

陸老人のことばに、空海はうなずいた。

べつにふしぎなことではない。幼少のころに渡唐したとはいえ、不空は天竺《てんじく》の人であり、祆祠の薩宝たちとは、異国の人であるという共通点をもっている。

「お二人でよく茶をたしなんでおられた」

と、安薩宝は言った。不空は空海の生まれた年——三十一年前——に死んだのだから、二人が交友関係をもっていたころ、安薩宝はまだ若かったのである。

縮んだように小さくなっている陸老人にも、もちろん若い日はあった。

「茶ですか。——」

空海は卓上に置かれた茶碗に目をそそいだ。

この時代、茶はまだ貴重品だった。めったなことでは、茶などは出されない。そして、茶の主流は抹茶《まっちゃ》であった。

「みずからに欲を禁じることのきびしい人でしたが、茶にだけは目がありませんでしたな。お二人ともそうでした」

と、安薩宝は言った。

「水といってよいでしょう。不空菩薩は水の仙人です。水の味のよくわかる人でした。……」

陸老人はとがった鼻のさきで、ため息をもらした。

「水。……不空三蔵と水とは縁が深いですね」

いう。

空海は話にはよくきいていた。旱魃《かんばつ》の年には、かならず不空三蔵が、龍を用いて雨を招いたといわれる。

樹木の皮で、龍はおとなしく、不空三蔵の言うことをよくきいたという。

「大興善寺へ行かれましたかな?」

と、安薩宝は訊いた。

空海は首を横に振った。不空三蔵がかつてそこに住し、いま不空三蔵の塔が立っている寺と知りながら、空海はまだ訪れていない。その前を通ったことはあるが、ついでに立ち寄るという訪ね方は、遠慮すべきであるとおもったのだ。

「あそこの不空三蔵塔の前の松の木の枝が、いまでも祈雨のときに用いられています」

安薩宝はそう説明した。

「祆教では祈雨の行事はあるのですか?」

と、空海は訊いた。

「ほんとうはありません」安薩宝はいったん首を横に振ってから、「それでも、私たちの教えがこの国に伝えられてから、それをするようになりました。ところ変われば、教えもすこし変えねばなりません」

「ところ変われば。……」

空海は唐から日本へ移すべきもの、移せないもの、変えねばならないものなどを考えていた。

「ゾロアスターの教えは、自然、その代表の火を拝みますが、偶像は拝みません。けれども、この国に来て、祆教は神像のようなものをつくりました。ここには置いてませんが」

「それはとうぜんでしょう」

空海はそう答えながら、自分の精神の重さをはかっていた。

これは精神の緊張なのか、それとも弛緩《しかん》なのだろうか？

おそらく彼の表情に、尋常でないものが浮かんだのであろう。

「あまり思い詰めないほうがよろしいよ。……そのうちに、なんでもわかるようになるのだから。私の従弟《いとこ》も、死ぬことは、なんだ、こんなこと、と呟《つぶや》いたそうです」

と、陸老人は言った。

「惜しい人物でしたな」

と、安薩宝は言った。

「不空三蔵か大薩宝か、どちらかがもっと長生きしてくだされば、従弟もあんなに思い詰めなくてもすんだでしょうな」

陸老人は、からだを揺すりながら、顫《ふる》える手を茶碗のほうにのばした。

「思い詰めなければ、茶経《ちゃきょう》はできなかった。あれでよかったとおもいますよ」

安薩宝は、うるんだかんじの声で言った。

陸功造の従弟に、陸羽《りくう》という人物がいた。不空三蔵や大薩宝が、いかにもたのしげに、そして、いかにも心ゆたかに茶をすすっている情景を見たばかりに、茶というものにとりつかれてしまった。

人間の精神を、すこしでも、より豊かなものにしたいという、彼の切望が彼を揺りうごかした。

「そうでしょうな。……でも、お茶をのむなんて、かんたんなことですよ。それを思い詰めて。……でも、やっぱり思い詰める人間がいなければいけないのですね。……あんたも……」

陸功造は空海の顔をじっとみつめた。

（密教を日本に持ち帰って、それをひろめたいという気持も、それに似たものではあるまいか？）

陸老人の表情を読み取って、空海は、

「どんなかんたんなことでも、それをする人間がいなければ、どうにもならないでしょう。……ともかくやってみますよ」

と、答えた。

陸羽は陸老人のいとこということになっている。だが血のつながりはないようである。福建から長安までの長い旅のあいだ、折にふれて老人が語ったところによれば、陸一族で老人の叔父にあたる人が、拾ってきた子であるらしい。

捨て子であったが、同年輩の陸家のどの子よりも頭がよく、勉強もできたという。

陸羽はおもに智積《ちしやく》禅師など仏僧から教育を受けたが、仏門にはいることなく、隠士の道をえらんだ。そして、茶にとりつかれたのである。

まだ後世ほど普及はしていないが、唐では茶を飲む習慣がかなりひろまっていた。ことに仏門では茶をよく用いた。

なにかにつけて、日本とのちがいを、この地に見出《みいだ》そうとする空海は、

――喫茶の習慣

をその一つにかぞえた。

日本では、茶を飲むことはきわめてまれである。茶樹を栽培していないので、遣唐使たちが、唐から持ち帰ったものを、宝もののようにして飲み、それがなくなれば、飲みたくても飲めないのだ。

茶の味よりも、それを飲むときの雰囲気が、人間の心を豊かにする。

(茶に限らない。そのような雰囲気をつくるものであればよいのだ。……)

空海は茶を出されるたびに、そんなことを考えた。

両手で茶碗を包むようにして、空海は茶をすすった。

人間の生活のひろがりのことが、彼の頭を満たした。

ゾロアスター教をうけいれた、千数百年前のイランの人たちは、その生活をどれだけひろげられたことだろうか。――迷信にとざされていた部分が開放される。ただそれだけで、人間のたましいはふくらむのだ。

(だが、なぜ?)

空海は安薩宝の問いを、反芻《はんすう》した。

光明と善の勝利のために、自然にたいする畏敬《いけい》を、これほど深めた祆教が、なぜその故国でほろびたのか？

――ローマとの戦いに力をついやしすぎました。ローマとは、戦う必要がなかったのです。いまから言っても仕方のないことですが、あのとき、ササン王朝に、ローマとの戦いが無益であることを見抜く人がいなかったのが残念です。

と、安薩宝は言った。

イランのササン王朝とローマ帝国は、おなじアーリア系の民族を根幹とする国であった。両者の争いは、兄弟喧嘩《げんか》のようなものであろう。

六世紀末のササン王朝の皇帝フスラウは、いったん簒奪《さんだつ》されたが、ローマ軍の援《たす》けをかりて復位している。そのフスラウが、六〇二年にはローマ帝国内に兵を進めた。

六一一年、ササン王朝の軍隊は、ダマスカスからエルサレムを侵略した。ローマの皇帝ヘラクリウスは、海軍の力でササン王朝軍を撃退した。

このときのフスラウの攻撃は、ローマの国運が衰えたのに乗じたもので、ほかに理由らしいものはなかったのである。

逆襲したローマ軍は、アルメニアからイランに進撃した。侵略を受けたのだから、このときのヘラクリウスのイラン攻撃には理由があったといわねばならない。

フスラウも負けていない。ササン王朝のイラン軍は、六二六年、コンスタンティノープルを襲ったが、またしてもローマ海軍のために撃退された。

先に手を出したほうが悪いが、この戦いで、両国とも疲れはてたのだ。

ササン王朝軍がエルサレムを侵略していたころ、メッカの郊外のヒーラ山の洞窟《どうくつ》で、一人の人物が神の啓示を受けた。それはマホメットにほかならない。

迫害を受けたマホメットが、信者たちとともに、メッカからメディナに移ったのは六二二年のことである。イスラム教徒はこれをヘジラ（聖遷）と呼び、この年をもって、イスラム暦の元年と定めた。ササン王朝軍のコンスタンティノープル攻撃は、回教暦五年のことであった。

マホメット出現までのアラビアは無明の天地で、淫祠《いんし》邪教がはびこっていたのは、ゾロアスター出現前のイランとおなじであった。マホメットのはじめたイスラム教は、アラブに絶大な活力を与えたのである。

アラビア半島に勃然《ぼつぜん》とおこった、このおそるべき活力に、イランもローマも気づかなかった。彼らは野蛮な部族間抗争に明け暮れていたアラブを、ほとんど問題にしていなかったようだ。マホメットの宗教運動のことをきいても、メッカとメディナの勢力争いであろう、といったていどの認識しかなかった。

容易ならぬ事態だと気がついたときは、すでに手遅れだったのである。

マホメットは、六三二年三月、メッカにはいり、アラファート山での有名な説教のあと、六月八日にこの世を去った。

第二代カリフ（教主）オマルの時代に、イスラム軍はイランとローマと対決したのである。

イスラムという信仰をバネにしたアラブは、おそるべき力をうんだ。かつてマホメットは三千の信者軍をもって、十万のメッカ軍の攻撃に耐えたのである。

イスラムの旗をかかげたアラブ軍との戦いで、ローマはシリアを放棄し、イランのササン王朝は滅亡してしまったのだ。

衆生救済のために、天子をしっかりとつかまえるのはよい。ゾロアスターもそうしたのだ。

ササン王朝となっても、ゾロアスター教は国教とされ、帝国に密着したのである。

だが、王朝が滅亡すると、ゾロアスター教も、ほとんど即時に、といってよいほど速く消滅したという。

帝国に密着しすぎたのであろうか？

権力に近づきすぎて、腐敗現象がおこっていたのであろうか？

イスラム教勢力は、強圧的に改宗を迫ったのか？

空海はそのあたりのことがよくわからなかった。茶を飲みながらきくには、ふさわしくない話題かもしれないが、空海の知識欲は、雰囲気に遠慮しないほど燃えていたのである。

「いったん勝ったのに、あとで負けたときいています。油断したのでしょうな」

安薩宝は戦いのことを語った。

イスラム軍の勇将モサンナは、「橋の戦い」と呼ばれる合戦で、ササン王朝軍に大敗を喫した。けれどもモサンナは、すぐに兵を集めて、雪辱戦をつづけたのである。

安薩宝はササン王朝側の油断を強調した。

（だが……）

と、空海はおもった。ササン王朝軍の油断よりも、イスラム軍のモサンナの不屈の戦いのほうに、目をむけるべきではないか……。

ササン王朝最後の皇帝はヤズデギルドであった。ハマダーンの南のネハーヴァンドで、イスラム軍に完敗を喫し、国はほろびた。

「ほろびたあとのことです。……改宗は強制されたのですか？」

空海のこの質問に、安薩宝はしばらく答えなかった。気まずい沈黙のあと、安薩宝はぽつりと言った。――

「人頭税を払わねばなりませんでした。……」

「人頭税さえ払えば、改宗しないですんだのですか？」

「百六十三年まえのことで、私たち唐国に在留する者は、その場面に立ち会っていません。私たちの祖先も、伝え聞いただけでしてな」

安薩宝はそう言って、茶碗を手にとった。彼の手のなかの茶碗が、すこし揺れていた。

（帝王に頼っていた祆教は王朝の滅亡によって解消された。……イスラム教は？　彼らの話では、信仰は権力者に保護されるのではなく、教主がすなわち帝王であるらしいが。……）

空海はイスラム教のことが知りたかった。

「イスラムの寺院は、この長安にありますか？」

「礼拝堂のようなものが、すぐこの裏にあります。子供たちは往き来して、遊んでいますが」

と、安薩宝は答えた。

清真堂

イランがイスラム化してから、すでに一世紀半たっている。

サマルカンドがイスラム帝国に占領されたのは七一一年だから、いわゆる中央アジアのイスラム化からも一世紀に近い歳月が経過していたのだ。

中国が「胡《こ》」と呼ぶ地方は、すでにイスラム圏となっていた。

安薩宝のように、古くから唐に在留する胡人は、祆教《けんきょう》を奉じ、祆祠で礼拝をおこなうが、新しく来唐した胡人はほとんどがイスラム教徒だったはずである。

おなじ民族だが、奉じる宗教が異なっていたことになる。

この時代には、イスラム帝国（俗にサラセン帝国と呼ばれる）は、東西に分裂していた。東の政権はアッバース朝であり、西のそれはウマイヤ朝である。後者はいちど断絶して、また再興された。

中国で「大食《タージ》」と呼ぶのは、きわめて漠然としたもので、かならずしもアラブ族とはかぎらない。中国の史書はアッバース朝を「黒衣大食」と呼び、ウマイヤ朝を「白衣大食」と呼んでいる。政権名で呼ぶとすれば、イスラム帝国にはいるイラン族もトルコ族も、大食と呼ばれる。

回紇《かいこつ》（ウイグル）族がイスラムに改宗したのは、もうすこしのちのことである。彼らの改宗によって、回紇の宗教――回教ということばがうまれた。

だから、空海が長安にいたころ、イスラム教はまだ回教と呼ばれていない。

ゾロアスター教が拝火教と呼ばれたように、イスラム教も「拝天神教」などと呼ばれていた。天神とはアッラーの神にほかならない。

新来の胡人はみなイスラム教徒のはずだが、祆祠のような、唐の朝廷公認のイスラム寺院は、長安にはまだなかった。信者が集まって、メッカにむかって礼拝する場所はいくつかあり、布政坊のこの祆祠の裏にもその一つがあった。

「私たちは、それを彼らの礼拝堂と呼んでいますが、彼らは自分たちで清真堂と称しておるようですな」

と、安薩宝は言った。

「彼らといっても、同郷の人でしょう?」

安薩宝の「彼ら」ということばに、つめたさがかんじられたので、空海はそう訊《き》いた。

「たしかに同郷の人たちです。だけど、あんなふうに天神を拝んでいるすがたを見ると、とても同郷人とはおもえませんな。……むしろ唐人のほうが、私たちに近いかんじです」

安薩宝は正直に自分の感想をのべた。

「尚珠《しようじゆ》がその清真堂にいますよ」

陸老人が口をはさんだ。

「尚珠が？」空海は首をかしげた。――「ここではなかったのですか。……尚翠《しようすい》はたしか祆祠と言っていましたが。……門のところまで、いっしょに来ましたよ」

「は、は、世間では祆祠も清真堂もおなじとおもっていますよ」

安薩宝の笑い声には、わずかだが自嘲《じちよう》の響きがあった。

――アッラーは至大なり。アッラーのほかに神なく、マホメットはアッラーの使徒なり。……と説く絶対的唯一神教のイスラムの礼拝所と、あらゆる自然を崇拝し、善神のほかに悪神もいて対立すると説く二元論のゾロアスター教とでは、信仰のうえに大きなちがいがある。だが、外からみれば、どちらも異国の信仰であり、しかも同郷の人たちであるから、混同するのも無理はないかもしれない。

「しかも、裏戸が通じているのですよ」

と、安薩宝はつけ加えた。

子供同士は、なんのわだかまりもなく遊んでいるという。裏戸が通じているのは、子供たちのためにしたことかもしれない。

「清真堂には、はいれますか？」

空海は陸老人にむかって訊いた。

信仰の公的な代表者である薩宝に、ほかの宗教のことをきくのは、失礼な気がしたのである。

「はいれますよ。礼拝堂にみなが集まるのは、七日に一度ですが、ふだん蒲羅《ほら》という老人が留守番をしていまして。ええ、唐のことばは、不自由なくしゃべれますし、こちらの薩宝よりは、ずっとおしゃべりでしてな。なんでもしゃべってくれますよ」

と、陸功造は言った。

「では、行ってきます」と、空海は腰をあげた。――「また話をうかがいに参ってもよろしいでしょうか？」

「どうぞ、どうぞ」

と、薩宝は答えた。

長安は国際都市である。さまざまな人種が住んでいるから、とうぜんさまざまな信仰がおこなわれている。

唐王朝は、皇室が老子の子孫であると称して、正式には道教をたっとぶことにしている。だが、これまでのところ、ほかの宗教を排斥するようなうごきはなかった。

玄宗皇帝のとき、大食王の使者と称する者が来たとき、皇帝に謁見《えつけん》したとき拝礼しなかった。

――(我が)国人は天を拝するに止《とど》まり、王を見ても拝する無きなり。

と、使者は言った。

廷臣はとうぜんこれを問題にして、弾劾《だんがい》しようとしたが、宰相の張説《ちょうえつ》が、

——習俗が異なるのだ。徳を慕って遠くから来たのだから、深く追究するまでもない。

と、咎《とが》めないことにした。

こうした寛容さが、国際都市をつくりだす素地となったのであろう。日本から派遣された空海が、こうして長安のまちを、気らくに歩きまわれるのも、そのおかげである。

（寛容だな。……）

ゾロアスターの礼拝所の裏戸からイスラムの礼拝所に抜けるとき、空海はふしぎに深い感動をおぼえた。

人間は一人一人が、顔がちがっているように、その性格もどこかちがっている。それをすべて包みこむものを、彼は密教のなかにもとめてきたのだ。

（この戸だ。そうだ、これだよ。……）

自分でうなずきながら、彼は戸をくぐった。

石畳の道は祆祠の側が広く、戸をくぐって清真堂にはいると、とたんに狭くなっていた。

通り抜けはできるが、戸をへだてて、別の世界があることを、それは象徴しているかのようだった。

石畳の道だけではなく、建物も祆祠にくらべて、ひとまわり小さい。だが、それはわざと小さくみせようとしているのだ。布政坊の祆祠は、政府の機関をも兼ねているが、清真堂のほうは、

あくまでもイスラム信者の私的な集会所である。公的なものより、大きくしてはならないのであろう。

百六十余年も前から唐に住みついている胡人よりも、それ以後、すなわち改宗後に来た胡人のほうが、数としては多いのだ。経済力も新来胡人のほうが大きかった。

建てようとおもえば、祆祠よりも大きな礼拝堂を建てることができる。しかしそれではやりすぎというかんじになるのだ。

そこのところの呼吸を心得て、他国に住む異国人の節度をみせたといえるのであろう。

こぢんまりした建物の横から、尚翠と尚珠とが、手を取り合うようにして出てきた。

「あなたがここで幻術を習わされてるなんて、ほんとに意外だわね」

と、尚翠はいかにもおかしそうに言った。笑いをおさえている気配がかんじられた。

「誰だって、それはあなたにむいてるとおもうでしょうね」

尚珠は尚翠の腕をとって、それを揺すりながら言った。

「あたしは筆つくりよ。そして、日本の坊さんの世話役……」

「二人の役をまちがえたと誰でもおもうでしょうね。だけど、考えてみれば、ぴったりよ」

と、尚珠は言った。

揚州三名花は、尚玉《しょうぎょく》は楚々《そそ》として詩にすぐれ、尚珠はふくよかで書にすぐれ、尚翠は座談に巧みな外交家で、すこしは武芸の心得のあることで知られていた。

「そうよ、幻術なんて、あなた、ほんとは習っていたのでしょ。でなければ、あんなことできないわ」

尚翠はそう言った。

幻術とは、いまのことばに直せば奇術のことにほかならない。

西アジア地方は、古くから奇術で名高い。唐に朝貢するとき、献上品のリストのなかに、ときどき、

——幻人

ということばがみられる。それは奇術師であり、物品同様に、唐の朝廷に献上されたのだ。

『新唐書』に出ている払菻《ふつりん》という国は、

——古《いにしえ》の大秦《たいしん》(ローマ)なり。

とあるが、東ローマ帝国のコンスタンティノープルからシリア、パレスティナあたりを指すとされている。その地方は、

——俗は酒を喜《この》み、乾餅《かんぺい》を嗜《たしな》む。幻人多く、能《よ》く火を顔に発し、手を江湖と為《な》す。……

と、描写されている。また外科医の脳手術のこともしるされているが、それも幻術に近いものとみられたようだ。

献上された幻人は、唐でその技《わざ》を伝えたであろう。尚珠は清真堂で、その技を習わされているという。

揚州での評判では、尚珠は丸顔で、おっとりした美人である。だが、三名花というトリオで売り出すために、抱え主の作為があるようだ。

幻術のような、身ごなしのすばしこさを必要とするわざは、三名花のなかでは、むしろ尚翠の得意の領域のようにおもわれる。

だが、じつはそうではなく、おっとりしている尚珠のほうが、幻術にむいているのだという。

……

二人のやりとりをきいていると、どうもそんなことであるらしい。

むいているだけではなく、尚珠はすでに、「あんなこと」ができたのである。それは習ったのであろう、と尚翠は言っているのだ。

二人はそこで、空海に気づいた。

「あら、あちらはもうすんだの？」

と、尚翠は声をかけた。

「はい、すみました。こんどはこちらの蒲羅《ほら》さんに会いにきました」

と、空海は答えた。

「蒲羅さんは、表の庭にいらっしゃるわ」

尚珠は彼女たちがいま来た方向を、指さして言った。

空海がはいってきたのは、清真堂の裏からであり、表は建物のむこう側になる。

「ありがとう」

と、空海は礼を述べた。

「ご案内しましょうか？」

「いや、取次ぎなどなしでお会いしたいのです」

空海は二人の美人に笑顔をみせた。

尚珠はべつに案内を押しつけようとしなかった。

清真堂の建物は、外見はほかの寺院とあまり変わらない。ただ窓の上部がアーチ型になって、その中央がすこしとがっている。どの窓もおなじであった。

よく見ると、円頂の屋根が、小さなドーム状になっていて、そこに半月型の装飾がつけられている。イスラムの礼拝所であるしるしも、いかにも遠慮しながらつけた、というかんじであった。

——あんなこと……

尚翠が言った尚珠の特技とはなにであろうか？　空海はそれを考えていた。彼のすがたを見ると、二人はそれまでの話題については、口を噤《つぐ》んでしまったのである。

揚州のあの回廊できいた、松の木から呼吸のように伝わってきた声。——

——虹《にじ》の夜に驚かないで。

運河に浮かぶ船のうえできいた声。——

——明日の夜よ。誰かにほのめかしなさい。……

声の性別だけはわかった。ことばづかいからしても、それは女性の声にちがいなかった。

あのような声を伝えうるのは、特技といわねばならない。しかも、声の主は、あきらかに自分を操ろうとしている。声の主の意思なのか、そのうしろに誰かがいるのか、わからないけれども。

——

自分の運命に深くかかわっているようなので、空海はこの声のことを、片時も忘れたことはなかった。

颪にはこばれてくるような、あの声をきいたとき、空海は、

(これが話にきく幻術ではあるまいか? 幻人がこのあたりにいるのか?)

と、反射的に思ったものである。

空海はあの声と、尚珠の「あんなこと」とを結びつけたい気持になっていた。すくなくとも、二回とも彼女にその機会はあったのだ。

考えているまに、表の庭に出た。

建物をひかえめにつくっている分だけ、庭をひろくとっている。それも岩石をとりいれた中国ふうの庭ではない。池はあったが、それも幾何学的な輪郭をもったものだった。

自然をそこにうつしたのではなく、はじめから人工的であることをめざした造園である。

池のほとりに、白いお椀《わん》のような帽子をかぶった老人が坐って、じっと水面をみつめていた。

「蒲羅先生」

空海が近づいて声をかけるまで、老人は彼に気がつかなかったようである。

「どなたじゃな？」

水の面から視線を空海のほうにうつして、老人は皺《しわ》のなかをくぐったような声で訊いた。

「空海と申す仏僧です」

と、空海はまず名乗った。

「偶像崇拝の徒であることは、すがたを見ただけでわかる」

と、老人は言った。

「日本から来ました」

空海がそう言うと、蒲羅老人は、はじめて興味をもったようだった。

「なに、日本？　日本から仏教を学びに来なさったのか、わざわざ」

「仏教に限りません。どんなことでも学びたいと存じまして。……」

「どんなことでも、というのはいささか欲張りすぎではないか」

「衆生を救済するためでございますれば」

「アッラー」と、老人は大きな声をあげた。――「アッラーとは天神であり、アッラーのほかに神はない、そう信じたなら、衆生は救われる」

「そこのところが、よくわかりませんので」空海は正直に言った。——「わざわざ日本から参りました。仏教だけではなく……お隣りの祆祠も、いまちょっとのぞいて、お話をうかがって参りました」

「薩宝に会われたか？」

「はい」

「故国では、人びとがイスラムに改宗を強制された、と申しておったろう」

「いえ、そうは申しておりませんでした。改宗しなければ、人頭税を取られるという話をうかがいました」

「それは、とうぜんではないか。……コーランには、宗教を強制することを禁じている。イスラムはけっして改宗を強制しない。また異教徒から人頭税を取ることを、コーランは禁じておりませんのじゃ」

「なぜでございましょうか？」

空海は蒲羅老人のそばに坐りこんだ。

「なぜ？　コーランのとおりにするのじゃ」

「なぜ、そのコーランのとおりにしなければならないのですか？」

「ほう。……」意外な質問を受けた、といった表情で、老人は首を縮めた。——「なにも知らぬのう。……コーランは啓示の書じゃ。天神のことばであるのに、それに、なぜ、と問いかける必要があろうか。……わからぬかな？」

「考えてみます」

　空海は立ちあがった。

「薩宝は人頭税のことを申しておったそうじゃが、ゾロアスターの教えが、それほどありがたいのであれば、なぜその税を払って、帰依をつづけぬのか？　貧乏人ばかりではない。金持まで、イスラムに帰依した。……そのような問題ではないのじゃ。……そう、日本にはイスラム教徒はいないのかな？」

「東海の島国でございます。イスラム教徒はまだいないようです」

「それなら、わからんのも無理はない。……そうか、日本までは行っておらぬのじゃな」

「ものの本で読んだこともございません。イスラムも、こちらに来て、はじめてきいたことばでした」

「それでは話にならぬ。私が教えてあげよう。……清真堂に参ろうかの」

　蒲羅老人は、腰をあげた。年はとっているが、長身の偉丈夫である。

　中国での本格的なイスラム教寺院で最も古いのは、広州の懐聖寺であるといわれている。唐の太宗のときつくられたという伝説もあるが、それはありえないことである。マホメットが死んだのは、貞観《じょうがん》六年（六三二）にあたり、太宗は貞観二十三年に死んだ。イスラム教が、ようやくアラビア半島から、輪をひろげはじめたころで、広州に礼拝所がつくられるのは、あまりにも早すぎる。懐聖寺は宋元《そうげん》まで時代をさげるのが定説のようだ。

固有名詞ではなく、一般にイスラム寺院をいうとき、「清真寺」の名称が用いられることが多い。いつごろから用いられたのか、たしかなことはわからないが、イスラムはとりわけ清浄をたっとび、それを強調した。かつて英領インドの一部が、イスラム教国家として独立したとき、えらんだ国名がパーキスタンであった。パークは清浄の意で、イスタンが土地を意味する。すなわち清浄の国である。

イスラム教徒は中国で自分を説明するとき、きまって「清真」の語を用い、イスラム教が清真教と呼ばれるほどであった。

「なにもないであろう」

清真堂内にはいって、蒲羅老人は言った。たしかに堂内には、ほとんどなにもなかった。

「偶像は一つたりとも置いていない」

老人の声は誇らしげであった。

火を礼拝し、本来なら神像をもたぬはずのゾロアスター教も、中国ではいつのまにか、神像らしいものをもつようになったという。イスラムはどうなるであろうか?

(イスラムが像をもてば、もはやイスラムではなくなるだろう)

ほとんど予備知識はなかったが、空海はそう直感した。

「予言者(マホメット)が出るまで、メッカのカーバという神殿には、三百六十の偶像があった。

それを、予言者はことごとく破壊なされた」

と、老人はことばをつづけた。

「では、ここでなにを礼拝されるのですか？」

老人の壁のくぼんだところを指さして言った。

「あれはメッカの方向を示しておる。教徒はそちらにむかって天神アッラーを礼拝するのじゃ」

「方向ですか。……西でございますね」

と、空海はうなずいた。

「私たちは、唐のことばでそれを天方と呼んでおる」

老人はおごそかに言った。

礼拝堂のなかは、よけいなものがなく、たしかに「清」であり「真」らしくあった。

（かつてのメッカのカーバの神殿は、よほどごたごたしておったのであろう）

目のまえのさっぱりした空間をみて、空海はそうおもった。

大食（アラビア）には、これと正反対のものがあったにちがいない。雰囲気を一新することによっても、魂の一部は救われるのではあるまいか？　空海は天方をみつめて、自分にそのような問いを試みた。

（できないことではない）

心のなかで彼はそう答えた。

仏法にいう「荘厳《しょうごん》」も、それにたぐいする。空海の胸に、日本でつくるべき仏法の道場の設計図が、ぼんやりとつくられていた。清真堂にはいったことで、彼はその図面を再検討してみる気になった。

「私たちはなによりも清浄をたっとびますのじゃ。不浄をいみきらう。豚のごときもの、犬のごときもの、これらはけっして浄化されるものでない」

老人は空海のほうを見ないで、壁に語りかけるように、説明をつづけた。

「犬も不浄でございますか?」

ゾロアスター教では、犬は人間の友として、善なるものに分類されていることを、さきほどきいたばかりである。

「きまっているでしょう。見ただけでわかる、あの汚ならしいようすは」

蒲羅は犬の不浄は、説明するまでもない、といわんばかりであった。

ゾロアスター教の価値観は、イスラムでは通用しないのである。

「でも、この世から犬を消してしまうことはできないでしょう?」

と、空海は訊いた。

「もちろんできないさ。豚を消すこともね」

老人はそのことについては、考えようともしなかった。

世界は不浄なものを載せている。その世界のうえで、不浄なものを切りすてる、というのがイスラムの考え方のようである。空海はそう理解した。

（なぜ不浄のものを、包みこんでしまえないのであろうか？）

一神教の教義にたいする、空海の素朴な疑問であった。

「イスラムには、恕《ゆる》しはないのですね？」

空海のこの質問に、老人はきょとんとした表情をして、

「なにを申されるか、イスラムは恕しの教えですぞ」

と、答えた。

「え？」

こんどは空海のほうが、虚をつかれたような表情になった。

「イスラムは恕しそのものの教えですぞ」

蒲羅老人の声には、力がこもっていた。

（なぜですか？）

とうぜんの問いが、空海の口から出なかった。それほど、老人はきっぱりと言い切ったのである。

「不浄も浄《きよ》めることによって恕される。そこに救いがありますぞ」

いったんいれた力を、ゆっくりと抜くようにして、老人は浄めの手続をくわしく説明した。

両手、両足、口、歯、鼻孔、顔、肘《ひじ》など、ていねいに浄めたなら、小さな不浄は解除されると

いう。浄め方には順序があり、これをみだせば無効となる。

（予言者出現の前は、よほど不潔であったのだろう）

老人の説明をききながら、空海はそんな想像をした。

生活指導者。――

この宗教の開祖には、そんな面もあったにちがいない。

穆罕黙徳《ムハンムト》。

老人は開祖の名をなんども口にした。そのたびに、眼《め》に畏敬《いけい》の色がうかぶ。ときにはその名を口にしたあと、しばらく目をとじることもあった。

「目をお閉じになると、穆罕黙徳《ムハンムト》聖人の顔が、あなたの脳裡《のうり》にうかんでくるのですか？」

空海の問いに、老人は一瞬けわしい顔つきになった。

「とんでもない。そのようなことは、偶像崇拝につながることです。滅相もないこと」

老人ははげしく首を横に振った。

「では、天神も形はございませんね？」

「いうまでもありません。あってはならぬものです」

「では、この国で申す蒼天《そうてん》とおなじでしょうか？」

「まるでちがいますぞ」

蒲羅老人は、おなじ質問を、たびたび受けていたようである。

（またか。……）

口をひらくまえ、唇にそんな表情があらわれた。

「聖典コーランにはこう述べております。……天神アッラーは唯一にして、万物を護《まも》るものなり。アッラーは生まず生まれず、くらべらるべきものなし。……おわかりかな？」

空海はかすかにうなずいた。玄奘《げんじょう》の訳した『般若心経《はんにゃしんきょう》』のなかの、

――不生不滅……

という句が、ふと頭をよぎった。

「アッラーは最初にして最後なり、すべてにすぐれしものなり、かくされたるを識《し》るものなり
……大慈なり、大悲なり……」

蒲羅のアッラー讃美《さんび》の声は、ながながとつづいた。

「ありがたいものですね」

蒲羅老人の声が終わるのを待って、空海はそう言った。

「もちろんのこと」

「天神のことをもっと知りとうございます」

「ま、そうは申しても……」

老人の断言調が、ここですこし鈍った。はじめて語尾を濁したのである。

「知ってはならぬのですか？」

「いや、知らねばならぬのですが……聖典コーランにあるとおり……それでよろしい。天神の研究については、いろんな説がありましてな。……」

イスラムの神学論には、アッラーは信じるべきものであって、研究すべきものではないという説があったのだ。

それにもかかわらず、この時代には、イスラム教のなかで、アッラーの研究がおこなわれていた。

イスラム世界から遠くはなれた長安では、アッラーの研究について、

——係争中。

という情報しかない。蒲羅老人はそのような問題のあることは、避けようとしたのである。

「コーランを読むほかない、とおっしゃるのですね？」

空海のことばに救われたように、老人は、

「そうそう、そのとおりですのじゃ」

と、元気の良い声で答えた。

「コーランの訳典はございますか？」

「いや、それはない」と老人は首を振った。——「コーランはほかのことばに訳してはならぬとされていますからな」

「それでは、大食《ターージ》（アラビア）のことばで書かれたものしかないのですね？」

「そのとおりですじゃ」

「では、唐の信者には、コーランは読めないではありませんか。いや、唐の人どころか、あなた方、ペルシャの人にも……」

梵文《ぼんぶん》を習って、語学に関心をもっていた空海は、アラビアとペルシャとのことばが、まったく異なるものであるという、基本的な知識をもっていた。

「読める」老人は不機嫌そうに言った。――「熱心な信者は大食のことばを習う。この私もな……読めるのですぞ」

「イスラムの信者は、生まれた土地のことばと、大食のことばと、二つ使うことになりますね？」

「わしなどは、故国のことばと唐土のことばと、コーランのことばと、三つじゃ」

蒲羅はそう言って、珠数《じゅず》をまさぐった。

アッラーには、大慈、大悲をはじめ、「守護するもの」「恕すもの」など九十九の称号がある。それを唱えるとき、数をまちがえないように、珠数の珠《たま》を一つずつうごかす。

かぞえる動作である。

だが、老人の指さきでうごかされた珠は、ふしぎなことに、つぎの瞬間、消え去ってしまった。珠数の珠ぜんぶが消え、銀色の紐《ひも》の輪だけが、老人の手のなかにのこっている。それでも、老人は指をうごかすことをやめない。

あきらかに幻術――奇術である。

「尚珠は上達しましたか？」

と、空海は訊いた。

「筋はなかなかよろしい」

老人は相変わらず指をうごかしながら答えた。そして、咳払《せきばらい》一つすると、指さきに一つの珠があらわれ、銀色の紐《ひも》のなかで、かすかに揺れた。

つぎの動作で二つめの珠が、それに衝《つ》きあたるようにあらわれた。第三、第四の珠と、つぎつぎにあらわれ、ただの銀の紐が、もとどおりの珠数になったのである。

「それは布教の方便に用いるのですか？」

珠数の再現が完成するのを待って、空海はそう訊いた。蒲羅老人は大きな目をむいて、

「幻術は私の職業です。イスラムとは関係ありませんわ。それに、私たちは布教など考えておりませぬぞ」

と、答えた。

中国に信仰をひろげることにかけては、仏教が最も熱心であった。そのほかの異国の宗教は、ゾロアスター教もそうだが、おもに在留西域人に対象をかぎり、それをひろげる努力はあまりなされていない。

物珍しげにのぞきこみ、それがきっかけとなって、その信仰にはいる中国人も、たまにはいた。

だが、それは例外的なことだったのである。

蒲羅老人もイスラムのことを語るだけで、入信を勧誘する気持は、ほとんどないようだった。

(幻術によって奇跡をつくり出せば、布教に役立つであろうが。……)

空海は老人の手もとをみつめながら、方便の限界ということを考えていた。

「まやかしの力は弱い。泡沫《うたかた》のようにそれは消える。アッラーのまえには、あとかたもない。まやかしを考えてはならぬぞ。……」

声が空海の思考に介入してきた。

空海は視線を、老人の手もとから、口もとに移した。老人は唇をとじたままである。

「そのわざは、尚珠が得意としていたのではありませんか?」

と、空海は訊いた。

「そのとおり。いまのは送声というわざです」老人は唇をうごかした。――

「たしかに、尚珠はそれにすぐれております」

「ふしぎなわざですね」

「いや、これは誰にでもできることなのじゃ。手さきが器用でなくてもよろしい」

「いま、なぜそのわざを、私にたいして使われたのですか?」

と、空海は訊いた。

堂内に二人しかいない。声がすれば、その主は相手のほかにいないはずだ。そうとわかっているのに、なぜ「送声」の術を使ったのだろうか？

「あなたに、それを天の声とおもわせるためでした」

と、老人は答えた。

（それが方便ではないか）

空海は苦笑した。

「天の声ときくよりも、まやかしの声ときくかもしれませんね」

「ふン」

老人は鼻さきで笑った。

「お気に障《さわ》ったらごめんください」

老人は、くっくっ、と声を変えて笑いつづけていたが、やがて、なにやらわけのわからぬことを言いだした。

リズムはかんじられるが、歌とはいえない。喉《のど》を鳴らすような音がまじって、それがいくらか耳ざわりにきこえた。

「なんですか、それは？」

切れ目を待って、空海はたずねた。

「あわれなものじゃな」

老人は口を歪《ゆが》めて言った。

「なにがあわれですか？」

「ありがたい聖典コーランの章句を口にしていたのですが、あなたはまるでなにもわからない」

「では、大食のことばですね。唐のことばに直してくだされればわかりますのに」

「そうすれば、およそのことはわかるでしょう。だがほんとうのところ、ことばのまん中にある、大事なところはわからんでしょうな。だからこそ、わがイスラムではコーランを訳すことが禁じられています」

「大事なところですか。……大事な、ね。……」

空海は清真堂を辞して、祆祠に戻る途中、おなじことを呟《つぶや》いた。

仏教も訳典だけではなく、梵文でなければわからぬ部分があるかもしれない。空海は日本にいたとき、如宝について、初歩の梵文を習っていた。

——天竺《てんじく》の声明《しょうみょう》については、般若《はんにゃ》三蔵の右に出る者はいません。もし学ばれるのでしたら、いまのうちに入門することです。

三十年ぶりに帰国する永忠《ようちゅう》が、そう助言してくれたものだった。

いまのうち、というのは般若三蔵がすでに高齢だったからである。

尚翠と尚珠とが、草むらに立ったまま、まだ語りつづけていた。話すべきことが多いのであろう。空海のすがたをみて、尚翠は、

「もう帰るの？」

と、声をかけた。空海はそれには答えず、

「尚珠さん、なぜ私に送声の術を使ったのですか？」

「頼まれたからです。ごめんなさいね」

と、尚珠は答えた。

燃える人

祆祠《けんし》や清真堂のある布政坊のすぐ西が、醴泉《れいせん》坊と呼ばれる地域であった。それはにぎやかな西市の北隣にあたる。

隋《ずい》が長安（隋では大興と称していた）を造営したとき、はじめこの一画は承明坊と呼ばれていた。ところが、あるとき急に、

——金石の声

がきこえたという。ふしぎにおもって掘ってみると、そこから甘泉がわき出たのである。

甘泉は七ヶ所から出て、それを飲んだ人は病気がなおったといわれている。そこで隋の文帝は醴泉監という役所を置き、甘泉の水を取って宮廷用にすることにした。隋の宮廷の御厨《ぎょちゅう》（調理場）で用いる水は、すべてここからはこばれた。

その後、この役所は廃されて、仏教寺院となり、醴泉寺と呼ばれるようになった。

空海が訪れた布政坊の祆祠は、もとこの醴泉寺の南にあったのが移転したものだった。

近くに妙勝寺という尼寺があり、三洞女冠観《さんどうじょかんかん》（道教の尼寺）もあった。空海が入唐したころはすでになくなっていたが、隋から唐初にかけて、この地域には、光宝寺や救度寺《くどじ》といった仏寺がならんでいた。いわば寺町といったかんじの場所である。

空海の足は、布政坊から西の醴泉坊にむけられた。般若《はんにゃ》三蔵は醴泉坊に住していたのである。

——いまのうちに会いなさい。

と、永忠《ようちゅう》から言われていた。

永忠は般若三蔵に会うことについて、空海に一つ注意を促している。

——般若三蔵は、はげしい人です。その心のなかは燃えています。そのはげしさに応じることのできる人だけを、三蔵は相手になさるのです。……

どうやら永忠はそのはげしさが足りなかったようである。声明を学ぶには、最高の師であるはずなのに、永忠はじかに般若三蔵の教えに接していない。

——私は拒《こば》まれたのではありません。私のほうから近づくのを遠慮したのです。自分の燃え方に自信がなかったからでした。かえって、般若三蔵のほうが、弟子にむかって、なぜ日本の永忠はあまり顔を見せぬのかと、催促があったほどです。それで、私はますます萎縮《いしゅく》しました。……

永忠は恥ずかしげにそう言ってから、

——貴僧なら大丈夫です。まちがいありません。

と、請け合った。

般若三蔵のはげしさについて、永忠は具体的な話はしなかった。

(どのようなはげしさなのか。……)

醴泉寺の門をくぐりながら、空海はすこし緊張をおぼえた。

寺門のそばの小屋に、一人の僧と二人の俗形の男とがいた。

「日本から来た空海と申す僧ですが、般若三蔵にお会いしたいとおもって参りました。おいででしょうか?」

と、空海は案内を請うた。

「こちらへ」

僧が立ちあがって歩きだした。

歩いているあいだ、僧は黙ったままだった。立ちあがったときも、なんのためらいもなく、足どりも軽やかである。まるでこの役目を待っていたかのようなうごきにみえた。

大雄宝殿(金堂)の東側に、経蔵がならび、その端に小さな庵《いおり》がついていた。案内の僧は、庵の外から、

「日本の空海が参っております」

と、声をかけた。

「さ、これへ。……お待ちしておりましたぞ」

庵のなかから、声が返ってきた。

(やはり待たれていたのか。……)

空海はもう驚きはしなかった。

留学期間を短縮するために、空海自身が戦術として、自分のことを知られるように工作していた。ところが、それに協力するかのように、別の面から、「空海の奇跡」を演出した陰《かげ》の人物がいたのである。

ことに般若三蔵の場合、永忠の筋から空海のことを耳にしているはずだった。永忠は般若三蔵のはげしさをおそれて、できるだけ敬遠していたようだが、醴泉寺の学僧たちには、空海の異能を語っていたにちがいない。

——密教を学ぶからには、梵文《ぼんぶん》をきわめなければならない。そのためには、ここに来るはずだ。

般若三蔵がそう期待するのは、とうぜんであろう。

はげしいときいていたが、般若三蔵はおだやかな表情で空海を迎えた。胸まで垂れているひげは、白よりも紫に近い色であった。

天竺《てんじく》の人によくある毛深い体質で、目のすぐ下あたりからひげがはえ、顔の半ばを蔽《おお》っている。くぼんだ目は、やさしい光をたたえていた。

空海は般若三蔵のまえに立ち、

「お待たせいたしました」

と、頭を下げた。そのことばが、しぜんに口をついて出たのである。

「そろそろおいでになるころと思っていましたよ。さ、おかけなさい」

般若三蔵は椅子《いす》をすすめた。

「永忠和尚におうかがいしました。梵文を学ぶのであれば、あなたのほかに師はいない、と」

空海は椅子に腰をおろしてから、まず訪問のいきさつを述べた。

「永忠さんには逃げられましたよ」

と、般若三蔵は言った。

「永忠和尚は律義ですが、気の弱いところもあるようで……」

「日本の遣唐使船が来る噂《うわさ》が立ってから、和尚はまるで顔を見せませんでしたね。……貧道が日本へ連れて行ってくれと言い出すのをおそれたのでしょうな」

「あなたが日本へ？」

「どうしても行きたかったのですよ。……揚州《ようしゅう》の鑑真《がんじん》が東渡して、五十年もたちました。誰《だれ》かがまた行かねばならないのですがね」

「そうですか。……いや、そうですね」

空海は言い直した。彼は永忠が般若三蔵を敬遠した気持を察した。

六十年ほども前、日本の留学僧栄叡《ようえい》や普照《ふしょう》たちが、揚州大明寺を訪れ、伝律授戒のために鑑真の渡日を要請した。栄叡や普照も燃えていたが、鑑真も燃えていたのである。

いま目のまえにいる、おだやかそうな老僧は、心のなかが燃え立っているのだ。だが、日本の留学僧永忠は燃えない。彼はあまりにも学究的すぎたのである。

唐僧、しかも唐の朝廷から重く見られている老いたる高僧を、日本へ連れて行くことに、永忠は戸惑いをおぼえたのであろう。

唐の朝廷にたいする許可申請のわずらわしさをおもっただけでも、永忠はいやになったにちがいない。

おそらく許可は出ないであろう。では、密出国させねばならない。永忠にはそれほどの度胸はなかった。

日本からの遣唐使も、般若三蔵を非合法に連れ出すことに賛成しないであろう。よけいな話をもちこんだことで、大使は気を悪くするかもしれない。

「東渡の気持はまだ、貧道の胸のなかで消えてはおらぬ。だが、気力が衰えたわ。年じゃな。……」

般若三蔵の笑顔も、おだやかであった。

「ご高齢でございますれば……」

空海はそう答えるしかなかった。

「永忠はおそれておったようだが、心配しなくてもよかったのじゃ。いま、貧道は、みずから行くよりは、年若く、学問ある者に行かせたい気持になっておる」

「それがよろしうございます」

「貧道のかわりに行く若者は、この国の者よりも、かの国の者のほうがよい。……貧道があなたを待つこと久しかったのは、そのためであります」

般若三蔵はそう言ったときも、表情も口調も変えなかった。

空海の『御請来目録《ごしょうらいもくろく》』のなかに、

――右、般若三蔵告《つ》げて曰《いわ》く、「吾《わ》が生縁は罽賓国《けいひんこく》（カシミール）なり、少年にして道に入り、五天を経歴し、常に伝灯《でんとう》を誓って、此《こ》の間《かん》に来遊せり。今、桴《いかだ》に乗らんと欲するに、東海に縁無くして、志願遂《と》げず。我が所訳の新華厳六波羅蜜経《しんけごんろくはらみつきょう》及びこの梵夾《ぼんきょう》をもち去って供養せよ。伏して願わくは縁を彼《か》の国に結んで元元《げんげん》（人民）を抜済《ばっさい》せん」と。

というくだりがある。これによって、般若三蔵が東海に桴をうかべること――日本渡航の意思をもっていたことがわかる。

縁がないとは、すでに高齢のため、肉体的にそれが不可能になったことであろう。

空海は『性霊集《しょうりょうしゅう》』のなかの「本国の使と共に帰らんと請《こ》う啓《けい》」のなかで、

――幸いに中天竺《てんじく》国の般若三蔵及び内供奉恵果大阿闍梨《ないぐぶけいかだいあじゃり》に遇《あ》い、膝歩接足《しっぽせっそく》（弟子の礼をとること）して彼《か》の甘露《かんろ》（無上のおしえ）を仰げり。……

と、しるしている。

前者のカシミールは北天竺のはずなのに、後者には中天竺とある。般若三蔵は生まれは北インドだが、当時の仏教最高学府ナーランダ学林で多年研鑽《けんさん》した。それは中部インドにあったので、中天竺国としたのであろう。

五天を経歴し、という表現は、彼が各地を巡歴したことにほかならない。

仏法布教の熱意に燃えたこの人物は、南海にうかび、広州から唐にはいったのである。

長安に来たとき、彼はたまたま母方のいとこである羅好心《らこうしん》という者に会った。羅好心は近衛軍《このえ》の高級将校をしていたので、その縁で長安にとどまり、布教、訳経の事に従った。――これは『宋《そう》高僧伝』に載っていることだが、その本には般若三蔵の出身は迦畢試《カビシ》となっている。そうだとすれば北天竺にほかならない。

空海が会ったとき、般若三蔵はすでに在唐二十年以上に及んでいた。

布教のためなら、般若三蔵はなんでもしようとおもっていた。唐に渡ってまもなく、彼は景《けい》浄《じょう》という者と、『六波羅蜜《ろくはらみつ》経《きょう》』を共訳したことがある。

のちに彼はこのことを後悔する。

景浄は仏僧ではなかった。中央アジアのソグド地方から唐に来たキリスト教徒だったのである。

このころ、『六波羅蜜経』は、胡本、すなわちソグド語本しか手に入らなかった。インド出身の般若三蔵はソグド語ができない。そこでソグド出身の非仏教徒の力をかりたのである。

当時、唐に渡来していたキリスト教は、ネストリウス派であり、それは景教と呼ばれた。信者は中央アジアからペルシャにかけての人が多かったので、はじめ、キリスト教会は波斯《はし》寺と呼ばれていたのである。だが、ペルシャ出身者はゾロアスター教徒が多く、その寺院は祆祠というが、俗称、波斯寺であり、混同されやすい。そこで、キリスト教会を、大秦《たいしん》寺と呼ぶようになったのである。

大秦とは、ローマの意味にほかならない。

ネストリウス派のキリスト教について、かんたんにふれてみよう。

コンスタンティノープル（現在のイスタンプール）の司教ネストリウスは、イエス・キリストとその母マリアを神とする説に疑問を抱き、
イエスは人であり、同時に神性を有していた。

マリアは神でない。

という説を唱えた。ふつう、これを「イエス二性説、マリア非神説」という。

これが異端であるかどうかについて、教会内部で大きな問題となった。しかもただの神学論争ではなく、教会幹部の勢力争いの様相を呈したのである。

ネストリウスのライバルであったキュリロス（アレキサンドリアの司教）は、強引にこれに異

端の烙印《らくいん》を捺《お》した。これが四三一年のことだった。

異端の宣告をうけ、教会から追放されたネストリウス派の人たちは、流刑に処せられたのである。

ネストリウスにたいする破門宣告をきめた会議は、不法なもので、「強盗会議」と呼ばれたものだった。

二十年後のカルケドン会議では、ネストリウス派が異端であるという宣告が取消されている。だが、このときの異端取消しの決定が、あまり劇的でなかったせいか、あるいはその前の異端宣告の印象が強烈すぎたせいか、世間ではその後も、ネストリウス派を異端視する風潮がつづいたのである。

「強盗会議」で破門宣告を受けたあと、ネストリウス派は、東方伝道に活路を見出《みいだ》そうとして、東方シリア教会をつくった。そして、ローマ教会から分離したのである。異端宣告が取消されたのちも、正統視されなかったのは、ローマからの分離が、大きな要因であろう。

このようにして、ネストリウス派は現在のシリアからイラン、中央アジアなど東方にひろがった。ササン王朝はゾロアスター教を国教としていたものの、キリスト教にたいしても寛容であったため、その領土で多くの信徒を獲得した。

やがてネストリウス派キリスト教は、中国に伝えられることになった。

キリスト教徒である西域人が、商人として中国にはいったのは、もっと早かったかもしれない。

だが、正式の布教グループが活動したのは、唐の貞観《じようがん》九年（六三五）、太宗から教会設立を許可されたときであろう。布教グループのリーダーは阿羅本《あらほん》という人物だった。

阿羅本という漢字は、おそらくアブラハムという音にあてられたのであろう。彼は太宗から鎮国大法主の称号を与えられた。

キリスト教会は長安だけではなく、諸州にも設立され、唐の皇帝の真影《しんえい》（肖像画）を下賜されたという。

長安のキリスト教会——大秦寺——は、義寧坊に建てられた。義寧坊は醴泉坊の西北にあたる。景浄はその大秦寺の僧、すなわち司教であり、中央アジア出身だったので、ソグド語に通じていた。

当時、キリスト教の文献はソグド語でも書かれていたものだった。だが、仏典にもソグド語訳があった。ソグドの地方は、宗教からみると、ゾロアスター、仏教、キリスト教などがいりまじっていたのである。仏教では、ソグド語に訳された仏典を「胡本」と称した。

『六波羅蜜経《ろくはらみつきよう》』は、おそらくそのころ、胡本しか伝わっていなかったのであろう。般若三蔵は、六波羅蜜経を胡本から漢訳するとき、ソグド語に通じたキリスト教司教の景浄を協力者としたのである。

ソグド語はわかっていても、キリスト教徒の景浄は仏教のことがよくわからない。訳経の協力者としては、不適当な人物であったといわねばならない。

こうして、胡本から漢訳した六波羅蜜経は完成したが、般若三蔵はそれに不満であった。梵《ぼん》本の六波羅蜜経が入手されると、般若三蔵はそれを訳した。天竺《てんじく》出身の彼は、もちろん梵文には通暁《つうぎょう》していたのである。

胡本から仏典を訳したことを、彼はのちになって後悔したが、そのときは、けんめいであった。なにかしていなければ、気のすまない性格だったからである。

訳経の協力者としては、般若三蔵は再び景浄たちに期待をかけることはなかった。しかし、友情はその後もつづいた。

景浄を通じて、キリスト教世界ものぞいている般若三蔵は、ひろい視野をもっている。そして、世界を我が家とみていた。

仏法のためなら、日本に渡りたいと彼が念願したのは、けっして口先だけではない。

天竺から海路、唐に渡った彼は、唐から日本への海をおそれはしなかった。だが、年をとりすぎてしまったのである。

(わが志をつぐ者)

般若三蔵は、空海にそんな期待をもったのだ。

「おしつけがましいとおもうでしょう？」

と、般若三蔵は言った。

「いいえ」

と、空海は首を横に振る。

「梵文を学びにおいでになったのですな？」

「はい、できることなら、ご指導いただきたいと存じまして」

「梵文の指導なら、この長安ではいくらでも適任の人はいます。この寺にも、教えることにかけては、私よりすぐれた人はすくなくありません。牟尼室利《むにしり》三蔵やその高弟の南天婆羅門《なんてんばらもん》などがそうです」

「でも、永忠和尚は、般若三蔵以上の人はいないと申されました」

「永忠和尚は、いったんそうと思いこめば、その考えを変えない人でありましたな。私に近づかなかったのも、私の熱がいつまでもあの人を悩ませると、思いつづけたからでありましょう。梵文を教えるについて、私が誰よりもすぐれた時期は、たしかにありました。だが、いまはそうではありませんよ。私本人が申すのですから、たしかなことです」

「では、私にすぐれた教師をご紹介ください」

「それはおやすいご用であるが、私もあなたにお教えしたいことがある。……梵文のほかのこと……」

「ああ、それはありがたいことでございます」

　空海は合掌した。

「あなたのことは耳にはいった。それでお待ちしておった。あなたのことは、どうも耳にはいりすぎたような気もする」

般若三蔵は卓上で、両手の指を組み合わせ、笑いながらそう言った。

「お恥ずかしいことでございます」

「あなたのご都合もあったとおもいますが、頼まれもしないのに、手伝った者もいたようですな」

「そのとおりでございました」

空海はうなずいた。

相手はすべてを知っているのだ。おそらく空海自身よりも、空海をとりまく状況をよく知っているのであろう。

空海はたしかに戦術として、自己宣伝にたぐいすることをした。だが、ほかの力が加わって、宣伝は増幅されたのである。

「ま、そのおかげで、私はあなたのことを、いろいろと知りましたわな。……密教を学びに来られたと。……そうでしたね？」

「おおせのとおりです」

「それなら、青龍寺へ行かねばなりませんな」

「はい。……ですが……」

急に訪ねるのもぶしつけなので——と、弁解しかけて、空海は口を噤《つぐ》んだ。

すべてを見抜いている相手に、弁解は無用である。それに頭にうかんだ弁解のことばは、いかにも拙劣であった。げんに空海は、いま、なんの前ぶれもなく般若三蔵を訪問しているのだ。

「理由はどうであれ、青龍寺へ行く前に、貧道のところにおいでになったのは、あなたにとってしあわせでありましたな」

と、般若三蔵は言った。

「そのわけが、よくわかりませぬが」

空海はすなおに言った。

「永忠和尚は、私のまえにあらわれなかったが、あなたになにを申されたか、ほぼ想像はつきます」

「さようでございましょう」

空海はとうぜんそうであろうとおもった。

永忠は空海にたいして、自分のように三十年も唐にいてはならない、二十年でも長すぎる、できるだけ在留期間を短くすべきである、と忠告した。

忠告を受けるまでもなく、空海ははじめから、長逗留《ながとうりゅう》の気持はなかった。

つぎに永忠は、密教の本山である青龍寺へ、こちらからのこのこと出かけてはならぬと助言した。こちらからおしかけて行くのと、請われて行くのとでは、大きなちがいがある。——処世の知恵の一つといえるだろう。

「貧道が申し上げたいのは、永忠和尚のそれと、表面は似ているかもしれないが、けっしておなじではありません。……あなたの骨相を観《み》るまえなら、ただ永忠和尚とおなじことを申し上げたかもしれませんが」

般若三蔵は、空海に会ったときから、その目のおだやかな表情を変えていないのである。骨相を観る、といえば、鋭い目つきになるとおもいがちだが、そうとはかぎらないようだ。般若三蔵は、おだやかな目で、空海の骨相を観察し終えていたのだった。

「あなたは、なんという人間だろう。……」

般若三蔵のこのことばは、けっして質問ではなかった。それは嘆声である。言い終えて、彼は大きなため息をついた。問いではないとわかったので、空海は相手のことばのつづきを待った。

般若三蔵は、大きく上下した肩のうごきを、ようやくとめてから、ことばをつづけた。

「あなたは、なんというときに唐に来たのだろう。……なんというときに……」

くり返しがあったけれども、これも嘆声であった。前置の揺れの大きさをかんじて、空海はおもわず目をとじた。

「私の命はもうそんなに長くない」般若三蔵は話題を変えたかのようだったが、空海はさきほどからの嘆声の文脈がつづいていると知っていた。――「私の多くの友人も、まもなく死ぬだろう。この時期に、ほとんど時をおなじくして、すぐれた人たち、とくに信仰にかかわりのあるすぐれた人たちが、この世を去って行きますのじゃ。そんなときにあなたは唐にやって来た」

「そのようなことは……」

自分の死について語る相手に、どのようなことばで応ずればよいのか、空海は当惑した。

「ふしぎなことだけれども、これはたしかですぞ。私はあと二年か。……梵文であなたを教える最適任の牟尼室利三蔵は、私より早いだろう。……なによりも恵果大阿闍梨《けいかだいあじゃり》の遷化《せんげ》もそう遠くありますまい」

般若三蔵は、親しい人たちの死を、淡々と予告した。空海はそれに口をはさむことができなかった。

「だから、あなたは急がねばならぬのです」

般若三蔵はそうつけ加えた。急がねばならぬ理由は、永忠のそれとはだいぶちがっていた。

「諸行無常と申します。生きとし生けるものは、かならず死にますが、それが近いか遠いかは、わからないことではありませんか。だからこそ無常であると、貧道は解しております」

これが空海の抵抗であった。だが、自分でもその抵抗は弱いというかんじがしたのである。

「これについて論じることはやめましょう」般若三蔵はそう言って、椅子から立ちあがった。

――「ともあれ、急ぐことは急ぎますが、青龍寺の恵果大阿闍梨に会うまえに、あなたはもっと自分の世界をひろげなければなりません」

「世界をひろげる。……」

空海は呟《つぶや》いた。

「あなたはひろげておられるつもりでしょう。今日も祆祠へ行かれた。そして、その裏の清真堂ものぞかれましたな」

「はい」

自分の今日の行動が、すべて知られていることについて、空海はすこしも奇異の念をもたなかった。

「人間の住む世界はひろく、人間が住むかぎり、人間のたましいを救おうとする試みは、かならずなされるものです。貧道の故国の天竺《てんじく》でも、古くから婆羅門《ばらもん》の教えがありました。祆教も天方の教え（イスラム）も、おなじ試みです」

「仏法はそのなかの一つにすぎないのですか？」

「それは、あなたが他人に問うてはならぬことです。自分で考えなさい。そのために、祆祠へ行かれ、清真堂の幻人に話をきかれたのでしょう？」

「たしかにそうですが」

「ほかにもまだあります。マニの教えがあり、景教があります。それらの教えについて、輪郭をつかんでからでなければ、青龍寺へ参ってはなりません」

「わかりました」

「大秦寺へ参りましょう」

般若三蔵は卓からはなれて、戸口のほうへ歩きだした。空海に拒まれるなど、まったく考えていないようであった。

「お供をします」

と、空海は言った。

「急ぎすぎると思われますか？　たったいま会ったばかりの人をつかまえて、大秦寺へ行くなど」

ふりかえりもせずに、般若三蔵は訊《き》いた。

「いいえ」

と、空海は答えた。

「自分でもよくわかりますね、急ぎすぎていることが。けれども、それは無理もないことです。景教について、あなたに教えることのできる最高の人物が、余命いくばくもないのですから」

「ご病気ですか？」

そのようなことでも訊かねばならなかった。

「寝てはいませんが、からだが衰えています。まだものは言えますが、そのうちに、ことばを口にする気力もなくなるでしょう。だから、いまのうちに、あなたを連れて行かねばならないのです」

「大秦寺は大きな寺ときいております。僧侶《そうりょ》もおおぜいいるのではありませんか？」

「おおぜいいても、私が信じているのは、たった一人です。……景浄という人物ですが。……」

「ああ、あの……」

空海は、胡本『六波羅蜜経《ろくはらみつきよう》』を、般若三蔵がキリスト教司教の景浄と共訳したことを、西明寺の経典目録で知っていたのである。

「ご存知《ぞんじ》ですな、その名を?」

「あなたと共訳なされたことはうかがっています」

「私は一時、後悔しました。相手が仏法のことをあまり知らないのでね。……けれども、こちらも共訳者の信仰心を知らなかったわけですよ。けんめいに知ろうとつとめましたが、それが私の精神をひろげてくれました」

般若三蔵は、かなり早く歩いていた。年に似ず足は強そうであった。

「私にもひろげよとおっしゃるのですね」

「そのとおりです。……景浄のほうも、仏法を理解しようと努力しましたな。異なった信仰のあいだでも、ふれ合うものがあることを、翻訳という仕事を通じて知りましたわい」

庵を出て、境内を横ぎり、寺門を出た。

空海を案内した僧が、門のそばに立って、合掌して二人を見送った。

門前には二つの輿《かご》が用意されていた。

自分の輿にはいるまえに、般若三蔵は、

「この世のものは、さまざまな名称をつけられておりますが、実体はそれをこえているのもありますな。……あなたが学ぼうとされているのもそうです。私もそれに気づきましたよ」

と、呟《つぶや》くように言った。

（名称をこえたもの。……）

空海は輿のなかで、揺られながら考えた。

名称。──彼が学ぼうとしたのは密教である。

秘密仏教、という。

仏教という名称がついている。だが、実体は人びとが「仏教」と考えているものをこえているというのだろうか？

（こえるべきだ。……）

空海はみずからの問いに、みずから答えた。

彼は以前からそれをかんじていたのである。

祆祠へ行ったのも、清真堂をのぞいたのも、おなじたましいの救済の教えが、さまざまな形にあらわれているのを、たしかめようという気持がうごいたからであった。

西の祆教（ゾロアスター教）の二元論に、空海は東の陰陽思想を重ね合わせた。陰と陽とは、悪と善の関係ではない。だが、二つのものの組み合わせによって、世の中が成り立っているという考え方は、おそろしく似ている。

どちらがどちらに踏みこんだのであろうか？

（ゾロアスターが千五百年以上も前の人であるから、この思想が流れたとすれば、西から東にむかってであろう。……）

そんなことを考えながら、一方では、流れの方向などにこだわることを、おろかしいという気持になった。

近いとはきいていたが、思ったよりも近いところに大秦寺はあった。

（もう着いたのか）

輿がおろされたとき、空海は意外におもった。

義寧坊には、化度寺や積善尼寺など、大きな寺院があった。大秦寺は坊のなかほど東寄りに建てられていたのである。

二本の石柱が立っていて、鉄柵《てつさく》などはない。誰でもそのまま建物のところまで行ける。

朝廷から大秦寺の名称をもらい、人びとからはまだ波斯胡寺《はしこ》と呼ばれていたが、信徒は「景寺」あるいは「教堂」と呼んでいた。

五段の石段をのぼれば、五つの門があり、中央の門だけがひらかれていた。般若三蔵はつかつかと内にはいり、

「景浄師はおられるか？」

と、声をかけた。

堂内はがらんとしていたが、清真堂とちがって、正面に祭壇があり、かなりの装飾がほどこさ

れている。

祭壇の前に跪《ひざまず》いていた人物がふりかえり、

「アダムは控えの部屋におられる」

と答えた。

中国名は景浄だが、教名はアダムだったのである。

「いつものところですな」

般若三蔵は、祭壇にむかって右手にある部屋の戸をたたいた。

「醴泉寺の般若《はんにゃ》だが、日本の仏僧を連れてきた。景教のことを教えてやってもらいたい」

「私の部屋の戸は、誰にもひらかれております」

部屋のなかから、かすれた声がそう言った。

「あのように申しておられる。はいりなされ」

と、般若三蔵は言った。

「どうぞお先に。……お供いたします」

空海はそう言ったが、般若三蔵は、ゆっくりと首を横に振った。

「あなた一人でおはいりなされ。私がいてはさまたげになる。堂内に坐《すわ》って、キリストのことでも考えて待つことにしよう」

「では……」

空海はこの場面の筋書がのみこめた。そのとおりにすればよいのだ。彼は部屋のなかにはいり、景浄――アダムからキリストの教えのことをきいた。

むろんそれはネストリウス派の理論である。だが、景浄はローマ教会が正統と考えている神学も紹介した。ネストリウス派迫害から、もう四百年近くたっているので、ローマにたいする過剰な対立意識は、すでになくなっている。それに景浄という人物が、きわめて公正であった。

景浄の話をきいているとき、空海はふと堂内に坐っている般若三蔵のことをおもった。

自分を景浄の前に連れてきたのは、般若三蔵である。それは、これまでの仏法を超越せよ、という目的であるようだ。

空海は壁をへだてたところにいる人物の熱意を、つよくかんじた。その熱気はときには息苦しくおもわれるだろう。だから、永忠は敬遠したのである。

空海はむしろその熱に惹《ひ》かれる。

目のまえにいる景浄も、おだやかな口調で、ゆっくりとキリストの教えを説くが、その心のなかは燃えている。空海はすぐにそれに気づいた。

二人の燃える人物のあいだに立って、空海はふしぎな快感をおぼえた。

景浄は「復活」の説明をはじめた。

（これは祆教の浄罪界とつながりがあるのではないか。最後の救いは、復活の日におこなわれるという考え方は、たましいを扱う人なら、かならず行きあたるのであろう。仏法の弥勒下生《みろくげしょう》も、形を変えた復活だが。……）
空海は瞑想《めいそう》していた。
はたしてこの教えは、この国の風土になじむのであろうか？
そして、日本には？

四十年後の会昌《かいしょう》年間に、宗教にたいする大弾圧がおこなわれた。仏教はその後、すぐに立ち直ったが、祆教や景教は、中国の宗教としては消え去った。
十七世紀のはじめ、「大秦景教流行中国碑」が出土して、唐代にキリスト教が伝道されたことを、人びとに思い出させた。それほど長く忘れ去られていたのである。右の碑は西安の碑林に現存するが、碑文のなかに景浄の名もみえる。

曼陀羅の人《空海求法伝》上

二〇〇三年一〇月二六日　初版第一刷

著　者　陳《ちん》舜《しゅん》臣《しん》

発行者　杉田早帆

発行所　株式会社　たちばな出版
〒一六七-〇〇四一
東京都杉並区西荻北三-四二-一九
第六フロントビル
電話　〇三-五三一〇-二一三一

印刷所　凸版印刷株式会社

定価はカバーに記載してあります。
落丁本・乱丁本はお取り替えいたします。

ISBN4-8133-1741-3
㈱たちばな出版ホームページ　http://www.tachibana-inc.co.jp/

Tachibana Publishing Inc.

◆出版物のご案内◆

表示価格は全て税込です

たちばな出版

〒167-0042　東京都杉並区西荻北3-42-19　第6フロントビル
TEL　03(5310)2131(代)
E-mail　shopping @ tachibana-inc.co.jp
http://www. tachibana-inc.co.jp

03AU

最後に残る知恵

ダニエル・ベル 著

「イデオロギーの終焉」「脱工業社会の到来」で、一貫して社会の未来を的確に予測してきた著者ダニエル・ベルは、本書でもその独自の社会学、哲学をいかんなく発揮し、テクノロジーの大きな底流の変化を解き明かす。「社会の発展の鍵を握るのは、その社会の価値体系であり、テクノロジーではない」。これは21世紀を迎える我々の心に、深く刻まれるであろう。

四六判ハード
1,680円

ジャパン アズ ナンバーワン ——それからどうなった

エズラ・F・ヴォーゲル 著
福島範昌 訳

欧米諸国に追いつくことに成功した日本人は、グローバリゼーションという新しい段階に適応しなければならない。しかし、この一〇〜一五年間、日本人はそれらへの迅速な対応を怠ってきた……それゆえに早急に解決しなければならない問題が山積しているのである。

四六判ハード
1,680円

地球と経済を救う5つのステップ
エコ経済革命

レスター・ブラウン 著

15年間にわたり地球危機を警告し、経済の仕組みの根本的見直しをしてきた著者により提唱された、自然が持続可能な形での経済のあり方を示す5つのステップ。

四六判ハード
1,680円

目覚めよ日本
リー・クアンユー21の提言

シンガポール上級相　リー・クアンユー　著
木村規子 訳

一〇年の景気後退の後、日本はデフレという困難にさらされている。しかし、日本が自国にふさわしい健全な自信を取り戻せば、アジアの牽引役に再びなれるはずだ。シンガポール首相に三一年間在職し、一流国家になさしめた著者が、日本が再び甦るための新たなビジョンをさし示す。

四六判ハード
1,680円

米国のマスコミ・財界が大絶賛!!

ラビ・バトラの大予測・世界経済 2000年から2030年まで

ラビ・バトラ 著

ベルリンの壁崩壊、共産主義の衰退、1987年の株式市場暴落、1998年の市場沈滞を何年も前に予測・的中させた著者が、2000年の経済動向を大予測！

四六判ハード
1,890円

経済探検 未来への指針

レスター・サロー 著

今、人類にとって重要なのは、予測不能な経済の海に、勇気をもって船出する意志があるかどうかだ。希望に満ちた未来を手にするため、著者が提言する明日へのシナリオ。

四六判ハード
1,680円

混沌と秩序

VISAインターナショナル名誉CEO
ディー・ホック 著

発行枚数10億枚、利用金額1兆6千億ドルを誇る世界最大のカードブランド、VISAカードを立ち上げた男のサクセスストーリー。

VISAの実質的オーナーである著者が、社会における組織と個人のあるべき姿を示す組織改革論。

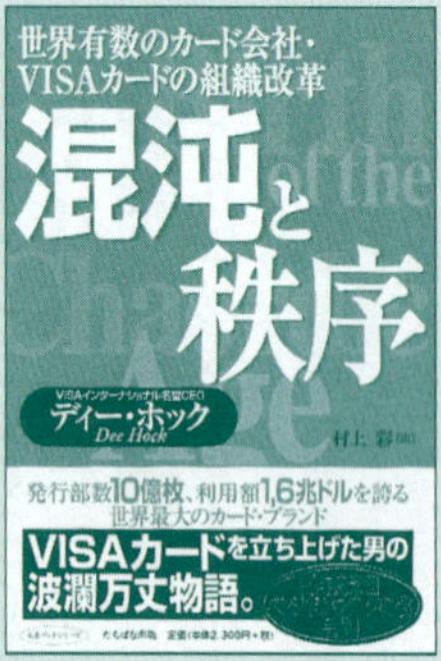

四六判ハード
2,415円

株式大暴落

ラビ・バトラ 著

1987年のブラックマンデーや、1997年のアメリカ市場最大の株式大暴落を見事に的中させたあのラビ・バトラが、日本、そして世界の株式暴落を大予測。

四六判ハード
1,680円

米国ベンジャミン・フランクリン賞受賞

ガンジー 奉仕するリーダー

ケシャヴァン・ナイアー 著

今の日本のリーダーが社会的・政治的な難局を乗り越えるためには、ガンジーの生き方や彼の実践したリーダーシップを実践することが必要ではないだろうか。本書の内容を実践することで、日本が蘇る道が見いだされ、社会が真に理想的な社会に近づくであろう。

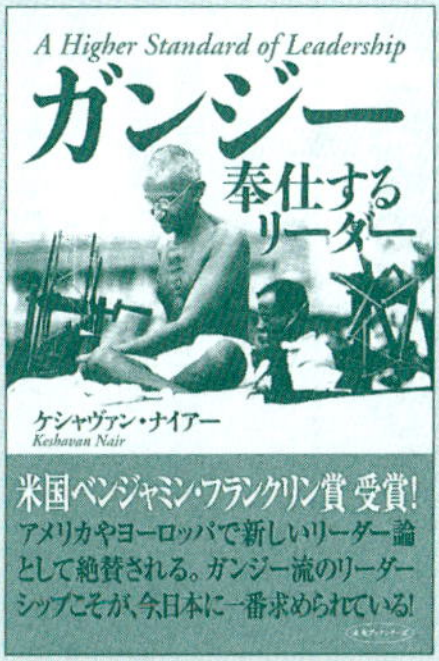

四六判ハード
1,680円

よみがえる企業 ガイアの創造

ノーマン・マイアーズ 著

第一次産業革命が、自然の征服に基礎を置いていたとしたら、第二次産業革命は、自然の模倣に基礎を置くことになるであろう。自然から学ぶ能力、ガイア原則を経済活動に組み入れる能力が、今後問われることになる。

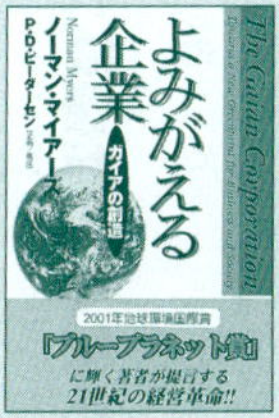

四六判ハード
1,890円

21世紀へのコンパス

メガチャレンジ

ジョン・ネズビッツ 著

超ベストセラー『メガトレンド』の著者が、初めて日本人のために書き下ろした未来予測。チャンスと発展の21世紀に成功する鍵を明確に提示する。

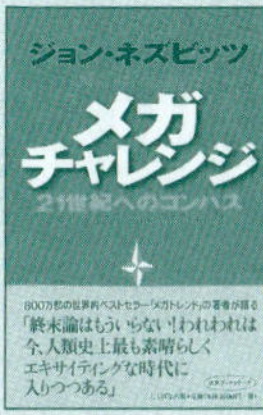

四六判ハード
1,680円

お薦めの一冊

英語が第二の国語になるってホント!?

英語公用語論

識者は語るあなたは賛成？　反対？

國弘正雄　著

対談ゲスト●船橋洋一／加藤周一／グレゴリー・クラーク／鈴木孝夫／高円宮憲仁親王／千田潤一／深見東州

四六判ソフト◆1，680円

國弘流　英語の話しかた

國弘正雄　著　ニュースキャスター　筑紫哲也氏推薦

同時通訳の神様が英語の極意を余すところなく伝授！

四六判ソフト◆1，575円

一息英語　1秒編

松本道弘　著

字幕がなくても英語が解かる！
実際に使いこなせる！

「英語界の武蔵」として知られる著者が初公開する「リスニング向上を目指す呼吸術」。映画によく出てくる一息で話される表現を詳しく解説。リスニング学習に最適なCD付き。

四六判ソフト◆1，260円

儀礼があるから日本が生きる！

ライアル・ワトソン　著

ライフ・サイエンティストとして活躍する著者が、動物行動学、植物学など様々な角度から、「儀礼の価値と重要性」を語る。四六判ソフト◆1，575円

ASEANの首脳は語る

インタビュー　カンボジア・デイリー・スタッフ

アジアと世界の今後を首脳たちが展望!!

ASEAN、中国、北朝鮮、テロ、貧困、女性の役割、報道の自由…などの質問に対する各首脳の回答は、非常に意義深いものとなっている。

四六判ハード◆1，365円

「音読」すれば頭がよくなる

川島隆太　著

「音読」が脳に与える絶大の効果。

肉体のウェルネスには運動がいちばんということがはっきりしている。同じように、脳ウェルネスにとっては、音読が「脳の身体運動」なのだ。……痴呆の高齢者だけでなく、子どもを含めた一般の人にも、音読が脳の機能を維持し発展させるのに有効だと……。

「想像力」「記憶力」「集中力」という、仕事ができるビジネスマンの必須条件も、たくましい「脳力」を持つことで高まる。――本文から

B6判ソフト◆1，260円

お薦めの一冊

美智子さま　雅子さま　愛子さま

松崎敏彌 著

皇后美智子さまから
皇太子妃雅子さまへ
そして、愛子さまへと
受け継がれる大きな愛。

四六判ハード◆1，680円

昭和天皇の魅力

稲生雅亮 著

宮内記者会会見でのご発言、初のご訪米や百十一日間におよぶ闘病生活…。皇室記者として四半世紀を過ごした著者が、歴代天皇として最長寿の年月を生き抜いた昭和天皇のお姿を、報道の立場からとらえた昭和の一記録。

四六判ハード◆1，680円

弥《び》縫《ほう》録《ろく》　中国名言集

陳　舜臣 著

豊かな学識と鋭い人間観照で万巻の史書から選びぬいた中国の名言の数々。

四六判ソフト◆1，890円

サケを食べれば若返る

鈴木平光 著

サケのすぐれた食効とその有効利用。健康生活の実践を提唱。四六判ソフト◆1，260円

人間なんておかしいね

やなせたかし 著

『アンパンマン』の生みの親であり、作詞家でもある、やなせたかし『人生の言葉（こころ）』

28cm×28cm◆1，680円

カプチーノは幸せの味がする

タカコ・半沢・メロジー 著

女性版・生き方上手の本　開運プチ哲学48

イタリアに暮らして17年。涙と笑いでつづる開運エッセイ。日本人だからこそ感じる、人々とのふれあい、日々の生活での感動を描く。「生き方下手でも、大丈夫」と勇気と元気を与えてくれる。

B6判ソフト◆1，050円

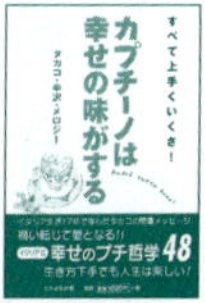

お金持ちの奥様とふらふらお嬢様が今のトレンドをつくる
西村 晃 著
元気のいい女たちをマークせよ!
B6判ソフト◆1,365円

ホンダにみる 挑戦する会社の経営戦略
経済キャスター 西村 晃 著
ベンチャーの元祖ホンダに学ぶ!製造業から販売業まで必読の書。
四六判ハード◆1,575円

アサヒビールの経営戦略
経済キャスター 西村 晃 著
瀬戸雄三会長はじめアサヒビール社員の皆様の取材協力により書きあげられた本書から、多くのマーケティングのヒントが得られるでしょう。
四六判ハード◆1,575円

トップが語る 21世紀の経営戦略
イオングループ代表・ジャスコ㈱会長 岡田卓也 VS 経済キャスター 西村 晃 著
岡田卓也代表とのインタビューをもとにイオングループの戦略とは何かを検証し、あわせて二十一世紀の日本の小売流通の未来を考える。
四六判ハード◆1,680円

この商法でデフレを吹き飛ばせ
経済キャスター 西村 晃 著
どんなに不景気でも、勝っている企業も売れている商品もある。勝ち組に学べ、である。
B6判ソフト◆1,365円

こんな時代に伸びる店消える店
経済キャスター 西村 晃 著
不景気な時代にあっても、成功しているビジネスはある。その勝利の秘密を明かす。
B6判ソフト◆1,365円

売れる心理学
経済キャスター 西村 晃 著
繁盛店、ヒット商品の作り手は、お客の心理を読む達人だ。それは経済学や経営学を超えて心理学といえる領域かもしれない。
四六判ハード◆1,575円

営業力で勝て!企業戦略 これで必ず売上げに差がつく!
深見東州 著
売上げを伸ばし続けるには…。商売の要諦を五つに分けて解説!「営業力」が会社を決める!　四六判ハード◆1,575円

これはすごい!驚異の販促成功事例集
三浦 進 著
販売促進をいかに成功させるかは、企業の生命線。販促に三〇年以上携わってきた著者が、成功した二百以上の企業の実例を紹介。

ガンバレ!営業マン
田村 博 著
営業一筋40年のトップセールスマンが、日本一になったセールスノウハウとは…。
B6判ソフト◆1,223円

トップ営業の鉄則
田村 博 著
自分の営業の能力に自信が持てなかった新人時代から、いかにしてトップ営業マンになったのか。
B6判ソフト◆1,365円

ニューエコノミー
木内 孝 著
熱帯雨林に足を運んだ体験から生まれた、熱帯雨林型新経済システムの必要性を説く。地球環境を救うことが私たちが生き残る道であり、ビジネスチャンスでもある。
四六判ハード◆1,600円

フューチャーリーダーの条件
新 将命 著
外資系企業で39年にわたり国際ビジネス感覚を培ってきた著者が、これからの日本のビジネスリーダーのあり方を提言。
四六判ハード◆1,600円

ここまでは誰でもやる
原作／中谷彰宏　マンガ／制野秀一
サービスを自分の技として磨きたい、サービスの本は難しい、ゆっくり読む時間がない、そんな人にオススメの一冊。

四六判ソフト◆各1,365円

絶対成功する経営
深見東州 著
絶対に倒産しない、必ず利益が上がるという理論と実践ノウハウがあった！

本当に儲かる会社にする本
深見東州 著
今まで誰も解かなかった経営の真髄を公開した、唯一無二の経営指南書。

これがわかれば会社は儲かり続ける
深見東州 著
倒産知らずの実践的経営法を、余すところなく大公開。会社の運気が根本から変わる。

「日本型」経営で大発展
深見東州 著
世界が注目する日本発展の秘密を、神道思想により分析。日本経済の再生を計る。

ビジネス成功極意
深見東州 著
いかなる人にもわかりやすく成功極意を明かす、ビジネスマン待望の書。

成功経営の秘訣
深見東州 著
これこそ繁栄の経営法則！ビジネスと神力の関係を具体的に解明。

超一流のサラリーマン・OLになれる本
深見東州 著
こんなサラリーマン・OLなら、是非うちの会社に欲しい！

経営と未来予知
深見東州 著
予知力を磨けば、どんな状況におかれても成功する。その秘訣とは。

中小企業の経営の極意
深見東州 著
中小企業の経営を次々に成功させた著者が、その豊富な経験をもとに、厳しい時代を生き抜く成功経営の極意を明かす！

1 碧巌録（上）
大森曹玄 著

『無門関』とならぶ禅の二大教書の一つ。剣・禅・書に通じた大森曹玄老師による解説は、深い禅的境涯に立ち、出色した名著との定評がある。◆998円

2 碧巌録（下）
大森曹玄 著

多くの名だたる禅匠が登場して、互いに法の戦いを交え、これほどおもしろい祖録も少ないといわれる、代表的な禅の問答公案集。◆998円

3 茶席の禅語（上）
西部文浄 著

茶席の掛け物に見られる禅語をテーマに、その禅語の意味内容を、平易な言葉でわかりやすく解説した、禅の入門書としても最適の書。◆998円

4 茶席の禅語（下）
西部文浄 著

茶掛の禅語に加え、下巻では、図版も多く載せられ、画題の解説が丁寧になされている。禅僧略伝も付記。上下巻共に収録禅語一覧付。◆998円

5 古神道は甦る
菅田正昭 著

神道研究の第一人者による、古神道の集大成。いま、世界的に注目をあびる神道の核心に迫る本書は、この分野での名著との評価が高い。◆998円

6 言霊の宇宙へ
菅田正昭 著

「ことば」の真奥から日本文化の源流を探るための格好の入門書。無意識に使っている言語表現の中に、宇宙的なひろがりを実感できる名著。◆998円

7 天皇家を語る（上）
加瀬英明 著

昭和二十年八月十五日までの天皇家と周辺の人々の言動を、数十人に及ぶ関係者のインタビューと資料の発掘で描く、迫真のドキュメント。◆各896円

8 天皇家を語る（下）
加瀬英明 著

マッカーサーの来日、GHQの設置と日本が大きく揺れ動くなか、天皇制の存続に尽力した人々の姿を克明に再構成した二部作の完結編。

9 伝習録 ―陽明学の真髄―
吉田公平 著

中国近世思想の筆頭格、王陽明の語録。体験から生まれた「知行合一」「心即理」が生き生きと語られ、己の器を大きくするための必読の書。◆998円

10 禅入門
芳賀幸四郎 著

禅はあらゆる宗教の中でも、もっとも徹底した自力の教えである。本当の禅を正しく解説し、禅の魅力を語る名著、待望の復刊。◆998円

11 六祖壇経
中川 孝 著

禅の六祖恵能が、みずから自己の伝記と思想を語った公開説法。禅の根本的な教えをわかりやすく明解に説く。現代語訳、語釈、解説付。◆1,223円

12 神道のちから
上田賢治 著

神道とは何か。生活を営むうえで神道が果たす役割を説き、大胆に神道を語る。実践神学の第一人者たる著者が贈る、幸福への道標の書。

13 近思録(上) 湯浅幸孫 著

中国南宋の朱子とその友呂祖謙が、宋学の先輩、四子（周敦頤・張載・程顥・程頤）の遺文の中から編纂した永遠の名著。道体篇他収録。

◆998円

14 近思録(中) 湯浅幸孫 著

十四の部門より構成され、四子の便概はほぼこの書に尽くされ、天地の法則を明らかにした書。治国平天下之道篇他を収録。◆998円

15 近思録(下) 湯浅幸孫 著

「論語」「大学」「中庸」「孟子」の理解のための入門書ともなり、生き方のヒントが随所にちりばめられた不朽の名著。制度篇他収録。◆998円

16 菜根譚 吉田公平 著

処世の知慧を集成した哲学であり、清言集の秀逸なものとして日本において熱狂的に読まれ続けている、性善説を根底にすえた心学の箴言集。

◆998円

吉田公平 著

江戸末期、義憤に駆られ「大塩の乱」を起こして果てた大塩平八郎の読書ノートであり、偉大なる精神の足跡の書。全文現代語訳、書き下し文。◆1,260円

18 洗心洞箚記（下） 吉田公平 著

「救民」のために命を賭けた陽明学者、大塩平八郎の求道の書。現代語訳完結。「佐藤一斎に寄せた書簡」解説「大塩平八郎の陽明学」付き。◆1,260円

19 十八史略(上) 竹内弘行 著

中国の歴史のアウトラインをつかむ格好の入門書。太古より西漢まで。面白く一気に読める全文の現代語訳と書き下し文及び語注付。◆1,365円

20 臨済録 朝比奈宗源 著

中国の偉大な禅僧、臨済一代の言行録。語録中の王とされている。朝比奈宗源による訳註ついに朝比奈宗源による訳註ついに復刊！ 生き生きとした現代語訳が特色。◆1,050円

21 論語 吉田公平 著

漢字文化圏における古典の王者。孔子が、人間らしく生きる指針を示す教養の書。時代、民族を超えて読書人の枯渇を癒してきた箴言集。◆1,260円

22 東西相触れて 新渡戸稲造 著

世界的名著「武士道」の著者の西洋見聞録。世界平和に貢献した国際連盟事務次長時代の書。表記がえを行い、読みやすく復刊！

◆1,050円

23 修養 新渡戸稲造 著

百年前、「武士道」で日本人の精神文化を世界に伝えた国際人・新渡戸稲造の実践的人生論。百年後、世紀を越えていまだに日本人に勇気を与えてくれる。現代表記に改めて復刊。

◆1,365円

24 随想録 新渡戸稲造 著

若き日の立志、「太平洋の橋とならん」を生涯貫いた新渡戸稲造は、偉大な教育者でもあった。体験からにじみ出た「知行一致」のアドバイスは、現代にも豊かな道標を指し示す。

◆1,050円

25 新篇 葉隠 神子侃 編訳

死ぬ覚悟で生き貫くことを説く『葉隠』。価値観の変化が激しい現代においても、誠実に人間らしく生きる清新の生命力を与えてくれる。

◆1,365円

大学入試英語問題の研究2003
国公立大編　古藤晃 監修

50大学収録。全国各地の主要国公立大学を網羅。記述式の問題には丁寧な解説と、作文問題には複数の解答例を詳述。

B5判ソフト◆4,725円

大学入試英語問題の研究2003
私立大編　古藤晃 監修

80大学・学部収録。早稲田・慶應・上智などはほぼ全学部を収録。関関同立も主要学部をカバーし、多くの受験生のニーズに対応。私大特有の超長文の全てに和訳。

B5判ソフト◆5,460円

英単語・熟語 チェック&トレーニング
目と耳で覚える1500　秋葉利治 著

これであなたの英語力は完璧!! 視覚的イメージを使う、全く新しいタイプのトレーニング書。1000以上のイラストのイメージで、難なく英語が浮かんできます。英語問題集のベストセラーを連発してきた著者による待望の一冊。

四六判ソフト◆2,310円

怒濤の入試英作文基礎20題
國弘正雄 著

実際の受験生の解答を筆者とネイティブが徹底添削。

A5判ソフト◆945円

怒濤の英単語
みすず学苑英語科 編

●アッという間に覚えてしまう600●らくらく覚える765●確実にステップアップする544●ハイレベルを目指せば外せない1033

2冊セット◆1,050円

怒濤の英熟語
みすず学苑英語科 編

大学入試とTOEICに出題された英熟語の中から、出題頻度の高いものを精選・分類。

2冊セット◆1,050円

下手な英語の話し方
入門の入門・英会話
深見東州 著
全く話せない人が「ヘタな英語」を話せるまでの本。そのあとは他の本を読んで下さい。
四六判ソフト◆1,365円

この通りにすれば受験にうかる!
林 雄介 著
どんな試験にも合格できる究極の勉強法!!
B6判ソフト◆1,260円

儒教ルネッサンス
レジ・リトル、ウォーレン・リード 共著 池田俊一 翻訳
日本、韓国、台湾、シンガポールなど儒教の伝統を共有する国々の繁栄のエネルギーの秘密。
四六判ハード◆1,890円

昭和史への一証言
日本は国際舞台をどのように歩んできたのか
松本重治 著 聞き手:國弘正雄
〈日本図書館協会選定図書〉
A5判ハード◆3,465円

脳梗塞になったらあなたはどうする
栗本慎一郎 著
四六判ハード◆1,365円

脳梗塞、糖尿病を救うミミズの酵素
栗本慎一郎 著
血栓を溶かし、血をきれいにするこの酵素は、脳梗塞はもとより、あらゆる内臓の機能回復に著効がある。
B6判ソフト◆1,365円

ドクター美原のいきいき健康塾
美原 恒 著 栗本慎一郎氏推薦!
血栓を溶かすミミズの酵素ルンブロキナーゼ発見者美原氏の本。
B6判ソフト◆1,575円

万病に効く「野草酵素」
野草酵素研究会顧問 田中龍博 著
B6判ソフト◆1,365円

大林宣彦ブック第一弾
大林宣彦 著
尾道の風景が語り、伝えたこと。それは町守りの、戦いであった……。
変型新書ソフト◆1,300円

日日世は好日 2001 巻の一
大林宣彦 著 小田桐昭 絵
大林宣彦監督のエッセイと、小田桐昭氏のイラストレーションが一冊の本に!
変型新書ソフト◆1,500円

帰ってきたウルトラマン大百科
円谷プロダクション 監修
復刻版
僕らの青春が今、帰ってくる。
大人の為の大百科、復刻。
A6判ソフト(文庫)◆924円

地下鉄の時代
藤本 均 著
日本列島に延伸を続ける地下鉄を、詳細にわたって解説・紹介。マニア必携の書。
〈日本図書館協会選定図書〉
四六判ソフト◆1,575円

環状線でわかる 東京の鉄道網
藤本 均 著
東京圏の環状鉄道の生い立ちをたどりながらの鉄道網の推移、さらには東京という都市のあり方を見直した。
四六判ソフト◆1,575円

金大中とともに
権 魯甲（クォン ノガプ） 著
ナンバー2の生き方。命をかけて金大中を守り抜いた男の生き様がここにある。〈日本図書館協会選定図書〉
四六判ハード◆1,575円

ある起業家の激動人生記
安部正明 著
世界で初めて国際宅配業を立ち上げた男の人生記。〈日本図書館協会選定図書〉
四六判ハード◆1,470円

自分が好きになるチャンスづくり
木全ミツ 著
キャリア官僚、国連大使、ザ・ボディショップ社長を歴任した著者の自叙伝。
四六判ハード◆1,470円

母が教えた本当の人生
オスマン・サンコン 著
アフリカと日本の架け橋をめざすサンコンが、今語る、笑いと涙と感動の人生！
四六判ハード◆1,470円

英国風シュガークラフトアラカルト
岩崎紀子 著
シュガーデコレーションケーキとペーストの作り方、さまざまな技巧とオリジナル作品を掲載。〈日本図書館協会選定図書〉
B5変型◆2,000円

プーさんのおいしいレシピ集 コンビニの材料で作れる超簡単クッキング！
料理研究家 Toshu Fukami
飲み物●ごはんの料理●たまごの料理
各420円
発行：株式会社 新和 発売元：たちばな出版

地力はよみがえる
椋代譲示 著
連作障害を解決し、無農薬・無化学肥料で作物ができる農法を実践例で紹介。
四六判ハード◆1,500円

未来を拓くケイ素革命
椋代譲示 著
メディアも紹介し、企業も注目した、今話題の活性ケイ素の有用性を説く。
四六判ハード◆1,575円

ネコにも分かる気学入門
深見東州 著
気学で運命を改善できる！一冊で基礎から吉方位鑑定まで網羅。初心者から専門家までおおいに参考になるであろう。
B6判ソフト◆1,260円

入門 先祖供養
正しい先祖供養研究会 編
仏壇のまつり方から死後の世界まで、先祖供養のすべてがわかる本
B6判ソフト◆1,050円

禅の心・茶の心
芳賀幸四郎 著
歴史家にして、人間禅教団の師家である著者が、自らの思想遍歴を語る講話集。
四六判ハード◆1,325円

雅楽がわかる本
安倍季昌 著
安倍家の楽師が語る「天平のオーケストラ」雅楽。
B6ソフト◆2,940円

能の物語 再発見
中森晶三 著
能百曲の意外な面白さを満喫でき、百余点の写真でヴィジュアルに楽しめる。

農業こそ21世紀の環境ビジネスだ

エコ・ステップ・プランナー　徳江倫明　著

長年日本農業の再生に挑み続ける著者が提唱する「エコ・ステップ農業」と「食の流通革命」。

四六判ソフト◆1,680円

古神道とエコロジー

菅田正昭　著

エコロジストとして提唱した梅辻の「自然愛」を、神道界きっての論客＝菅田氏が検証。

新書判ソフト◆1,050円

古神道入門

吾郷清彦・松本道弘・深見東州　著

古神道の決定版！

四六判ハード◆1,575円

古事記夜話

中村武彦　著

神々が日本の国を作り上げていく、その美しい物語を、夜話のごとくわかりやすくドラマティックに綴る名文。

四六判ハード◆1,890円

竹中青琥の〇(まる)書いてヽ(チョン)

竹中青琥　著

四六判ソフト◆1,575円

書画　深見東州

素朴さ、純粋さ、稚拙さ。この三大条件の中に、画家の高貴な魂が表現されているから、見る人はその絵を愛し、作者をいとおしむのだと思います。

29.5cm×29.5cm◆5,040円

現代歳時記

金子兜太・黒田杏子・夏石番矢　編著

〈現代人の感覚に合った歳時記〉いまの生活のなかで俳句をつくろうとするとき、すぐ役に立つ。

四六変型上製本◆3,780円

中村汀女俳句入門

中村汀女　著

俳句を志す人にとって最適の入門書

〈日本図書館協会選定図書〉

四六判ハード◆2,100円

句集　かげろふ

深見東州　第一句集

かげろふは大地から天への手紙である。陽炎に大地の霊抜け出でし

四六判ハード◆2,625円

父よ母よ　僕は元気です

深見東州　著　横井隆和　写真

俳句でこんなに泣けるなんて…。なつかしい父母への想いが生きる勇気に変わる。

四六ハード◆1,575円

風はグリーンに吹いてきて

深見東州　著　横井隆和　写真

格調高く温かい「俳句」と美しい写真で綴る、優雅な「俳句集」。

四六ハード◆1,575円

海はブルーにいきいきと

深見東州　著　横井隆和　写真

誰の心にも熱く残る少年の日々の想いが、季節感あふれる写真と共に、蘇る。

四六ハード◆1,575円

山はピンクに花もよう

深見東州　著　横井隆和　写真

心浮き立ち華やぐ春を愛で…。生命の力あふれる季節の色を輝くことばにのせて。

四六ハード◆1,575円

俳句集　四季

Toshu Fukami

新書ハード◆714円

新・能楽ジャーナル

〈18号の主な内容〉
[巻頭随筆] 世阿弥の呪縛　柳沢新治
[能評] 緑蔭の花…大原御幸と定家　村上　湛
[能評] 気分として愛しき君へ　村　尚也
[この人に聞きたい]　亀井広忠
[能のブックレビュー]
能に関する優れた本を紹介・論評する欄です。
小林保治
[観能ガイド] 7月・8月の舞台から
[能界情報おもてうら…] 金剛の新能楽堂
[PHOTO SQUARE] 香川靖嗣「猩々乱」
B5版/隔月刊(年6回発行)◆480円
定期購読料(1年=6回)◆3,720円
(送料込み)

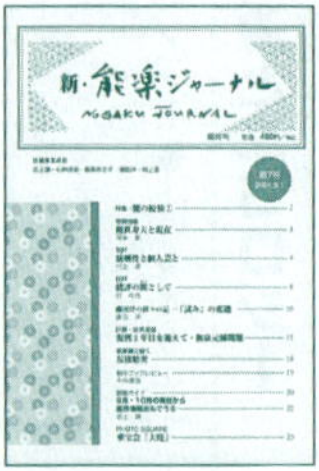

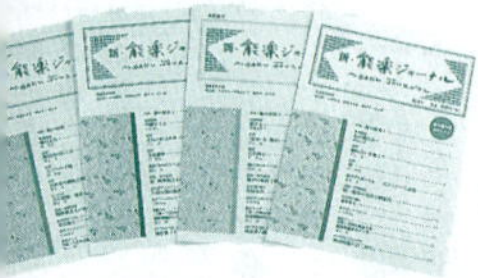

能の四季

写真:堀上　謙
文:馬場あき子

能は現行曲二百数十番の中、〈季〉不定とされる三十曲ぐらいを除いて、他はすべて季節が定められ、それに基づいて演能の番組がつくられています。本書はそれらの中から舞台の作り物・小道具または装束などから視覚的に季節を感じられる曲、または謡の詩章などから聴覚的に季節や雰囲気を感じられる演目を選んで、「春」「夏」「秋」「冬」に分けた舞台の美しいカラー写真(百十曲)と歌人・馬場あき子の文章『能の四季』によってまとめた贅沢な一冊です。(附・能の季節表)

B5上製◆3,800円

能楽展望

堀上　謙 著

能をみつめて半世紀。評論家、ジャーナリスト、プロデューサー、写真家の四つの顔をもち、能・狂言の水先案内人として長年能界に関わってきた著者が書いた辛口の評論・随想集。観世栄夫、野村万作氏との対談あり。〈日本図書館協会選定図書〉

B6ハード◆3,360円

通信販売お申込方法

お申し込み方法は、以下の５とおりです。

【１】 **電話：０３-３３９７-８４６３**　受付時間（平日AM10:00～PM6:00）

【２】 **FAX：０３-３３９７-９２９５**　（24時間受付）

下記の申込み欄に必要事項をご記入の上、ご注文の商品名に丸をつけ、該当ページを送信して下さい。

【３】 **インターネット：**

ホームページアドレス　http://www.tachibana-inc.co.jp/

【４】 **封書**：下記の申込み欄に必要事項をご記入の上、ご注文の商品名に丸をつけ、『出版物のご案内』を当社宛にお送り下さい。

【５】 **現金書留**：下記の申込み欄に必要事項をご記入の上、ご注文の商品名に丸をつけ、『出版物のご案内』と送料を含む合計金額を、現金書留で当社宛にお送り下さい。

宛先　〒167-0042　東京都杉並区西荻北３-４２-１９
（株）たちばな出版 通信販売部

○ 注文書が届いてから、１週間ほどでお届け致します。

○ 送料は、商品１点につき300円、２点以上は一律500円、お買い上げ合計金額5,000円以上の場合は無料です。

【お支払い方法について】

代金引換　商品到着時に、送料を含む合計金額を配達人にお支払い下さい（代引手数料は無料です）。

郵便振替／コンビニ入金　商品と別送で払込用紙を郵送致します。もよりの郵便局、または以下のコンビニエンスストアでお支払い下さい。

※セブンイレブン　ローソン　ファミリーマート　サークルK　am./pm.　ミニストップ　スリーエフ　ポプラ　サンクス　セーブオン　HOT　SPAR（HOT　SPARのみ、代行会社アプラス取扱いマークのある店舗に限ります）。

クレジットカード　後日、送料を含む合計金額をお引き落とし致します。

フリガナ 氏名				代金引換・クレジットの方のみご捺印ください	印
送り先住所	〒　都道府県　市区郡				
電話番号		合計数量		合計金額（代金＋送料）※表示価格は全て税込	円
※お支払い方法に○をつけてください。	代金引換 ・ 郵便振替 コンビニ入金 ・ 現金書留 ・ クレジット				

以下はクレジットカードの方のみご記入下さい。

VISA・マスター・DC・JCB・アメックス・NICOS・ダイナース・ミリオン			
（左づめ）カード番号16桁	□□□□-□□□□-□□□□-□□□□		
カード名義人名		有効期限	年　月
支払回数	１回 ・ ２回 ・ リボルビング ・ ボーナス		